어느
인문주의자의
과학책
읽기

지은이 **최성일**

*1967*년 인천 부평에서 태어나 인하대학교 국어국문학과를 나왔다. 〈출판저널〉 기자로 출판계에 입문하여 한때 〈도서신문〉 기자로도 일했으며, 여러 지면에 출판 시평과 북 리뷰를 기고했다.

지은 책으로는 『책으로 만나는 사상가들 *1·2·3·4·5*』(한국출판마케팅연구소, *2004~2010*), 『테마가 있는 책읽기』(한국출판마케팅연구소, *2004*), 『미국 메모랜덤』(살림, *2003*), 『책으로 만나는 사상가들』(책동무논장, *2002*), 『베스트셀러 죽이기』(한국출판마케팅연구소, *2001*) 등이 있다.

어느 인문주의자의 과학책 읽기

2011년 5월 25일 초판 1쇄 발행
2011년 12월 10일 초판 3쇄 발행

지은이 | 최성일
펴낸이 | 전명희
펴낸곳 | 연암서가
등　록 | 2007년 10월 8일(제396-2007-00107호)
주　소 | 경기도 고양시 일산동구 장항동 591-15 2층
전　화 | 031-907-3010
팩　스 | 031-912-3012
이메일 | yeonamseoga@naver.com

ISBN 978-89-94054-14-8 03800
값 13,000원

어느 인문주의자의 과학책 읽기

최성일 지음

연암서가

책머리에

나의 과학책 읽기

2008년 초부터 출판 전문지 〈기획회의〉에 연재한 '어느 인문주의자의 과학책 읽기'는 일종의 한풀이다. 그간의 과학책 읽기에 비춰 보면 우수한 과학책일수록 인문적이긴 했으나, 인문적 시각으로 과학책을 읽는다는 애초의 기획 의도는 부차적일 수 있다. 이런저런 도서 선정위원으로 사회과학이나 실용 분야는 맡아 봤어도 인문과 과학은 늘 내 몫이 아니었다. 과학은 특히 그랬다. 네 사람이 번갈아 쓰는 모 신문의 독서 칼럼에선 과학책을 다뤄선 곤란하다는 묵계가 있다. 필자 가운데 젊은 과학자가 있어서다.

나는 과학책을 좋아한다. 내가 즐겨 읽는 과학책으로는 우선, 과학자의 자서전과 전기 · 평전이 있다. 과학의 역사적 고전과 현대의 고전은 마땅히 포함된다. 과학의 특정 분야와 이슈를 다룬 책 또한 빼놓을 수 없다. 수학과 의학을 과학에서 배제하긴 어렵다. 아무튼 '어느 인문주의자의 과학책 읽기' 연재가 과학책을 한번 원 없이 읽고, 다뤄 보고 싶던 과학책에 대해 마음껏 써보는 마당을 제공한 것만은 분명하다.

'나의 첫 과학책'은 『소년소녀발명발견과학전집』(국민서관, 1971)이다. 그러니까 이 아동 전집은 내가 네 살 때 세상에 나왔다. 달수로 따지면 3년 6개월이다. 이 책의 존재를 안 것은 1970년대 후반, 형들이 보던 1970년대 초반 어린이 잡지를 통해서다. 나는 아버지에게 월부책장수가 팔았을 이 책을 사달라고 졸랐다. 아버지는 서울 청계천 헌책방 거리의 어느 서점에서 책을 사다 주셨다. 책갑만 없었을 뿐이지 새 책이나 다름없었다.

1970년대 중반까지 어린이 잡지는 나의 소중한 과학 정보원科學情報源이었다. 나의 과학책 읽기의 전사前史, prehistory에 해당하는 시기라고 하겠는데, 어린이 잡지에 담긴 잡다한 과학 정보의 기억은 가물가물하다. 다만, 어린이 잡지가 부록으로 끼워 준 과학 원리를 활용한 도구 몇 개의 기억은 아직도 생생하다. 여름 달치 부록인 분수는 놀이 기구로 제격이었다. 분수가 작동하는 원리는 다 잊었지만 말이다. 투명한 플라스틱 재질의 개미집은 단순하긴 해도 꽤나 쓸모 있었다. 개미집에 흙을 가득 채운 다음, 개미 몇 마리를 잡아넣고 며칠이 지나자 굴 형태의 길이 훤히 들여다보였다. 부지런한 개미들은 사방팔방으로 굴을 뚫었다. 징그러운 모양새여서 개미집의 흙을 화단에 쏟아 부었다. 어린이 잡지의 과학적 기여를 하나 더 들자면, 천체망원경을 얻는 계기가 된 것이다. 역시 광고를 보고 사달라고 조르는 막내아들의 성화에 못 이긴 아버지께서 '무슨무슨 과학'이라는 과학 기재 교구점을 찾아가 다단 망원경을 사다 주셨다. 망원경을 쭉 빼면 꽤 긴 길이였다. 그런데 이 망원경은 쓸모가 별로였다. 천문 관측 초보자에겐 고배율 쌍안경이 더 적합하다는 사실을 나중에야 알았다.

12권짜리 '나의 첫 과학책'을 조카 녀석에게 물려줬는데, 책이 그만 없어지고 말았다. 하지만 글을 쓰려면 책을 봐야 했다. 인터넷 검색을 통해 '나의 첫 과학책'을 소장하고 있는 도서관을 겨우 찾았다. 다행히 도 집에서 가까운 국공립 대학 도서관이었다. 그 도서관은 일반시민에게 책을 빌려주진 않지만 열람하는 것은 허용했다. 먼지를 뒤집어쓰고 잔뜩 때가 끼었어도 '나의 첫 과학책'을 대하는 감회는 남달랐다. '나의 첫 과학책'은 각권마다 고대문명부터 1960년대 후반의 최신 연구 성과까지 개별 과학 분야의 성장사를 충실하게 담았다. 다시 봐도 여전히 알찼다. 과학하기와 과학자의 본질을 처음으로 일깨운 '나의 첫 과학책'을 만난 건 내게 커다란 행운이 아닐 수 없다.

『어느 인문주의자의 과학책 읽기』의 첫 책으로 윌리엄 파운드스톤 William Poundstone의 『칼 세이건*Carl Sagan: A Life in the Cosmos*』 평전을 다룬 것은 불가피한 선택이었다. 왜냐하면 칼 세이건은 『코스모스 *Cosmos*』의 저자였기 때문이다. 1981년 한국어로 번역된 칼 세이건의 『코스모스』가 우리나라에서도 베스트셀러가 된 사실은 그다지 중요하지 않다. 중요한 것은 내가 그 책을 읽었다는 점이다. 중학생인 나는 『코스모스』를 몇 달에 걸쳐 독파했다. 지금 생각하면, 『코스모스』 읽기는 '나의 첫 과학책'으로 기초를 다진 내가 본격적인 과학책의 세계로 빠져들기 위해 반드시 거쳐야 할 '통과의례'였다.

'나의 과학책 읽기'는 대학 입학을 계기로 본격적인 궤도에 들어선다. 범양사출판부의 '신과학 총서'와 함께 말이다. 그런데 '신과학New Science'은 오해의 소지가 다분한 용어다. 유사 과학과 사이비 과학의 혐의가 없지 않은 '뉴 에이지New Age'와 용어상 동일시되는 측면이 있을뿐더러 범양사출판부의 편집자 또한 이를 꼼꼼하게 따지지 않아서다. "여기서 말하는 '신과학'은 대체로 근년 구미에서 흔히 말하는 '새시대 과학New Age Science'을 뜻하는 것이라고 볼 수 있습니다." 50권이 넘는 '신과학 총서' 중에는 '뉴 에이지' 성향의 서적이 있을 수도 있다. 하지만 '신과학 총서' 대부분은 새로운 시대의 과학 흐름을 반영한다.

1993년 9월 펴낸, '신과학 총서'의 첫째권이기도 한, 프리초프 카프라Fritjof Capra의 『현대 물리학과 동양 사상*The Tao of Physics*』 증보 개정판 권말에 실린 '신과학 총서' 출간 목록 설명글은 '신과학'의 뜻을 분명히 하면서 '신과학 총서'가 추구하는 바를 알려준다. "신과학에 대해 엄밀한 정의를 내리기는 어렵겠지만, (1) 최신의 과학 분야에서 혁신적인 이론을 다루고 있고, (2) 너무나 세분화 · 다기화된 전문적 학문들의 좁은 경계를 넘어선 학제적inter disciplinary인 넓은 안목의 종합 지향적인 것이며, (3) 결정론적 사고의 테두리를 벗어나서 진리의 개방성을 용인하고, (4) 인간 중심의 윤리를 새로이 추구하여 근대 과학 문명의 허점을 보완하려 한다는 것 등이 신과학의 두드러진 특징들이라 할 수 있습니다. —1990년 3월"

내가 맨 먼저 읽은 '신과학 총서'는 스티븐 제이 굴드Stephen Jay Gould의 『다윈 이후*Ever since Darwin*』다. 이 책에서 받은 충격과 감동은 실로 엄청났다. 『다윈 이후』는 가히 과학 에세이의 진경과 진면목을 보여 주었다. 아름다운 번역문은 그 감동과 충격을 배가했다. 나는 현재로선 『다윈 이후』를 가장 잘 된 과학책 번역으로 꼽는다. 이후 스티븐 제이 굴드의 책을 꾸준히 읽었다. 어느 날 보니 그는 한국인이 선호하는 과학 저술가의 한 사람이 되어 있었다. 『새로운 천년에 대한 질문*Questioning the Millennium*』, 『풀하우스*Full House*』, 『인간에 대한 오해*The Mismeasure of Man*』 등이 고르게 인상적이었는데, 특히 '야구에서 왜 4할 타자가 사라졌는지'를 중심 과제로 삼은 『풀하우스』가 지닌 야구 전문서의 측면이 그랬다.

두 번째로 읽은 '신과학 총서'는 린 마굴리스와 도리언 세이건Lynn Margulis & Dorion Sagan의 『마이크로코스모스*Microcosmos*』다. 이 책에 끌린 건 아마도 두 가지 이유인 듯싶다. 우선, 『다윈 이후』의 공역자가 이 책을 우리말로 옮겼다. 또한 도리언은 칼 세이건의 아들이다. 미생물 우주는 메트로metro 우주 못지않게 광대무변했다. 린과 도리언은 모자지간이다. 그런데 어머니와 아들의 성이 다르다. 칼 세이건과 린 마굴리스의 초혼이 파경으로 끝난 탓이다. 린 마굴리스와 칼 세이건은 각자 새 짝을 찾는다. 칼 세이건은 세 번째 결혼에 이르러서야 천생 배필을 만난다. 그니가 바로 칼 세이건과 『잃어버린 조상의 그림자*Shadows of forgotten Ancestors : A search for who we are*』와 『혜성*Comet*』을 공저한 앤 드루얀Ann Druyan이다.

뒤늦게 접한 프리초프 카프라의 『현대 물리학과 동양 사상』에선 카프라가 자세히 서술한 현대 물리학에 나타난 새로운 자연관보다 그 새로운 세계관과 유사하다는 동양의 고대 사상이 더 낯설었다. 제이콥 브로노프스키Jacob Bronowski의 『인간 등정의 발자취*The Ascent of Man*』와 데즈먼드 모리스Desmond Morris의 『바디 워칭*Body Watching*』은 풍부한 사진 자료가 돋보였다. 『인간 등정의 발자취』는 미국에 거주하던 한국인 소설가의 유려한 번역이 또한 눈길을 끌었다. 이 책은 2004년 바다출판사의 '21세기 뉴 클래식21C New Classic'으로 다시 선을 보였다. 역시 화보가 풍부한 베르트 횔도블러와 에드워드 윌슨Bert Hölldobler & Edward O. Wilson의 『개미 세계 여행*Journey to the Ants*』이 50번째로 출간돼 '신과학 총서'의 건재함을 과시한 것은 12년 전의 일이다.

그 무렵 나는 『책으로 만나는 사상가들』 시리즈를 쓰기 시작했다. 외국 사상가 중심의 저자 리뷰에서 과학자의 비중은 결코 낮다고 할 수 없다. 지금까지 다룬 180여 명 가운데 과학자는 베르너 하이젠베르크Werner Karl Heisenberg, 프리초프 카프라, 칼 포퍼Karl Raimund Popper, 데즈먼드 모리스, 리처드 파인만Richard Feynman, 스티븐 제이 굴드, 에드워드 윌슨, 에르빈 슈뢰딩거Erwin Schrödinger, 제인 구달Jane Goodall, 칼 세이건, 제이콥 브로노프스키, 리처드 도킨스Richard Dawkins, 리처드 르원틴Richard Lewontin, 찰스 다윈Charles Darwin, 프란스 드 발Frans de Waal, 토머스 쿤Thomas Kuhn, 조지 가모브George Gamow, 제임스 러브록James E. Lovelock 등이 있다. 의사인 올리버 색스Oliver Sacks, 고든 리빙스턴Gordon Livingston, 아툴 가완디Atul Gawande와 건축학자 헨리 페트로스키Henry Petroski, 컴퓨터 공학자 요제프 바이첸바움Joseph Weizenbaum에 이르면 과학자의 외연은 더욱 넓어진다.

아무래도 나 같은 비전문인에겐 과학자들이 펴낸 책 가운데 그들의 자서전이 읽을 만했다. 그 중에서도 백미라고 할 수 있는 자서전은 하이젠베르크의 『부분과 전체*Der Teil und das Ganze, Gespräche in Umkreis Atomphysik*』와 다윈의 『나의 삶은 서서히 진화해 왔다*The Autobiography of Charles Darwin*』이다. 대화체로 된 『부분과 전체』는 과학은 대화로부터 생겨난다는 하이젠베르크의 지론을 반영한다. 세월이 흐르면서 대화 상대는 바뀌지만 평생 동안 그는 대화와 토론을 통한 진리 탐구에 힘쓴다. 하이젠베르크가 당대의 저명한 물리학자들과 나눈 대화록은 20세기 원자물리학의 발달 과정에 대한 뛰어난 보고서이자 동시대 물리학자들에 대한 엄정한 비평이다.

다윈 자서전은 분량은 그리 많지 않으나 고전 반열에 드는 뛰어난 자서전으로 평가할 수 있다. 전체에 필적하는 부분으로 다윈의 인간적 면모가 느껴진다. 다윈은 자신에 대한 부친의 냉정한 평가를, 치욕스럽다는 단서와 조금 부당하다는 해설을 덧붙이기는 해도, 아무렇지도 않다는 듯이 독자에게 전한다. 조지 가모브의 『조지 가모브*My World Line*』는 다윈 자서전을 닮았다. 콤팩트한 분량이 그렇거니와 명랑 담백하다. 유머러스한 일화를 곧잘 들려주는데 익살스럽기로 말하면 리처드 파인만을 빼놔선 곤란하다. 파인만의 『파인만씨, 농담도 (정말) 잘 하시네(요)!*Surely you're joking, Mr. Feynman*』[1]와 『미스터 파인만!(남이야 뭐라 하건!)*What do you care what other People think?*』[2]은 거의 포복절도하는 수준이다.

올리버 색스의 병상 일기 『나는 침대에서 내 다리를 주웠다*A Leg to stand on*』는 생생함이 와 닿는다. 의사로서 그의 환자 체험은 마치 내가 치른 일 같다. 불의의 사고를 당하여 죽을 고비에서 가까스로 구조되어 살아남은 색스는 환자가 겪는 일반적인 정황을 아주 실감나게 표현한다. 색스의 『뮤지코필리아*Musicophilia*』 또한 매력 덩어리다. Musicophilia는 music(음악)과 philia(사랑)의 조어造語다. 이 책에서 색스는 뇌와 음악의 관계를 해부한다. 그만의 독자적인 '임상 기록 문학'의 기조를 유지하면서 뇌와 음악에 관한 연구 성과를 적극적으로 반영한 『뮤지코필리아』는, 독자로 하여금 지적 충만감을 맛보게 하는 위대한 책great book이다. 생태 논픽션 작가 데이비드 쾀멘David Quammen의 『야

1 『파인만씨, 농담도 (정말) 잘 하시네(요)!*Surely you're joking, Mr. Feynman*』라고 한 것은, *Surely you're joking, Mr. Feynman*의 한국어판이 한번은 『파인만씨, 농담도 정말 잘 하시네요!』로, 또 한 번은 『파인만씨, 농담도 정말 잘 하시네!』라는 제목으로 나왔기 때문이다.

2 『미스터 파인만!(남이야 뭐라 하건!)*What do you care what other People think?*』이라 한 것은, 처음에는 『미스터 파인만!』이라고 했다가 나중에는 『남이야 뭐라 하건!』으로 바뀌었기 때문이다.

생에 살다*Wild thoughts from wild Places*』 역시 서슴없이 권하는 책이다.

2000년 봄, 〈출판저널〉에서 두 번째 일할 때, 당시로선 독보적인 과학 전문 저술가를 인터뷰한 적이 있다. 그때 그는 내게 과학 분야로의 '이적'을 권유했다. 내가 과학 저술에 싹수가 있어 보이는 데다 과학 저술의 전망이 밝다는 게 그 이유였다. 정작 이 분은 그 후로 신화, 판타지, 미래학, 심리학, 서양 고전 문학 분석까지 활동 영역을 넓혔다. 나는 과학책 애호가일 따름이다. 나는 과학책을 취미삼아 읽는 게 더 좋다. 한눈팔지 않길 잘했다.

차례

1

탁월한 우주 해설자의 삶과 열정

윌리엄 파운드스톤의 『칼 세이건 코스모스를 향한 열정』

십년 남짓 사회 생활을 하면서 지력知力에 관하여 별칭 두 가지를 들었다. '최 박사'와 '인문주의자'다. 앞의 것은 좀 그렇다. 나는 박사학위는커녕 대학원이라는 곳에 발을 들여놓은 일조차 없다. 나는 지방 대학 국문과를 겨우 나왔다. 자꾸 듣다보니 '박사'라는 애칭은 일종의 야유 같았다. 이렇다 할 자격 요건이 없다는 점에서 '인문주의자'라는 호칭이 한결 낫다. 미디어 평론가 변정수 씨가 불러 준 '인천의 인문주의자'가 제일 맘에 든다.

과학책을 읽겠다. 여기서 말하는 과학책이란 이런 것들이다. (1) 과학자의 자서전, 전기 · 평전, (2) 과학의 역사적 고전과 현대 고전, (3) 과학의 특정 분야와 이슈를 다룬 책, (4) 수학이 포함된다. (5) 의학도 가능하다. 『어느 인문주의자의 과학책 읽기』는 인문적 시각으로 과학책을 읽는다고 할 수 있다. 하지만 그간의 과학책 읽기에 비춰 보면, 우수한 과학책일수록 인문적이었다. 전문적인 과학책에 다가서는 것은 좀 어려울 것이다. 그래도 과학책 읽기를 통해 독자들이 얻을 게 없지 않을 것 같다. 내 나름대로 어떤 과학책을 어떻게 읽었는지 보여 주고 싶다.

개인적으론 '한풀이'의 측면이 없지 않다. 이러저런 도서 선정위원으로 사회과학이나 실용 분야는 맡아 봤어도 인문과 과학은 내 몫이 아니었다. 네 사람이 이어가며 쓰는 모 신문의 독서 칼럼에서는 과학책을 다뤄선 안 된다는 묵계가 있다. 필자 중에 젊은 과학자가 있어서다. 이참에 읽고 싶던 과학책 한번 원 없이 읽고, 쓰고 싶던 과학책에 대해 맘껏 써보련다.

천문학자 칼 세이건(Carl Edward Sagan, 1934~1996)을 맨 먼저 호명한 것은, 그가 나하고 동시대인이어서다. 그는 스타다. 세이건은 과학계의 별이었을 뿐만 아니라 그에 대한 대중들의 인지도 또한 매우 높았다. 내가 읽은 최초의 책다운 책은 그의 저서다. 아직도 그는 내가 목소리를 아는 외국 과학자 두 사람 중 하나다. "콧소리이면서 동시에 목구멍소리다." 음성이 귀에 익은 다른 과학자는 헬리코박터 파일로리균 연구로 노벨생리의학상을 받은 배리 마셜이다. 어느 유산균 음료 광고 모델이던 오스트레일리아 출신의 과학자 말이다.

세이건은 1970년대 후반 과학 다큐멘터리 〈코스모스〉 시리즈를 통해 미국에서 대중적인 유명세를 얻는다. 그리고 TV가 널리 보급된 나라들에까지 얼굴이 알려진다. 1980년대 초반 우리나라에 수입되어 방영된 〈코스모스〉 시리즈는, 꼼꼼하게 챙겨 보진 못했으나, 굉장했다. 칼 세이건에 대한 나의 개인적 선호도는 청소년기에 있은 이러한 각인들과 무관하지 않으리라.

윌리엄 파운드스톤의 『칼 세이건 코스모스를 향한 열정』(안인희 옮김, 동녘사이언스, 2007)은 분량이 방대한 평전이다. 본문만 673쪽에 이른다. 하지만 파운드스톤의 글발에 힘입어 지루함을 느낄 겨를은 없다. 소제목을 붙인 '널널한' 편집은 읽는 부담을 덜어 준다. 파운드스톤은 세이건을 천문학으로 이끈 널리 알려진 어릴 적 일화를 거론하는 걸 잊지 않는다. 이 두 가지 일화는 내가 접한 '최초의 책다운 책'에도 나온다. 그런데 그 책의 자전적 기술보다는 오히려 파운드스톤의 3인칭 서술이 더 와 닿는다.

"어린 세이건에게는 별들이 수수께끼였다. … 별들이 대체 무어냐고 그가 물으면 사람들은 그냥 하늘에 있는 빛이라고만 대답했다. … 세이건은 85번가 도서관으로 가서 별에 대한 책을 청구했다. 사서는 그에게 클라크 게이블과 진 할로우 같은 스타들에 대한 책을 주었다. 그는 항의를 하고 올바른 책을 받았다. 그것은 황홀한 세계를 열어 주었다."

세이건의 사고에 지대한 영향을 준 하루였던 1939년 뉴욕 세계박람회 참관은 특히 그렇다. 그러면 나의 인문적 사고는 1975년 서울 여의도 5·16광장에서 열린 광복 30주년 기념 종합 전시회장에서 싹텄다고 봐야 하나? 아버지의 인솔 아래 작은형, 고종사촌형과 찾은 전시회장은 엄청난 인파로 북적였다. 엄마 손을 잡고 가봤던 창경원보다 방문객이 더 많았다. 지금은 어느 전시관에서 본 파노라마의 한 장면이 흐릿하게 기억날 뿐이다. 중학교 1학년인 두 형의 여름 교복이 학교가 다른데도 똑같았던 게 더 잊혀지지 않는다. 형들은 방학 숙제를 하러 거기 갔던 걸까? 작은형은 일찍 세상을 떠났고 고종사촌형과는 교류가 없으니 물어볼 데가 마땅치 않다. 인터넷 포털 사이트에서 검색어 '광복 30주년 종합 전시회'에 대한 구체적인 정보는 찾기 어려웠다. 전시회장에서 광복 30주년 기념 주화를 바꿔 줬다는 내용이 고작이다. 아무튼 그때 나는 국민학교 2학년으로 칼 세이건이 뉴욕 세계박람회에서 깊은 인상을 받았던 나이보다 세 살 많았다.

책에는 칼 세이건과 관련 있는 숱한 과학자가 등장한다. 파운드스톤은 중요한 인물에 대해선 약전略傳을 덧붙였다. 그는 냉전시대의 미국 과학자로선 예외라고 할 만큼 소련 과학자들과 두터운 교분을 쌓았는데 요시프 슈무엘로비치 슈클로프스키가 대표적이다. 슈클로프스키는 세이건의 조상들처럼 우크라이나 출신이었다. 또 그는 랍비의 아들이기도 했다. 소련 당국은 스푸트니크 발사 5주년을 기념하는 논문을 그에게 요구했고, 이에 슈클로프스키는 『우주—생명—지성』을 집필한다. 이 책의 미국판 『우주의 지적 생명*Intelligent Life in the Universe*』은 슈클로프스키와 세이건이 공동저자로 돼 있다. 미국 판에다 내용을 덧붙여 달라는 슈클로프스키의 청을 받은 세이건이 책을 거의 두 배로 불려서다.

"과학을 가르치지 않는 일은 행할 가치가 없다." 책의 중반까지 파운드스톤은 세이건의 유지를 충실히 받든다. 그린뱅크 모임의 첫 회동과 회의록을 바탕으로 하는 뷰라칸 회의가 인상적이다. 그린뱅크 회의 참석자 중 제일 어렸던 세이건은 토론 도중 토론 주제를 위한 줄임말을 만들어낸다. 그건 바로 "'세티CETI'라는 말로, '외계 지성과의 대화Communication with Extraterrestrial Intelligence'를 줄인 말이다." 'CETI'는 10년 동안 사용되다가 더 나은 표현인 '세티SETI'로 바뀐다. 'SETI'는 '지구외문명탐사계획Search for Extraterrestrial Intelligence'의 약어다. 1971년 9월 5일부터 11일까지 소련 아르메니아의 뷰라칸 천체물리천문대에서 열린 외계 지성에 관한 국제회의는 세이건이 산파 역할을 맡았다.

화성 탐사선 바이킹 1, 2호 착륙 지점 선정팀 활동과 바이킹 호에 탑재한 5,000만 달러짜리 생물학 실험실에서 수행된 화성에 있을지도 모르는 미생물의 물질 대사 검사에 기반을 둔 실험들은 박진감이 넘친다. 바이킹 착륙선의 안전한 착륙 지점을 선별하는 일은 생각 밖으로 '원시적'이었다. 첨단 장비보다는 사람의 눈(사진 판독)과 직감에 의존했다.

하지만 보이저 호의 '타임 캡슐' 작업에 관한 부분은 과학의 부차적인 측면을 다소 장황하게 다룬 것 같아 아쉽다. 사실, 보이저의 '타임 캡슐'은 칼 세이건의 책임 아래 제작되어 센세이션을 몰고 온 파이어니어 호에 실려 우주로 날아간 알루미늄 판에 담긴 메시지보다는 의미가 떨어진다. 그래도 파운드스톤의 의도를 모르진 않는다. 그건 칼 세이건의 세 번째 청혼을 위한 전주前奏다. 칼 세이건은 세 번 결혼했다. 나는 이 책을 읽기 전까진 그가 두 번 결혼한 줄 알았다.

파운드스톤은 〈코스모스〉 시리즈의 뒷얘기를 들려준다. 〈코스모스〉 시리즈 제작에 참여한 영국 BBC 방송 출신의 과학 다큐멘터리 감독은 여자를 밝히는 한편, 다큐 진행자를 혹사시키는 것으로 악명이 높았다. 이 다큐 감독은 BBC 재직 시절, 제이콥 브로노브스키를 중심으로 하는 철학적 색채를 띤 과학 시리즈인 〈인간 등정의 발자취〉를 만들었다. 제이콥의 아내 리타 브로노브스키는 세이건의 아내 앤 드루얀에게 이런 충고를 했다. "그가 내 남편을 죽였어. 당신 남편도 죽이지 않게 해." 다행히 최악의 상황은 발생하지 않았다. 하지만 〈코스모스〉 시리즈를 끝낸 세이건의 얼굴은 반쪽이 되고, 그의 성격은 더 까칠해졌다.

한동안 우리 시청자들은 외국 다큐멘터리의 높은 완성도에 놀라곤 했다. 외국 다큐물이 고른 품질을 유지한 비결은 뭐였을까? 지금 보니, 그건 엄청난 제작비와 반복된 촬영 덕분이었다. 〈코스모스〉 시리즈 13회분의 제작비는 820만 달러로 책정되었다. 제작 과정에서 예산보다 50만 달러를 더 들였지만, 특수효과 회사의 태업으로 말미암아 일부 장면에서 세이건은 연기력을 발휘해야 했다. 그의 연기력은 신통치 않았던 모양이다. 세이건은 연기 부문을 좋아하지 않는다고 불평했다. "열한 번이나 장면을 찍어서 하나를 이용한다."

누군가는 그의 목소리가 TV와 안 어울린다고 했으나, 과학 다큐멘터리 나레이터로 책잡힐 정도는 아니었다. 〈코스모스〉 시리즈가 성공한 것은 절반 이상이 "터틀넥에 황갈색 코르덴 재킷을 입"은 박식한 진행자의 정감 있는 진행 덕분이다. "1980년 9월 28일 첫 방송을 탄 이래 〈코스모스〉는 공공방송에서 역사상 가장 시청률이 높은 시리즈가 되었다. 이것은 60개 국가 약 5억 명의 사람들이 보게 된 시리즈다." 어쨌든 탤런트 교수라는 표현은 세이건에게 적절치 않아 보인다.

세이건은 탁월한 교사였다. 그는 속도 조절에 능숙했다. 학생들이 자신을 따라올 때와 그러지 못할 때를 쉽게 알아챘다. 정적만이 감도는 대학원 강의에선 이런 말을 했다. "아무도 머릿속에 푸리에 변환들을 갖고 태어나지는 않는다. 여러분은 질문하고 익혀야 한다." 또한 "이론과 사람이 동일해서는 안 된다!"라고 강조했다. 다양한 가설들을 가능한 한 많이 다루는 습관을 들이라는 충고다.

그런데 세이건은 온화한 성품의 소유자는 아니었던 모양이다. 그는 시계를 차지 않았고, 약속에 대해 몹시 변덕스러웠다고 한다. 온전히 경의를 표하지 않았으며, 젊었을 적엔 모든 사람의 아이디어를 멋대로 도용하는 버릇도 있었다. "지적으로 열등하다고 생각하는 사람들과 만날 때 세이건은 이따금 잔인했다. 어머니가 그랬듯이 그도 다른 사람들이 속으로 생각만하는 잔인한 진실을 성급하게 입에 올리곤 했다." 심지어는 레스토랑에서 주문한 것을 돌려보내고, 심부름꾼을 보내 세 번이나 연이어 음식을 가져오게 한 끝에 '완벽한' 샌드위치를 찾아내는 따위의 짓을 하기도 했다.

칼 세이건은 과학자로서 엇갈린 평가를 받고 있다. 먼저, 과학의 대중화에 대한 기여다. 대중화란 지나치게 단순화하는 것으로 여겨져 과학에 부적합한 징후로 간주되었다. 반면, 파운드스톤은 세이건이 대중적 글쓰기에서 독자들에게 고압적이지 않았고, 가르치려 들지도 않았다고 평가한다. 세이건의 과학적 업적을 둘러싼 논란은 더 첨예하다. "그는 진짜 과학을 한 적이 없다. 그는 자기 이름을 붙일 만한 그 어떤 것도 발견한 적이 없다."(노먼 호로위츠)

파운드스톤은 칼 세이건의 업적을 이렇게 간추린다. "세이건의 가장 훌륭한 과학적 작업은 대부분 젊은 시절 그가 유명 인사가 되기 전에 이루어졌다. 금성의 온실효과를 제기했을 때 그는 스물여섯 살이었다. 서른 살 남짓 되었을 때 그와 폴락은 계절에 따른 화성의 변화를 설명했다. 서른여덟 살에 그는 초기의 약한 태양 패러독스 논문을 발표했다. 이것은 세이건의 과학이 그의 명성에 희생되었다는 뜻은 아니다. 대부분의 위대한 과학적 업적은 이른 나이에 이루어진다."

나는 파운드스톤과 마찬가지로 그를 지지한다. 외계 지적 생명체 탐사에 대한 열정보다는 과학 일반에 대한 옹호를 편들고 싶다. 다만, 그의 환갑 잔치를 맞아 소행성 4970에 아내의 이름을 붙여 선물한 것은 월권이 아닌가 한다. 이름 얘기가 나온 김에 한마디 더 하면, 칼 세이건이 천문학자로서 초기 경력을 쌓은 시카고 대학의 여키스 천문대는 기부자의 이름을 땄다. 악덕 자본가 찰스 T. 여키스는 결국 몰락의 길

을 걸었다.(『거짓 나침반』, 시울, 2006)

궁금증 몇 가지. 20세기 전반, 일단의 유대인 과학자들이 양자 물리학의 시대를 주도한 것처럼 20세기 후반의 우주 과학자들도 유대인이 다수를 이룬다. 하지만 유대인 국가 이스라엘의 과학 수준은 세계 최고가 아닌 것 같다. 과학 분야만이 아니다. 지난 세기, 세계 각지의 유대인은 인문 · 사회 · 예술 분야에서도 맹활약했다. 이스라엘은 역시 그만 못하다. 어째서 그럴까?

"에스토니아 출신 영국 천문학자 에른스트 외피크가 이런 설명(종이가 젖으면 색깔이 짙어지는 것처럼 표면이 수증기를 빨아들이면 더욱 어두워진다.—앞의 문장)을 반박했다. 1950년에 그는 화성의 잘 알려진 먼지폭풍이 먼지로 뒤덮어 어두운 부분이 만들어진다고 주장했다. 먼지로 이루어진 이 행성에는 어두운 부분이 언제나 나타나기 때문에, 이것은 '재생하는' 힘에 대한 강력한 증거라고 외피크는 믿었다. '재생하는'이라는 말로 그가 뜻한 것은…, 자 여러분이 직접 찾아보기 바란다." 어디서 찾지? 책을 읽던 중 문득 이런 시구가 떠올랐다.

나는 사라진다
저 광활한 우주 속으로.

—박정만, 「終詩」 전문

2

그래도 왜 우리가 굳이 화성(같은 곳)까지 가서 살아(남아)야 하나?

칼 세이건의 『코스모스』 특별판

내가 처음 만난 '책다운 책'은 칼 세이건의 『코스모스』(서광운 옮김, 문화서적, 1981)이고, '책답다'라는 말은 책 꼴을 제대로 갖춘 '성인용'이라는 뜻이다. 중학생인 나는 몇 달에 걸쳐 이 책을 다 읽는다. 하루 한 쪽 읽을 때도 있었다. 『코스모스』는 평범한 중학생에게 결코 쉬운 내용은 아니었다. 그나마 '나의 첫 과학책' 덕분에 칼 세이건이 거론한 고대와 근 · 현대 과학자 대부분의 이름은 그리 낯설지 않았다.

지금 보니 『코스모스』 초역初譯은 약간 딱딱한 편이다. 1632년 영국 런던의 사망 원인별 통계에는 별난 원인들이 있다. '폐의 반란' '임금님의 악에 의한' '행성에 패배하여' 따위가 그것이다. "'행성에 패배하여' 죽을 때는 도대체 어떤 증상이 나타났을까." 나는 행성에 패배한다는 게 무슨 의미인지 더 궁금하다. 두 번째 번역판에선 "'행성'에 맞아 죽었다고 한다." 이것도 어떤 상황인지 쉽게 와 닿진 않는다. '폐의 반란'은 '빛의 반란'을 잘못 옮긴 것 같다.

500쪽 가까운 분량, 작은 활자, 중학생에겐 까다로운 내용 등의 난관을 헤치고 『코스모스』를 완독한 것은 오기가 발동해서다. 어느 과목의 수업 시간, 담당 교사가 교과 내용과 관련 없는 질문을 던진다. "너희들 가운데 밤새워 책 읽은 적이 있는 사람?" 그때만 해도 이런 질문에는 반장이 대답했다. "그래, 어떤 책을 읽었지?" "제임스 클라벨의 『쇼군』입니다." 당시 베스트셀러였던 『쇼군』은 『코스모스』보다 더 두꺼운 장편소설이다. 나는 『코스모스』를 읽은 느낌에 대해 그 누구와도 의견을 주고받지 않았다. 초역 『코스모스』의 표지 이미지는 앤 노르치아가 그린 구상성단 상상화이고, 『코스모스』 특별판의 표지는 남반구에서 바라본 우리의 은하의 모습이다.

『코스모스』를 사반세기 만에 다시 읽은 감상은 크게 두 가지로 흥미로움과 새로움이다. 이런 내용을 담았었나 싶을 정도로 신선했다. 하여 책 읽는 재미를 더욱 만끽할 수 있었다. 나는 한번 읽을 때 주의를 기울이는 독자다. 두세 번 거듭 읽는 책은 가물에 콩 나듯 한다. 하지만 오래 전 읽은 책은 다시 읽어야 한다는 생각이 든다. 번역서는 좋은 번역을 골라서 읽는 게 마땅하나, 과학책은 거의 무조건 최신 번역판을 읽는 게 타당하다. 옮긴이나 편집자의 주석을 통해서라도 그간의 연구 흐름과 새로운 발견을 접할 수 있어서다.

그런데 내가 읽은 2006년 12월 출간된 『코스모스』 특별판(홍승수 옮김, 사이언스북스)에는 명왕성이 태양계의 일원으로 버젓이 등장한다. 그해 여름, 명왕성은 행성의 '지위'를 박탈당하고, '왜소행성dwarf planet'으로 분류되어 국제소행성센터MPC로부터 134340번을 부여받았다. 특별판의 옮긴이 각주는 이에 대한 언급이 전혀 없다. 이는 아마도 특별판이 이태 전 출간된 『코스모스』 두 번째 번역 텍스트에서 가감을 하지 않은 때문으로 풀이된다. 도판은 덜 넣었다고 한다. 그리고 나는 명왕성 뒤에 있는, 비교적 최근 발견된 태양계 10번째 행성의

'운명'이 궁금하다. '제나'(나는 '주노'로 알고 있었다), '세드나' '콰오아'라고 다양하게 불리는 이 행성은 태양계 외행성에서 퇴출을 면했을까?

나는 결혼을 빼고는 운명을 믿지 않는다. 반려자와 만남 이외의 모든 운명론을 사절한다. 결혼하기로 마음먹었으면 굳이 궁합 같은 거 볼 이유가 없다. 궁합을 봐야 한다면 운명이 아니다. 나는 점과 사주와 풍수지리에도 질색한다. 먼 옛날, 사람이 천지 운행을 거스르지 않는 자연의 일부였을 때, 운명론은 제법 정확했을 것이고 이를 거부하긴 쉽지 않았으리라. 급기야 산을 뚫어 서로 다른 지질시대에 형성된 강을 연결하려는 판국이다. 조화로운 천지운행의 가냘픈 숨결마저 끊길 형편이다.

점성술占星術은 쉽게 말해 별점이다. 칼 세이건은 별점에 심한 알레르기 반응을 보인다. "미국의 거의 모든 신문이 점성술 칼럼을 매일 연재하지만, 천문학 칼럼을 한 주에 한 번이라도 연재하는 신문은 찾기 힘들다. 미국에는 천문학자보다 점성술사가 10배 이상 많다." 신문에 실리는 '오늘의 운세'는 "일부러 일반적이고 아주 모호한 표현을 써서 누구에게나 적용될 수 있게 한다. 그럼에도 불구하고 이들은 서로 다른 내용의 말을 한다."

"천문학은 과학이고 우주를 있는 그대로 보는 학문이다." 반면, "점성술은 사이비 과학으로 확고한 근거 없이 여러 행성이 인간의 삶을 지배한다고 주장한다." 칼 세이건은 생물학의 반복설反復說에 호감을 보인다. "이 가설은 모든 상황에 100퍼센트 다 적용되는 것은 아니지만 생물의 발생 과정에 관해서는 비교적 잘 들어맞는다. 반복설의 핵심 내용은 개체 하나의 발생 과정이 해당 종이 겪어 온 진화의 전 과정을 되풀이한다는 것이다." '개체 발생은 계통 발생을 반복한다'는 신중히 적용해야 할 가설이다. 그래도 각기 위성 10여 개를 거느린 '목성계'와 '토성계'가 태양계의 축소판이라는 지적은 그럴 듯하다.

『코스모스』는 과학사의 측면이 있다. 좁게는 천문학사라고 하겠다. 칼 세이건은 케플러, 그리고 하위헌스와 아리스타르코스를 높이 평가한다. "천문학은 물리학의 일부"라고 단언한 요하네스 케플러가 칼 세이건의 재평가 대상 과학자 0순위에 오른 건 아무런 하자가 없다. 케플러가 발견한 행성 운동의 법칙 세 가지는 정말 대단한 업적이다. 나는 칼 세이건의 설명을 통해 비로소 케플러 법칙을 확실하게 이해하고 그 업적의 위대성을 실감한다. 케플러의 발견은 과학에서 이론과 관측의 긴장 또는 변증법적 관계를 시사하는 보기다. "원 궤도와 실제 궤도를 분간하는 일은 우선 측정값이 정확해야 가능했고 비록 자신의 이론과 일치하지 않더라도 그 측정값을 과감하게 수용하는 용기가 없었다면 불가능했다."

호이겐스라는 이름이 더 친숙한 크리스티나 하위헌스와 아리스타르코스 역시 본질적으로 바람직한 과학 탐구를 수행한 것으로 평가받는다. "아리스타르코스나 하위헌스가 부정확한 자료에 근거하여 부정확한 답을 얻었다는 것은 문제로 삼을 일이 전혀 아니다. 그들은 자신들이 구상한 방법의 원리를 명확하게 설명했으므로 더 자세한 관측이 이루어진다면 언제든지 누구나 그 방법을 써서 더 정확한 값을 구할 수 있기 때문이다."

칼 세이건은 전설로 내려오는 과학자의 일화를 과학적으로 해석하기도 한다. 예컨대 엠페도클레스가 미쳐서 스스로 신이라 여긴 나머지, 에트나 화산의 칼데라 꼭대기에서 뛰어내려 용암에 빠져 죽었다는 전설의 '진실'은 이렇다. "나는 그가 매우 용감한 지구 물리학자였다고 상상해 본다. 그의 죽음은 생명을 무릅쓴 관측 중에 일어난 실족사였을 것이다."

칼 세이건은 외계 지적 생명체 탐사의 당위성을 곧잘 언급한다. 꽤 잦아서 강박에 가깝다. 우주에는 적어도 1,000억 개의 은하가 있고, 은하에는 평균 1,000억 개의 항성이 있다. 항성의 숫자는 최소한 1,000억×1,000억 개다. 엄청난 수의 붙박이별에 딸린 행성 또한 그것에 버금간다. 하면, 우주에 생명체가, 지적 생명체가 존재할 가능성은 얼마나 될까? 물리학자 프랭크 드레이크는 이를 추정하는 방정식을 고안해냈다. 칼 세이건은 드레이크 방정식에 따라 지구가 속한 은하수 은하에 있을 생명체와 지적 생명체의 숫자를 계산한다.

우리 은하수에는 약 4,000억 개의 별이 있다. 행성계를 동반한 별들의 비율을 3분의 1로 잡으면 우리 은하에는 대략 1,300억 개의 행성계가 있게 된다. 이들 행성계가 태양계처럼 10개 안팎의 행성을 거느린다면 은하수 행성의 총 숫자는 자그마치 1조 3,000억 개에 이른다. 이 가운데서 생명이 존재하기에 적당한 행성은 3,000억 개로 추산되고, 생명 서식이 가능한 행성은 1,000억 개라는 계산이 나온다. 여기에 다른 변수들을 곱해 얻어진 우리 은하수 은하에 존재하는 문명 사회의 수효는 적어도 수백만 개나 된다.

그는 외계 지적 생명체와의 조우를 단지 시간 문제일 뿐인 필연이라 여기는 듯하다. 인류 전멸의 위기를 몰고 올 핵전쟁에 대한 경각심마저 외계인과 만나기 위한 '시간 벌기'로 읽히기도 한다. 드레이크 방정식의 마지막 변수는 이렇다. "행성의 수명에서 고도 기술 문명의 지속 기간이 차지하는 비율." 하지만 외계 지적 생명체 탐사가 지리상 발견의 연장선에 있다는 주장은 받아들이기 어렵다. 아무리 좋게 봐도 지리상의 발견은 서구 열강이 식민지를 침탈하고 제국을 건설하여 국부를 늘리는 계기이자 수단이었다.

잠시 『코스모스』의 뒷얘기를 들어보자. 신문과 잡지에서 꼽는 '올해의 책'이 인터넷 서점에서 선정한 것을 닮아가는 추세다. 어느 정도의 판매가 선정 도서의 전제가 되고 있는 것 같다. 문학 분야의 국내 소설은 도식적이라는 느낌마저 든다. 몇만 부 이상 팔린 본격문학을 하는 작가의 장편소설은 예외 없이 올해의 책으로 선정된다. 이런 맥락을 따른다면 『코스모스』는 20세기 최고의 과학책으로 전혀 손색없다.

"1981년 1월까지 『코스모스』는 제작 중인 5쇄 5만 7,000부를 포함하여 양장본으로 39만 5,000부가 인쇄되었다. 이것은 미국의 양장본 판매에 따른 인세로만 130만 달러의 수입을 세이건에게 가져다주었다. 이 책은 70주 동안이나 베스트셀러 목록에 올라 있었고, 그때까지 출판된 그 어떤 영어 과학책보다도 더 많은 부수가 팔렸다."(『칼 세이건 코스모스를 향한 열정』, 462쪽)

『코스모스』가 영어권을 넘어 세계적 베스트셀러가 된 것은, 같은 제목의 TV 과학 다큐멘터리 덕을 보기도 했지만, 무엇보다 책 자체의 높은 완성도에 있다. 드레이크 "방정식이 항성천문학, 행성과학, 유기화학, 진화생물학, 역사학, 정치학, 이상심리학 등 참으로 다양한 분야의 학문과 연관되어 있"어 가치가 있다는 칼 세이건의 평가는 그 자신의 책에도 적용된다. 코스모스의 아주 많은 부분이 『코스모스』에 들어 있다.

코스모스Cosmos는 우주를 뜻하는 그리스 어로 "만물이 서로 깊이 연관되어 있음을 내포한다. 그리고 우주가 얼마나 미묘하고 복잡하게 만들어지고 돌아가는지에 대한 인간의 경외심敬畏心이 이 단어 하나에 고스란히 담겨 있다." 피타고라스가 처음 '발설'한 코스모스는 태초의 혼란을 일컫는 카오스Chaos에 대응한다. 우연찮게도 1980년대 후반, '혼돈이론'을 다룬 제임스 글리크의 『카오스—현대 과학의 대혁명』(박배식 · 성하운 옮김, 동문사, 1993)이 독자들은 사로잡는다. 이 책은 1990년대 초중반 우리나라에서도 널리 읽혔다.

칼 세이건은 고등수학에는 좀 약했어도 타고난 과학자다. 그는 실험에 대한 혐오감에 대해 의구심을 드러낸다. "실험을 통한 검증 없이 경쟁 중에 있는 가설들의 우열을 가릴 수가 없으므로, 과학은 실험에 의존하지 않고는 발전할 수 없다. 피타고라스 학파의 큰 오점인 실험을 천시하는 생각이 오늘날까지 살아 있으니 그 이유가 무엇인지 궁금하다. 실험에 대한 혐오감은 도대체 어디서 비롯된 것일까?"

또한 그는 반대자를 은근히 비판하는 방식으로 과학 대중화를 옹호한다. "오늘날에도 과학 대중화에 반대하는 과학자들을 종종 만나게 된다. 그들은 과학의 신성한 지식은 소수 집단의 전유물이며, 대중이 함부로 손대어 훼손시키는 일이 없도록 해야 한다고 고집한다." 과학 일반에 관한 그의 논의는 귀담아 들을 가치가 충분하다.

"과학은 자유로운 탐구 정신에서 자생적으로 성장했으며 자유로운 탐구가 곧 과학의 목적이다. 어떤 가설이든 그것이 아무리 이상하더라도 그 가설이 지니는 장점을 잘 따져봐 주어야 한다. 마음에 들지 않는 생각을 억압하는 일은 종교나 정치에서는 흔히 있을지 모르겠지만, 진리를 추구하는 이들이 취할 태도는 결코 아니다. 이런 자세의 과학이라면 한발도 앞으로 나아가지 못한다. 우리는 어느 누가 근본적으로 혁신적인 사고를 할지 미리 알지 못하기 때문에 누구나 열린 마음으로 자기 검증을 철저히 해야 한다."

게다가 칼 세이건은 뚜렷한 진보 성향의 과학자였다. "과학 발전에 꼭 필요한 요소는 자유로운 탐구 정신이다. 그런데 이 기본 정신에 크게 상치되는 관례가 바로 세습이다." 그리고 "현대 (정치적) 제3세계의 커다란 문제는 고등 교육의 기회가 주로 부유층의 자녀들에게만 주어진다는 것이다. 부유층 출신은 당연히 현상 유지에만 관심이 있다. 뿐만 아니라 자신의 손으로 직접 일을 하여 무엇을 만든다던가, 또는 기존의 지식 체계에 도전하던가 하는 일을 매우 어려워한다. 사정이 이러하니 이런 나라들에서 과학이 뿌리 내리기는 지극히 어려울 수밖에 없다."[1]

1 초판 번역의 어감은 꽤 다르다. 정반대의 해석을 보는 듯하다. "현대의 제3세계의 커다란 문제는 '교육을 받고 있는 것은 현재의 지위를 기득권으로서 갖고 있는 부유한 계급의 아이들뿐'이라는 것이다. 그들은 손을 사용해서 일하는 데 익숙해 있지 않으며 전통적인 지혜에 도전하는 데도 익숙해 있지 않다. 따라서 그들 나라에서는, 과학은 아주 서서히 뿌리를 내리게 될 것이다."

3

'나의 첫 과학책'

발명발견과학전집 편찬위원회의 『소년소녀발명발견과학전집』

'나의 첫 과학책'은 『소년소녀발명발견과학전집』(전12권, 이하 '전집'. 국민서관, 1971)이다. 형들이 보던 1970년대 초반 어린이 잡지에 실린 책 광고를 보고서 아버지께 사달라고 졸랐다. 아버지가 서울 청계천 헌책방에서 사다 주신 '전집'은 각권의 케이스만 없을 뿐, 새 책이나 다름없었다. 누구도 책을 본 흔적이 없었다. 1970년대 후반 국민학교 고학년이 보기에는 전반적으로 높은 수준이었으나, 나는 '전집'을 열심히 보았다. 12권 가운데 ①우주, ④원자, ⑩화학, ⑪물질, ⑫우주 여행편이 좋았다.

글을 쓰려면 '전집'의 한두 권이라도 있어야겠기에 수소문에 나섰다. 올해 고 3이 된 조카 녀석에게 책을 물려준 지가 꽤 되었다. 몇 년 전, 그 녀석 방 가구 등속의 배치가 바뀌었고 그 자리에 있던 '전집'이 안 보였다. 책의 소재를 물었더니 조카 녀석은 모른단다. 짚이는 데가 없지 않았지만 더 이상 소재 파악을 하지 않았다. 이제 보니, '전집'이 내 시야에서 사라진 것은 '외부'로 유출되었기 때문이다. 집안의 불화를 낳을 소지가 있으므로 '나의 첫 과학책' 수소문은 여기까지다.

그래도 책은 있어야 했다. 인터넷 검색을 시작했다. 포털 사이트 몇 군데서 검색을 해봐도 '전집' 관련 정보 자체가 극히 드물었다. '전집'을 거론한 텍스트는 경주고 · 경주여고 연합동문회 카페 게시판에 올라 있는 글이 유일했다. "국민학교 때, 느닷없이 설문지가 교실에 돌았다. 다른 것은 다 인적 사항이고 기억나는 건 장래 희망란이다. 1번 의사, 2번 과학자, 3번 농부라 썼던 기억이 난다. 며칠 뒤, 국민서관이란 출판사의 영업 사원이 집으로 책을 팔러 왔다. '발명발견과학전집'이란 책인데 영업 사원이 온갖 미사여구로 어머니에게 책 설명을 하였다. 그때 사서 본 책대로 했으면, 박사학위 서너 개는 따지 않았을까…."

그러다 우연히 '전집'을 소장하고 있는 도서관의 정보를 낚았다. 아주 확실했다. 게다가 접근성도 뛰어났다. 다행히 경인교육대학교 인천 캠퍼스 도서관은 외부인의 출입을 막지 않았다. 도서 대출은 불가능해도. 신분증을 맡기는 절차를 밟고 '전집'의 열람을 신청했다. '전집'은 옥상 서고에 '보관'돼 있었다. 사서가 가져다 준 '전집'은 묵은 때가 잔뜩 묻어 있었지만 보관 상태는 양호했다. '나의 첫 과학책'보다 약간 두껍다. 경인교대 인천 캠퍼스 도서관 소장 '전집'은 1972년 펴낸 증쇄본으로 본문 용지가 갱지에 가깝다. '나의 첫 과학책'은 뒷장이 살짝 비치는 얇고 매끈한 종이였다. 또 대학도서관의 '전집'은 표지에 '71년도 문화공보부선정우량도서'라는 딱지가 붙어 있다. 초판 발행일은 1971년 1월 5일이고, 책값은 1만 8,000원이다. ①우주편과 ⑫우주여행편을 전권 복사했다. 뿌듯한 마음이었다. 학교 앞 테이크 아웃 전문 카페테리아의 핫초코가 백화점 앞 노천 카페보다 진한 꿀맛이다.

"이 〈발명발견과학전집〉은 꾸준하고 성실하게 과학의 길을 향하여 나아간 사람들의 감동적인 이야기로 엮어져 있다. 이 전집은 넓고 깊은 과학의 세계로 여러분을 친절히 안내하여, 과학을 어떠한 태도로 공부해 나가야 할 것인가를 가르쳐 줄 것이다."

간행사 격의 '발명발견과학전집을 펴내며'의 한 구절대로 '나의 첫 과학책'은 과학 이야기다. 풍부하고 알찬 내용을 담은 어린이와 청소년을 위한 과학사다. '전집' 12권은 과학의 모든 분야를 망라한다. '발견'은 순수 과학으로, '발명'은 응용과학으로 볼 수도 있다. 각권의 내용은 1970년 현재 그 분야의 알파와 오메가다. 이런 점은 '~에서 ~까지'라는 각권의 제목에도 잘 드러나 있다.

①우주—별의 관측에서 전파 망원경까지

②지구—지구의 탄생에서 양극 탐험까지

③수학—이집트 숫자에서 컴퓨터까지

④원자—데모크리토스에서 원자력까지

⑤생물—세포의 발견에서 인공 생명까지

⑥의학—히포크라테스에서 마이신까지

⑦교통—통나무 수레에서 제트기까지

⑧기계—시계에서 오토메이션까지

⑨전기—나침반에서 텔레비젼까지

⑩화학—탄산가스에서 나일론까지

⑪물질—황산에서 플라스틱까지

⑫우주 여행—로키트에서 달 정복까지

발명발견과학전집 편찬위원회가 저자로 돼 있고, 1973년 2월 13일 도서관 장서 등록을 했다. 집필위원 48명은 대부분 고등학교 교사다.

국민학교와 중학교 교사, 그리고 교육대학 교수도 더러 있다. 도서관 복사실에 맡긴 두 권을 복사하는 동안 '전집'의 나머지 일부를 훑어보았다. ②지구편은 지구의 생성 원인으로 '고온설'의 우세를 전한다. '고온설'은 태양에서 떨어져 나왔다는 것이고, '저온설'은 우주의 먼지가 뭉쳤다는 거다.

"우주의 만물은 원자로 되어 있다"라는 데모크리토스의 원자론으로 말문을 여는 ④원자편은 이런 내용을 담았다. 탈레스, 만물의 근원은 물/ 돌턴 '근대 원자론의 아버지', 원자량 발견/ 멘델레예프, 원소주기율 발견/ 브라운 운동. 물속의 꽃가루는 왜 움직이는가?/ 토머스 영, 분자크기 측정/ 뢴트겐, X선 발견/ 베크렐, 우라늄 방사선 발견/ 퀴리 부부, 폴로늄과 라듐 발견/ 원자핵, 상대성원리, 원폭, 원자력의 평화적 이용.

⑤생물편에선 아리스토텔레스를 생물학의 시조로도 추켜세운다. "아리스토텔레스는 생물, 특히 동물의 습성을 세밀히 관찰하고 연구하여, 그 일정한 계통을 세워 분류한 최초의 사람이다." ⑥의학편은 '의학의 아버지' 히포크라테스부터 갈레노스, 베살리우스, 윌리엄 하비, 리스터, 제너, 파스퇴르, 코흐, 뢴트겐, 에를리히, 플레밍, 왁스만 등에 이르는 서양 의학사의 '별'들이 등장한다.

우주 계통이 두 권인 게 눈길을 끈다. 이는 아마도 유인 우주선의 달 착륙과 무관하지 않은 것 같다. '전집'의 기획 자체도 미 항공우주국 NASA 아폴로 계획의 영향을 받은 것으로 보인다. 또 그것은 ⑫우주여행편의 감수자인 '아폴로 박사님'이 요즘말로 '뜨는' 계기가 되지 않았나 싶다. 외국에서 천문학 학위를 취득하고 귀국한 지 얼마 안 되는 '박사님'은, 1969년 7월 21일 아폴로 11호 달 착륙선 독수리호의 달 착륙과 선장 닐 암스트롱이 달에 발을 디디는 장면의 위성 생중계 방송 해설을 맡아 하루아침에 유명 인사가 된 건 아닐까?

사실, ①우주편은 천문학과 천체물리학(우주물리학)을 다루고 있긴 하다. 천문학의 역사이기도 하다. 기원전 2세기 그리스 천문학자 히파르코스는 케플러의 제2법칙을 앞서 발견하였다고 할 수 있다. 히파르코스는 "달이 지구에 가까워지는 점과 멀어지는 점에서는 지구에 대한 달의 공전 속도가 다르다는 것을 알아내었다. 지구에 가까운 지점 부근에서는 공전 속도가 빠르고, 지구에서 먼 지점 부근에서는 느리다는 것이다."

케플러의 행성 운동에 관한 법칙 세 가지는 다음과 같다. (1) 행성은 타원형 궤도로 운동한다. (2) 행성은 태양과 가까운 곳에선 빠르게, 먼 곳에선 느리게 움직인다. (3) 행성 공전주기의 제곱은 태양까지 평균 거리의 세제곱에 비례한다. 케플러는 위대한 발견을 했지만 그의 말년은 쓸쓸했다. 세상을 떠나기 두 해 전, 발렌슈타인 제후의 전속 점성술사가 된 케플러는 이런 말을 남겼다. "딸인 점성술이 빵을 벌지 않으면 어머니인 천문학은 굶어죽는다."

'전집'의 천문학사는 뉴턴의 널리 알려진 유언을 전한다. "세상 사람들은 나를 어떻게 생각하고 있는지 모르겠지만, 나는 내 자신을, 바닷가에서 놀면서 매끌매끌한 잔돌과 아름다운 조개껍질을 찾아내며 기뻐하는 어린애에 지나지 않는다고 생각한다. 내 눈 앞에는 진리라는 큰 바다가 끝없이 펼쳐져 있다." 뉴턴에겐 훗날 인공위성과 우주선 발사에 기여한 공로가 돌려진다. 그의 이론은 우주 탐사의 바탕을 이룬다. 뉴턴은 초속 11.2킬로미터가 넘는 추진력이 있으면 인공위성을 지구 궤도에 쏘아 올릴 수 있다는 사실을 300여 년 전 이미 예측했다는 것이다.

몇 가지 천문 관련 시속의 기원은 흥미롭다. 달을 기준으로 한 달력은 해를 기준으로 한 달력보다 먼저 나왔다. 메소포타미아 문명의 태음력은 가혹한 노예제도에서 비롯한다. 메소포타미아 지역의 여름은 몹시 덥다. 무더위의 강제노동을 견디다 못한 노예들이 하나둘 쓰러졌다. 노예를 부리는 자들이 심하게 매질을 해도 소용없었다. 결국 노예를 부리는 자들은 낮과 밤을 바꿔 일하기로 결정한다. 그들 또한 더위를 못 참았기 때문이다.

"밤이 되면 달은 차가운 달빛으로 타는 듯이 뜨겁던 더위를 쫓아 버렸으며, 자비심 많은 신처럼 아늑한 기분을 맛보게 하였다. 그래서 그들은 아마도 달을 '밤의 태양'이라 하며 신으로 받들게 되었을 것이다. 수메르인은 달의 신인 '나람신'을 위한 신전을 세웠다. 신전에 있는 신관들은 매일 밤마다 성스러운 빛을 내는 달이 변하는 모양을 지켜보았다. 그들은 달이 차고 기우는 데 엄격한 규율이 있다는 것을 알게 되었다."

주먹 쥔 손등의 굴곡은 큰달/작은달의 순서와 일치한다. 집게손가락 밑동에서 첫 달을 시작하면 새끼손가락 밑동은 두 번 헤아려야 하지만 말이다. 1월부터 7월까진 홀수 달이 큰달이다가 8월부터는 짝수달로 바뀐 것은 로마 황제 아우구스투스가 '율리우스 달력'을 고치면서부터다. 율리우스력을 손보면서 8월에 아우구스투스 황제의 이름을 따서 붙이고, 2월에서 하루를 가져와 상서로운 숫자인 31일로 만든 까닭이다. 요즘 우리가 사용하는 '그레고리 달력'으로 정착하기까지 태양력은 태음력보다 사연이 많았다. 메소포타미아의 태음력을 가다듬은 칼데아인은 원의 둘레를 360도로 나눈 장본인이기도 하다.

"만일, 별이 낮에 빛난다면 올바른 달력을 만드는 일은 간단했을 것이다. 언제 어느 별자리에 태양이 있는가를 관찰하여 그것을 기록하기만 하면 되기 때문이다. 그러나 실제는 그렇지 못했으므로 문제가 복잡했다. 눈에 보이지 않는 별들 가운데서 눈에 보이는 태양의 궤도를 계산해야 하기 때문이다. 그런데 칼데아의 천문학자들이 매우 정확하게 그 문제를 해결하는 데 성공한 것은 참으로 놀랄 만한 일이다. 그들은 태양이 360일 걸려서 12궁의 원을 한 바퀴 돈다고 생각하고, 어떤 원이라도 360조각으로 되어 있을 것이라고 결정해버린다. 그때부터 원둘레를 360도로 나눈다는 매우 편리한 구분법이 오랫동안 전해져 내려왔으며, 그것은 오늘날에도 사용되고 있다."

날짜가 분명한 성탄절과는 다르게 지내는 날짜가 약간 유동적이어서 나 같은 비기교독인은 언제인지 갈피를 잡기 어려운 부활절에 대한 정보와 천체 관측 장비의 개념 정의는 나름대로 쓸모가 있다. 부활절은 춘분 뒤 보름달을 보고 나서 처음 맞는 일요일이다. 부활절의 기준이 되는 춘분은, 325년 열린 '니케아 종교회의'에서 3월 21일로 못을 박았다고 한다. "전파 망원경은 우리 눈으로 볼 수 없는 전파를 포물면 반사경으로 한곳에 모아 좀더 강한 신호로 만들어, 이것을 증폭하여 수신기에 보내 소리를 듣거나 신호의 세기를 측정하는 장치다." 우주선宇宙線의 발견 과정과 그것을 토대로 한 전파천문학의 진전을 설명한 대목은 지금 봐도 낮은 수준이 결코 아니다. '소년 소녀' 독자의 과학적 호기심을 자극하기에 충분하다. 내용 서술과 구성, 그리고 편집의 탄탄함은 지금으로부터 37년 전에 출간된 책이라는 느낌이 들지 않을 정도다.

그렇다고 아쉬움이 전혀 없는 건 아니다. 우리 은하계의 항성 숫자를 1,500억 개로 낮춰 잡은 건 시대의 한계이고, 혹성이라는 표현은 다소 어색하다. 이젠 떠돌이별을 혹성이라 하지 않고 행성이라고 한다. 다만, 마이클 무어 감독의 다큐멘터리 〈볼링 포 콜럼바인〉에 전미총기협회 회장으로 '특별 출연'한 미국 배우 찰턴 헤스턴의 대표작 중 하나인 〈혹성 탈출〉은 '행성 탈출'이 더 어색하다. 일기예보의 정확성을 과신하는 것 역시 오롯이 시대의 한계다. "오늘날 12시간 앞의 일기예보는 거의 백발백중으로 맞힐 수 있게 되었으며, 2020년경에는 완전무결한 일기예보를 할 수 있을 것으로 내다보고 있다." 또한 과학의 앞날에 대해 지나치게 낙관적인 태도를 보인다. "인간의 천체에 대한 연구는 새로운 과학의 발전과 더불어 끝 가는 데를 모르며, 그것은 앞으로도 꾸준히 계속될 것이다." 그리고 ⑫우주 여행편의 제목에 들어 있는 "달 정복"은 터무니없는 주장이다. 에베레스트 등정이 에베레스트 정복이 아니듯, 그건 유인 달 탐사일 뿐이다.

이런 점들을 빌미 삼아 '전집'의 가치와 진가를 폄하하면 곤란하다. '전집'은 각권마다 고대문명부터 1960년대 후반의 최신 성과까지 개별 과학 분야 '성장사'를 매우 충실하게 담았다. 다시 봐도 여전히 알차다. 무엇보다 '전집'은 과학하기("관찰에서 발견에 이르는 길은 아주 멀다.")와 과학자의 본질을 일깨운다. "과학자는 모든 것에 의문을 가짐으로써 연구를 하게 되고, 위대한 발견이나 발명을 이룩하게 되는 것이다." 30년 전, '전집'을 만난 건 내게 커다란 행운이다.

대학 동기가 같은 과 3년 후배와 결혼할 때, 함을 그저 운반만 하는 함진아비의 일원이었다. 함진아비와 그 '수행원'들이 다과상을 받은 3년 후배 방의 한 면을 가득 채운 책들에서 『소년소녀발명발견과학전집』을 발견했다. 결혼을 앞둔 후배가 참 예뻐 보였다.

4

"지구가 움직인다는 것은 명백하다"

니콜라우스 코페르니쿠스의 『천체의 회전에 관하여』와 존 헨리의 『왜 하필이면 코페르니쿠스였을까』

한국과학문화재단 '과학고전시리즈'로 나온 니콜라우스 코페르니쿠스(Nicolaus Copernicus, 1473~1543)의 『천체의 회전에 관하여』(민영기 · 최원재 옮김, 서해문집, 1998)는 발췌 번역본이다. 제1권과 제6권을 우리말로 옮겼다. 하여 관련 서적으로 빈틈을 채운다. 『천체의 회전에 관하여』는 널리 읽히는 책은 아니다. 『코페르니쿠스가 들려주는 지동설 이야기』(자음과모음, 2005)에서 곽영직 교수는 저자의 입을 빌려 그 이유를 설명한다. "문장이 너무 진부하고 딱딱해서 읽기 힘들다." 신통치 못한 글 솜씨 탓에 『천체의 회전에 관하여』가 널리 읽히지 않았다는 후세 분석가들의 분석을 덧붙이기도 했다. 한국어판의 번역 문장 또한 원문 못잖게 딱딱하다.

오언 깅그리치와 제임스 맥라클란의 『지동설과 코페르니쿠스』(이무현 옮김, 바다출판사, 2006)는 깔끔한 본문 편집이 눈에 띄었으나, 모 출판사 책 광고에 인용된 오언 깅그리치의 코멘트를 보고 관심도가 식었다. 그건 리처드 도킨스의 『만들어진 신』을 정면 비판했다는 책의 번역서를 추켜세우는 내용이었다. "이 책은 해박한 지식과 논의를 통해 리처드 도킨스의 종교 없는 유토피아에 대한 이상을 환상적으로 무너뜨린다. 도킨스와 같이 옥스퍼드에서 연구하는 학자로서 저자는 도킨스가 주장하는 이론이 허점투성이고 일관되지 않을 뿐 아니라, 놀라울 정도로 깊이가 없음을 신랄하고 명쾌하게 드러낸다."(〈한겨레〉 2008년 1월 28일자 11면 광고에서)

우연히 접한, 오언 깅그리치의 의지와 무관한 광고 문안이지만, 그의 그리 두껍지 않은 공동 저서에 대해 약간의 회의를 갖기에는 부족하지 않았다. 나는 그가 『도킨스의 망상—만들어진 신이 외면한 진리』를 좋게 보는 것은 전혀 유감이 없다. 다만, 도킨스를 비난하는 말투를 통해 그의 주장은 얼마나 완벽하고 일관되며 깊이가 있을지 의심스러울 따름이다. 이튿날, 역시 우연히, 서울 신촌 소재 헌책방 '숨어있는책'에서 구입한 과학사학자 존 헨리의 『왜 하필이면 코페르니쿠스였을까』(예병일 옮김, 몸과마음, 2003)는 기대 이상이었다. 이 글은 대부분 코페르니쿠스의 '위대한 책'과 존 헨리의 충실한 해설서를 겹쳐 읽은 결과다.

『천체의 회전에 관하여』에는 '승인되지 않은 서문'이 들어 있다. 코페르니쿠스의 제자 게오르그 레티쿠스가 이 책의 출간 업무를 전담하기로 했으나 사정이 여의치 않았다. 때마침 교수 자리를 얻은 레티쿠스는 인쇄에 만전을 기하는 일을 부득불 그의 친구이자 코페르니쿠스의 특사인 안드레아 오시안더에게 넘긴다. "만약 코페르니쿠스가 천문학과 우주론의 구세주라면 오시안더는 반역자 유다였다. 오시안더는 코페르니쿠스가 쓴 서문의 앞자리에 자신의 서문을 넣었다."

존 헨리가 오시안더를 반역자 유다에 비유하는 것은 오시안더가 임의로 끼워 넣은 서문이 『천체의 회전에 관하여』의 핵심적인 생각을 부정해서다. "이 이론은 불규칙하게 보이는 움직임들의 원인을 설명할 수 없기 때문이다." 고로 지구는 안 움직인다. "만약 이 이론이 원인들을 고안해내었다고 해도(사실 많은 원인들을 만들어내었는데) 그 진실성을 설득시키기 위해서 만들어진 것이 아니라 계산의 정확한 토대를 마련하기 위한 것이다." 책에서 제시한 것은 천체의 운동을 계산하는 손쉽고 나아진 방법일 따름이라는 거다. 그래도 '반역자'라는 표현은 좀 과한 듯싶다. 『천체의 회전에 관하여』가 출간 초기 가톨릭교회 검열의 예봉을 피한 것은 어느 정도 새로운 인쇄 감독 오시안더가 월권을 행사한 '덕분'이어서다. 존 헨리는 최신 연구에 의존해 『천체의 회전에 관하여』 출판에 얽힌 통설을 바로잡기도 한다.

"통설에 의하면 코페르니쿠스는 1531년경에 책을 완성했지만 그것이 가져올 반응을 두려워해 죽기 전에는 출판하지 않기로 마음먹었다고 한다. 그러나 근래 들어 프롬보르크 참사관 업무의 행정적 부담을 완전히 알고 있고, 기술적 천문학에도 전문적인 소양을 가진 역사가들이 실제 코페르니쿠스가 맞닥뜨린 것에 대한 더 현실적인 생각을 내어놓았다. 이들은 1543년 전에 책을 끝내는 것이 거의 불가능했을 것이라는 결론을 내렸다."

1616년 로마 가톨릭교회는 『천체의 회전에 관하여』를 금서로 지정한다. 그로부터 두 세기가 지난 1835년 되어서야 금서 목록에서 풀려난다. 존 헨리는 "과학적 지식의 원칙에 대해 반대한 것이 가톨릭교회 자체의 문제는 아니다. 기독교의 영향은 더더욱 아니다"라고 말한다. 개신교 루터파 대학에선 천문학을 유용한 것으로 간주했는데 "이를 통해 신의 전지전능함을 드러내 주는 '천체운동의 질서'를 이해할 수 있어서였다." 또 케플러에게 신앙은 그의 업적에 걸림돌이 된 것이 아니라 그것을 성취하는 동력이었다고 덧붙인다. 이는 엥겔스가 하크네스 양에게 보낸 편지에서 피력한 발자크의 리얼리즘의 승리에 비견된다.

"실제로 발자끄는 정치적으로 부르봉 왕당파였습니다. 그의 위대한 작품은 훌륭한 사회의 되돌릴 수 없는 몰락에 대한 끊임없는 비가입니다. 그의 동정은 모두 몰락의 판결을 받은 계급에 대한 것입니다. 그러나 이 모든 것에도 불구하고, 그가 가장 깊이 동정하는 신사들과 부인들, 즉 귀족들로 하여금 행동거지를 취하게 할 때보다 그의 풍자가 더 예리하고 그의 반어적 표현이 신랄했던 적이 없었습니다. 그의 아이러니는 그리고 숨기지 않고 항상 찬미하여 언급하는 유일한 사람은 자신의 가장 치열한 정치적 반대자 성聖메리수도원의 공화당의 영웅들, 즉 당시에 실제로 인민 대중의 대표자였던 사람들입니다. 그리하여 발자끄는 자기 자신의 계급적 공감과 정치적 편견에 역행할 수밖에 없었고 그는 자신이 애호하는 귀족들의 몰락의 필연성을 보았으며 그들은 더 나은 운명을 받을 가치가 없는 사람들로 묘사합니다. 그리고 그는 다가올 미래에 홀로 발견될, 미래의 실제적 인간을 보았습니다. 저는 이러한 점을 리얼리즘의 가장 위대한 승리의 하나로, 발자끄 옹의 가장 위대한 행적의 하나로 보고 있습니다."(『마르크스 · 엥겔스의 문학예술론』, 김영기 옮김, 논장, 1989, 90쪽)

발명과 발견의 역할 분담은 천문학에도 적용된다. "천문학 기술은 실용적 목적으로 행성의 위치를 효율적으로 정확하게 계산하는 것에 관심을 두었다. 천문과학은 어떻게 천체가 작동하며 머리 위의 하늘에서 벌어지는 일들은 실제로 무엇인가를 이해하는 데 관심을 기울인다."(『왜 하필이면 코페르니쿠스였을까』, 39쪽) 근 · 현대 천문과학의 태두인 코페르니쿠스는 천문학 기술에도 관심이 없지 않았다. "1역년曆年을 예로 든다면, 이에 대하여 너무나 많은 의견이 있기 때문에, 많은 사람들이 1역년을 정확히 결정하려는 희망을 포기하고 있다."

『코페르니쿠스가 들려주는 지동설 이야기』는 그것에 관한 흥미로운 내용 몇 가지를 담았는데 1역년은, 다시 말해 지구의 공전 주기는 정확히 365.24219879일이다. 또 서양 역사에는 없는 날이 열흘이나 된다. "이 달력에서는 날짜와 별자리를 맞추기 위해 1582년 10월 4일 다음 날을 10월 15일로 정했어요. 그러니까 1582년 10월 5일부터 14일까지 10일은 역사에 존재하지 않는 날이 되었지요. 이 새로운 달력이 요즈음 우리가 사용하고 있는 달력이에요. 당시의 교황이었던 그레고리우스 13세의 이름을 따서 '그레고리력'이라고 부르는 달력입니다."

존 헨리는 코페르니쿠스를 아주 높게 평가한다. "그는 중세 천문학의 한계를 뚫고 나와 고대를 딛고 선 우주학자가 되었다." 또한 그의 업적을 극찬해 마지않는다. "코페르니쿠스에게 있어 새로운 체계의 가장 중요한 측면은 지구가 태양을 중심으로 공전한다는 것이다." 코페르니쿠스가 이 '한방'으로 천문학자와 우주학자의 사이의 수세기에 걸친 교착 상태를 끝냈다고 평가한다. "물리학 연구에서 수학적 예측과 증명에 동등하게 가치를 두는 20세기 물리학자들은 코페르니쿠스의 유산을 물려받았다." 무한 우주론의 근저를 이루기도 한다. 코페르니쿠스의 영향은 이에 그치지 않는다.

"정신 생활에서 무의식을 강조함으로써 우리는 정신 분석에 반대하는 비판의 악령들을 불러들였습니다. 여러분들은 이에 대해서 놀라지 마십시오. 그리고 우리에 대한 저항이 단지 무의식을 파악하기 어렵다거나, 혹은 무의식을 입증해 주는 체험들이 접근하기 어렵기 때문에 일어난다고 믿지는 마십시오. 나는 그런 저항이 좀더 깊은 데서 비롯한다고 생각합니다. 인류는 과학이 발전하는 과정에서 자신들의 소박한 자기애自己愛에 대한 두 가지 모욕적 사태를 견디어 낼 수밖에 없었습니다. 첫째, 인류는 우리 지구가 우주의 중심이 아니며, 그 크기가 전혀 상상 불가능한 우주 체계의 아주 작은 부분에 불과하다는 경험을 했습니다. 물론 이미 알렉산드리아의 과학(자)들도 비슷한 언급을 했지만, 그 같은 모욕적 체험과 함께 우리에게 연상되는 이름은 코페르니쿠스입니다."(프로이트의 『정신분석 강의』(하), 임홍빈 · 홍혜경 옮김, 열린책들, 1997, 405~406쪽)

하면, 어째서 코페르니쿠스였을까? 존 헨리의 답은 이렇다. "그가 르네상스를 규정하는 고대 지혜의 재발견에 대해 느낀 감동에 있는 것으로 보인다." 코페르니쿠스는 "자기 만족을 위해 사물의 이해를 추구하는 데 대한 새로운 확신"을 지닌 르네상스의 '아들'이라는 얘기다. "코페르니쿠스의 천문학은 자신만의 독창적인 방법으로 우주론을 정립한 것이다." 존 헨리는 코페르니쿠스가 자신의 새 천문학 체계로부터 야기되는 불가피한 질문에 대해선 기하학으로 논리적인 결론까지 밀고 나갔다고 주장한다. "왜 지구가 움직이는가? 답은 전체계의 기하학이 요구한다는 것이다. 이는 거대한 도약이었다." 나는 코페르니쿠스가 유럽의 변방 폴란드 출신이라는 점도 중요한 변수가 되지 않았나 생각한다. 코페르니쿠스 시대 유럽 "대학의 철학 교육 과정은 대안이 없다는 단순한 이유로" 아리스토텔레스의 저작에 기초를 두었다는 존 헨리의 지적은 흥미롭다.

그런데 코페르니쿠스가 과학사에 기여한 탁월한 업적이 과소 평가돼 왔다는 느낌을 지우기 어렵다. '코페르니쿠스적 전환'이라는 관용구로 그를 기리고 있긴 하다. 코페르니쿠스적 전환이란 본래 철학자 칸트가 자신의 인식론상의 입장을 나타내는 데 사용한 용어다. "우리들의 인식은 대상에 의거한다고 이제까지 생각되어 왔지만, 칸트는 이 사고 방식을 역전시켜서, 대상의 인식은 우리들의 주관 구성에 의하여 비로소 가능하게 되는 것이라고 하였다. 이것은 과학적 인식의 근거를 객관으로부터 주관 쪽으로 옮겼다는 점에서, 천문학상의 코페르니쿠스의 지동설에 비견할 만한 인식론상의 전환이라고 하였다."(『두산백과사전』) 요즘 쓰이는 관용적 의미는 세계관의 급격한 뒤집힘으로 보면 되겠다. 태양계는 우리 은하의 중심이 아니라 은하 언저리에 위치한다는 섀플리의 발견은 코페르니쿠스적 전환의 예로 적절하다. 그러나 사형 폐지론자에서 존치론자로 돌아선 어느 변호사의 심경 변화는 부적절한 사례다.

더도 덜도 아닌 '경제성 원리'를 뜻하는 '오컴의 면도날'의 오컴에 대해 무지하듯 코페르니쿠스의 진면목은 잘 모른다. 우리는 그의 '발견'조차 제대로 파악하지 못했다. 과학 잡지 〈*Newton*〉 1995년 5월호 별책 부록 『과학 인명사전』의 코페르니쿠스 항목은 순 엉터리다. "그의 지동설에서 특히 주의할 것은, 그가 생각하였던 태양계의 모습이 지금 우리가 생각하고 있는 태양계와는 다르다는 것(그는 행성의 궤도를 원이라 하고, 운동의 불규칙성을 설명하기 위하여 많은 주전원을 사용하였다)과, 지구의 공전과 자전에 대하여는 전혀 모르고 있었다는 사실이다." 으악! 이건 백과사전을 잘못 베낀 거였다. "그의 지동설에서 유의하여야 할 점은 그가 생각한 태양계의 모습이 현재 우리가 생각하는 태양계와는 다르다는 점(그는 행성의 궤도를 원으로 보고, 운동의 불규칙성을 설명하기 위하여 周轉圓을 사용했다)과, 지구의

공전과 자전의 **증거**를 하나도 밝혀내지 못하였다는 점이다."(강조—필자)

코페르니쿠스가 행성이 원운동을 한다고 본 것은 맞다(실제로는 원에 가까운 타원 운동이다). 하지만 그가 그린 태양계의 모습이 우리가 아는 것과 다르다고 하는 것은 오해의 소지가 있다. 코페르니쿠스는 수성부터 토성까지 태양에서 가까운 순서대로 행성을 배열한 최초의 천문학자다. 코페르니쿠스가 지구의 공전과 자전에 관하여 전혀 몰랐다는 『과학 인명사전』의 언급은, 잘못 베낀 것이긴 해도, 터무니없는 망발이다. 『천체의 회전에 관하여』 제1권 제11장을 보자.

"일반적으로 3가지 운동을 인정해야 한다. 첫 번째는 지구의 자전이다. 이는 그리스인들이 '니흐씨메리노스νυχθηεριvoξ(day and night)'라고 불렀던 낮과 밤의 궤도를 정하는 일주운동이다. 지구는 축 주위를 서에서 동으로 돌아 주야 평분선을 그리며, 이 운동에 의해 우주는 동에서 서로 도는 것처럼 보인다. 두 번째는 지구의 중심이 1년 동안 움직이는 운동이다. 지구는 이 운동에 의해 황도 12궁을 따라 서에서 동으로 원을 그린다. 다시 말해 양자리에서 황소자리로 움직이는 것과 같이 계속 다음 궁으로 이동한다. 또한 지구는 이 운동을 하면서 금성과 화성 사이를 통과한다. 이 운동을 하는 지구에서 태양을 보면 태양은 실제로 지구가 움직이는 것과는 반대의 방향으로 황도를 따라 움직이는 것처럼 보인다."

우린 코페르니쿠스에 대해 '코페르니쿠스적 전환'부터 해야 하지 않을까?

5

상투적이나, 그래도 지구는 돈다

갈릴레오 갈릴레이의 『시데레우스 눈치우스』와 베르톨트 브레히트 외 『갈릴레이의 생애』

다소 거친 비유이긴 해도 코페르니쿠스가 '이론물리학자'라면, 갈릴레오 갈릴레이(Galileo Galilei, 1564~1642)는 '실험물리학자'다. 코페르니쿠스는 기하학을 활용한 수학적 논증으로 지동설의 체계를 확립한다. 하지만 '실험'을 통한 검증은 하지 않았다. 갈릴레이는 관찰을 통해 '코페르니쿠스의 태양계'를 입증한다. 관찰 도구는 망원경이다.

『시데레우스 눈치우스』(앨버트 반 헬덴 역해, 장헌영 옮김, 승산, 2004)는 '갈릴레이의 천문 노트'다. 1610년 베네치아에서 라틴어로 출간된 달과 목성에 대한 망원경 관측을 바탕으로 하는 이 천문일지의 분량은 39쪽에 불과하다. 과학사학자 앨버트 반 헬덴의 주석본은 책의 몸피를 200쪽으로 늘였다. 시데레우스 눈치우스Sidereus Nuncius는 '별의 메신저'라고 번역된다. 갈릴레오는 눈치우스Nuncius를 '소식'이라는 의미로 사용했다고 한다.

반 헬덴은 '머리말'에서 『시데레우스 눈치우스』에 대해 양면적인 태도를 보인다. "이 책은 갈릴레오의 후기 저술인 『대화』나 『새로운 과학』과 견줄 수도 없다"면서도 우리는 『시데레우스 눈치우스』와 더불어

근대로 들어섰다며 그 의의를 높이 평가한다. "과학사에 길이 남을 위대한 저술이라 해도 대부분 세월이 흐르면 빛이 바래게 된다. 그러나 『시데레우스 눈치우스』는 아직까지도 발표 당시의 신선함을 잃지 않고 있다. 우리는 당시 독자들을 사로잡은 흥분을 지금도 역력히 느낄 수 있다. 이 책은 정말 희귀한 과학 저술 가운데 하나이다. 오랜 세월이 지난 오늘날에도 이 책은 학생과 아마추어뿐만 아니라 교사와 전문가에게도 여전히 흥미롭고 의미가 깊은 책이다. 라틴어로 씌어진 이 책이 오늘날까지 여러 나라 말로 계속 번역 출판되어 온 것도 그런 이유 때문이다."

하지만 한국어판 『시데레우스 눈치우스』는 아쉬움이 없지 않다. 편집 상태가 부실하다. 40쪽의 "고친 교정지"와 관련된 내용을 고려하면 '머리말' 각주 5의 관련 내용은 뒤바뀐 것 같다. 131쪽 각주 2와 3의 설명 역시 뒤바뀌었다. '갈릴레오 갈릴레이 연보'에선 갈릴레이의 일기一期를 실제보다 두 살을 더해 80세로 잘못 표기했다. 갈릴레이의 부모가 결혼하여 피사에 정착한 해부터 셈하여 그런 실수를 한 것으로 보인다. 갈릴레이의 생애에서 필수적이지 않은 사항이 『갈릴레오의 진실』(윌리엄 쉬어 · 마리아노 아르티가스, 고중숙 옮김, 동아시아, 2006) '갈릴레오 연보'에도 나온다.

『시데레우스 눈치우스』는 메디치 가家 토스카나의 대공 코시모 2세에게 바치는, 전체 분량에 견줘 제법 긴 헌사로 시작한다. "과학에 대한 재정 지원이 개인의 후원에 의존하던 19세기까지 이런 편지를 덧붙이는 것은 일반적인 관행이었다." 반 헬덴의 설명이다. 갈릴레이의 '편지'에는 재정 후원자를 떠받드는 것보다 더 눈에 띄는 대목이 있다. "그 동안 저는 과중한 연구에 시달리지 않고 휴식을 취할 수 있었으며"가 그렇다. 갈릴레이는 자신이 발견한 목성의 위성 4개를 '메디치 별'로 명명한다. 한마디로 갈릴레이는 수완 좋은 과학자였다.

"이 짧은 논문에서 나는 모든 자연 탐구자들이 정밀 검토하고 숙고해야 할 대단한 것을 제시하고자 한다. 내가 대단하다고 말한 것은, 그 자체가 범상치 않기 때문이며, 워낙 새로워서 일찍이 수세대 동안 들어보지 못한 것이기 때문이며, 그것들을 우리 눈앞에 저절로 드러내 보인 도구 역시 대단하기 때문이다."

본문의 첫 단락이다. 여기서 '도구'는 앞서 말한 대로 망원경이다. 갈릴레이는 망원경으로 천체를 관측하려면 매우 정밀한 렌즈가 필요하다고 강조한다. 잠깐 퀴즈 문제 하나. 렌즈가 먼저일까, 렌즈콩이 먼저일까? 정답은 후자다. "가장자리보다 중간 부분이 더 두툼한 이 유리알은 렌즈콩(lentils: 학명 lens esculenta) 모양을 하고 있었기 때문에 영어로 '렌즈lens'라고 부르게 되었다."(반 헬덴)

망원경 사용법에 관한 갈릴레이의 부언은 수학자 페르마의 '불친절'과 무책임함을 연상시킨다. 먼저 페르마의 '약 올림'을 보자. "나는 경이적인 방법으로 이 정리를 증명했다. 그러나 책의 여백이 너무 좁아 여기에 옮기지는 않겠다."(사이먼 싱, 『페르마의 마지막 정리』, 박병철 옮김, 영림카디널, 1998, 91쪽에서 재인용) 그런데 갈릴레이의 불친절은 '식언'에 더 가깝다. "망원경에 대한 완벽한 이론은 나중에 발표할 것이므로 여기서는 맛보기 수준에서 마치도록 하겠다."(68쪽) 갈릴레이는 이 '약속'을 안 지켰다.

반 헬덴이 인용한, 갈릴레이의 1610년 1월 7일자 편지에 나타난 망원경 다루는 법은 요즘의 사용 지침으로도 부족함이 전혀 없다. "망원경은 움직이지 않게 단단히 고정시켜야 합니다. 관측자의 호흡과 맥박 때문에 손이 흔들리는 것을 막기 위해서라도 안정된 장소에 망원경을 고정시키는 것이 좋습니다. 렌즈는 청결한 헝겊으로 아주 깨끗하게 닦아 주어야 합니다. 그러지 않으면, 숨이나 공기 중의 습기, 안개 또는 눈에서 나오는 훈김 때문에 안개가 낀 듯 흐려지게 됩니다. 이 점은 주위가 따뜻할 때 더욱 주의해야 합니다."

『시데레우스 눈치우스』는 1609년 11월 30일부터 12월 18일까지 갈릴레이가 망원경으로 관측한 달의 위상 변화와, 이듬해 1월 7일부터 3월 2일까지 역시 망원경을 통해 꾸준히 살펴본 목성과 그 위성들의 관측이 바탕을 이룬다. '갈릴레이의 천문 노트'는 과학 관찰일지의 본보기다. 갈릴레이는 목성의 위성 발견에 큰 의미를 부여한다. 갈릴레이는 위성이 아니라 행성이라는 표현을 쓴다. "지금까지 달과 붙박이별, 그리고 은하수에 관한 관측 결과를 간단히 설명했다. 이제 이 책에서 가장 중요하다고 할 수 있는 부분을 모든 사람에게 알리는 일이 남아 있다. 태초부터 지금까지 전혀 알려지지 않은 4개의 행성, 그 발견과 관측 경위, 위치, 그리고 움직임과 변화에 대한 2개월 이상의 관측 결과가 바로 그것이다."

반 헬덴은 갈릴레이의 관측 결과를 이렇게 요약한다. "4개의 위성이 목성 둘레를 도는데, 목성은 세계의 중심—태양의 둘레를 돈다. 목성 둘레를 도는 위성들의 궤도는 각각 크기가 다르며, 궤도가 작을수록 주기도 짧다. 갈릴레오는 그 주기를 정밀하게 계산하지 않았다. 다만 가장 가까운 위성의 주기가 하루 정도인 반면, 가장 먼 위성의 주기는 보름쯤이라고만 언급했다." 이에 대해 반 헬덴은 다음과 같은 평가를 내린다. "갈릴레오가 자신의 발견을 설명하면서 단순히 목성과 그 위성의 배열에 관한 한두 가지의 예만 들었다면, 그의 주장은 그다지 설득력이 없어 보였을 것이다. 갈릴레오는 다소 지루할 정도로 관측 결과를 길게 설명함으로써 독자로 하여금 다른 붙박이별들에 대한 전체 배열의 변화와 위성들의 움직임에 익숙해지도록 했다."

이로써 갈릴레이는 코페르니쿠스 우주관의 움직일 수 없는 근거를 마련한다. 그런 그에게 탄압과 배척이 가해지는 건 불을 보듯 훤한 일. 반 헬덴은 '맺음말'을 아래와 같이 마무리한다. "훗날 태양 중심의 우주론을 주장하는 진영이 최종 승리를 거두었지만, 그 전투는 치열했고, 갈릴레오는 그 누구보다 유명한 피해자가 되었다."

『갈릴레이의 생애』(차경아 옮김, 두레, 2001)는 "'과학자의 책임'이라는 주제 아래 세 작가의 희곡을" 엮었다. 이 책은 같은 출판사가 『갈릴레오 갈릴레이』(1989)라는 제목으로 펴낸 바 있다. 표제작은 브레히트의 작품으로 과학 분야에서 '진실을 아는 자'가 겪는 갈등과 선택을 그렸다. 브레히트의 희곡에서 '진실을 아는 자'는 갈릴레이다. 무대에 올려져 공연되는 「갈릴레이의 생애」는 토론 형태로 극이 전개되는 까닭에 '읽기 전용'의 레제드라마로도 족하다. 희곡 장르가 이렇게 흥미로운 줄은 또 처음 안다.

얼마 전 읽은 베트남 소설과 겹쳐지는 대사 두 마디가 읽는 재미를 배가한다. 우선 갈릴레이가 노파와 주고받는 대화의 일부다. "그자들에겐 어쨌든 그것이 상관없는 것이죠. 그자들의 통치체계가 모두 그렇답니다. 그자들은 열매를 못 맺는 무화과나무의 병든 가지를 치듯 우리를 베어 내고 있지요." 창궐한 페스트에 대해 병이 도는 지역을 차단하거나 페스트 혐의가 있는 곳에 일어난 화재를 내버려둘 뿐인 피렌체 당국의 무능은 베트남 공무원의 조류독감 방제에서도 그대로 나타난다. "공무원들은 그렇게 벌판의 오리들을 모조리 잡아다가 구덩이를 파고 묻어 버린다."(응웬옥뜨, 『끝없는 벌판』, 하재홍 옮김, 아시아, 2007, 117쪽) "그들은 비옷을 몸에 걸치기 시작했다. 그들은 커다란 구덩이에 분사기로 석회를 가득 뿌렸다. 그러고는 여전히 몸부림치고 비명을 질러대는 산 오리들을 포대 자루 속에 꽉꽉 채워 넣었다. 그렇게 오리들의 주둥이를 닫게 한 뒤 구덩이 속으로 집어던졌다."(같은 책, 119쪽)

또한 7장 맨 마지막에 있는 종교재판관의 대사 가운데 일부가 그렇다. "죽어 갈 운명을 지닌 인간들 가운데는 기도祈禱 안에 갇히지 않아도 될 만큼 위대한 자가 한 사람도 없는 거요." 하지만 위대하지 않더라도 여기서 예외가 있지 않을까? 있어야 하지 않을까! 죽어 가는 이와 그 가족이 원치 않는다면, 그들을 기도 안에 가둘 이유는 없다. 그들이 『성경』 구절을 들어야 할 까닭은 더더욱 없다. "그때 어떤 신부와 두 수녀가 들어와서 부탁하지도 않았는데 아버지 귀에 대고 『성경』을 읽기 시작했다. 아버지는 천천히 눈을 감고 의식을 잃었다. 할머니는 놀라서 신부와 수녀에게 아버지를 집으로 데려갈 수 있도록, 그래서 죽더라도 조상의 제단을 보고 죽을 수 있도록 『성경』을 읽지 말라고 머리 숙여 사정했다. 그 사람들이 멈추자 아버지는 눈을 떴고 할머니는 무척 기뻐했다. 그런데 그 사람들이 다시 『성경』을 읽기 시작했고 할머니는 다시 엎드려 사정을 해야 했다. 이 상황은 엄마가 차를 빌려 병원에 도착할 때까지 계속 반복됐다."(응웬반봉, 『하얀 아오자이』, 배양수 옮김, 동녘, 2006, 32쪽)

12장에서 종교재판관은 교황과 대화 도중 속내를 털어놓는다. "둥근 공 모양의 천체들이 어떻게 돌아간들 상관없는 일이 아니겠습니까?" 그가 두려워하는 것은 위와 아래의 구분이 없어지는 것이다. 반면, 갈릴레이는 대공 코시모 2세에게 아랫것들의 장점을 아뢴다. "전하! 제가 베네치아의 병기창에 있을 때, 저는 날마다 제도사며 건축공, 기재 생산공들과 함께 일을 성취했습니다. 이런 사람들은 내게 여러 가지 새로운 길을 가르쳐 주었지요. 그들은 책 따위는 읽지 않은 채 자신들의 오관五官의 증언에 의존합니다. 이 증언이 자기들을 어디로 끌고 가든 대부분 두려워함이 없이…."(4장) 갈릴레이의 노동자 찬양은 9장에서도 이어진다. "그들 말고 누가 사물의 원인을 제대로 알기 원한단 말인가? 식탁에 올라온 빵만 보는 사람들은 빵이 어떻게 구워졌는지는 알려 하지 않는다네. 그같이 어리석은 자들은 빵 제조업자한테보다는 차라리 신에게 감사하지. 그렇지만 빵을 만드는 이들은, 손을 대지 않는 것은 그 어느 것도 움직이지 않는다는 사실을 이해할 걸세."

갈릴레이가 제자에게 한 수 가르치는 방식으로 그의 학문관을 피력하는 장면은 「갈릴레이의 생애」의 클라이맥스다. "학문을 수행하는 일이야말로 각별한 용기를 필요로 한다고 나는 생각하네. 학문이 취급하는 상품은 회의懷疑를 통해 획득된 지식이지. 학문은 만인을 위한 만물에 대한 지식을 조달하면서, 동시에 만인을 회의하는 사람으로 만들려고 진력을 다하네. 그런데 실제로 모든 인구의 대다수는 제후며 영주, 성직자들이 만들어낸 미신과 낡은 주문의 현란한 운무 속에 갇혀 있는 거야. 저들의 간계를 은폐해 주는 운무 말일세."

그것은 또한 압권이 아닐 수 없다. "학문의 유일한 목표는 인간 현존의 노고를 덜어 주는 데에 있다고 나는 생각하네. 만약 과학자들이 이기적인 권력자 앞에서 위축되어 오로지 지식을 위한 지식을 쌓는 데만 만족한다면 학문은 절름발이가 되고 말테고 자네들이 만든 새로운 기계들도 단지 새로운 액물일 따름이네. 자네들은 시간이 감에 따라 발견 가능한 모든 것을 발견해 낼 수 있겠지만, 자네들의 진보는 인류로부터 떨어져 나가 앞으로 나아가는 것이 될 걸세. 자네들과 인류 사이의 틈은 언젠가는 너무나 엄청나게 벌어져서 어떤 새로운 것을 획득한 것에 대한 자네들의 기쁨의 환성이 인류 전체가 경악하는 함성으로 응답될 수도 있을 거란 말이네."

종교재판관이 "아리스토텔레스 견해를 대표하는 한 멍청이와 역시 당연히 갈릴레이 선생을 대표하는 한 똑똑한 인물이 논쟁을 벌"인다고 말한 책은 『프톨레마이오스와 코페르니쿠스의 두 세계관에 관한 대화*Dialogo sopra i due massimi sistemi del mondo, tolemaico e copernicaon*』다. 이 '문학적 걸작'은 『그래도 지구는 돈다—천동설과 지동설, 두 체계에 관한 대화』(상 · 하, 이무현 옮김, 교우사, 1997)라는 제목으로 번역되었다. 연극의 막판, 갈릴레이가 연금 상태에서 집필한 원고의 한 구절을 그의 제자가 읽는다. "나의 의도는, 극히 오래된 연구 대상, 즉 운동에 관해 취급하면서 아주 새로운 학문을 정립하는 것이다. 여러 실험을 통하여 나는 알 만한 가치가 있는 운동의 특성들 중 몇 가지를 발견했다." 『디스코르시*Discorsi*』라 줄여 부르는 이 책은 두 차례 번역되었다. 『새 과학의 대화』(전 · 후, 정연태 옮김, 박영사, 1976)와 『새로운 과학』(이무현 옮김, 민음사, 1996)이 그것이다. "교회를 좀더 공정한 지위로 올려놓는다" 평가받는 『갈릴레오의 진실』은 과학과 종교를 주제로 삼을 때 비판적으로 읽어볼 생각이다.

6

대량 살상 무기 개발 총책임자의 업보

제레미 번스타인의 『베일 속의 사나이 오펜하이머』

제레미 번스타인의 『베일 속의 사나이 오펜하이머』(유인선 옮김, 모티브북, 2005)는 미국의 원자폭탄 개발을 주도한 물리학자를 다룬 전기다. 이 책의 원제목은 '오펜하이머, 수수께끼 같은 사람의 초상 Oppenheimer: Portrait of an Enigma'이다. 그렇다고 오펜하이머의 숨겨진 면을 양파 껍질 벗기듯 드러내진 않는다. 그래도 그의 삶에 대한 굵직한 정보를 담았다.

오펜하이머에 대한 내 사전지식은 보잘것없었다. 그의 삶의 이력부터 제대로 몰랐다. 나는 그가 나치의 핍박과 제2차 세계대전의 참화를 피해 미국으로 이주한 유대인 과학자의 일원인 줄 알았다. 사실 그는 '토종' 미국인이다. 독일에서 미국에 온 유대계 이민 3세다. 율리우스 로버트 오펜하이머(Julius Robert Oppenheimer, 1904~1967)는 뉴욕 맨해튼에서 태어났다. 그가 이른바 맨해튼 계획의 하나인 로스앨러모스에서의 원자폭탄 연구를 통솔한 것은 날 때부터 운명 지워진 일인지도 모르겠다.

오펜하이머가 로스앨러모스연구소장이 된 데에는 '속지주의'가 작용한 것으로 보인다.(미국 영토 출생자에게만 대통령 선거 입후보 자격을 주는 헌법 조항의 개정을 요구한 캘리포니아 주지사 아널드 슈왈제너거의 주장을 상기하시라!) 양자역학을 통해 원자물리학의 시대를 개척하고 만개시킨 과학자 가운데 미국 태생은 드물었다. 오펜하이머의 '맞수'인 에드워드 텔러는 헝가리 출신이다.

이에다 연구소 구성원의 낮은 연령대를 무시하기 어려웠으리라. "로스앨러모스 프로젝트는 1943년 봄에 시작해서 1945년 가을에 끝났다. 기술적인 부분을 담당한 사람들의 평균 나이는 29세였다. 그 일을 시작할 당시에 오펜하이머는 39세였다." 한편, 오펜하이머에게선 여느 물리학자들이 보여 준 수학적 영재성이 드러나지 않았다고 한다. 대신, 그는 언어 능력이 뛰어났다. 또한 '석호필(마이클 스코필드)'과 비슷한 증세가 있었던 모양이다. "누군가 자신의 물건에 감탄하면 오펜하이머는 그 물건을 주어야만 할 것 같은 의무감을 느꼈던 것 같다." 막스 보른과의 공동 연구에서 문제가 된 양자역학에서 분자를 처리하는 일은 오펜하이머의 박사 논문이 되었다.

"수소 같은 간단한 원자의 처리는 통제가 가능했지만, 몇 개의 원자핵과 이 원자핵들의 부수적인 전자들이 있을 수 있는 분자는 훨씬 어려운 문제였다. 서로 상호 작용하는 몇 개의 물체를 포함하는 시스템의 전자 궤도를 계산하는 것에 상응하는 양자역학이었다. 화학적 반응에 관계하는 대부분의 물질들이 분자이며 단일 원자로 구성된 것이 아니기 때문에 분자의 취급은 핵심적이었다. 물이 친근한 예가 될 수 있다. 이때 보른과 오펜하이머가 도입한 근사치는 양자역학에서 아직까지도 표준치에 속한다. 그들은 분자에서 원자핵은 움직이지 않는 방관자로 간주될 수 있는 전자보다 훨씬 무겁다는 점에 주목했다. 전자가 일단 떨어져 나가면 그 다음에 전자들을 개별적으로 처리하는 것이 가능해진다. 어렵지만 불가능한 것은 아니다. 이것은 분자를 다루는 표준 기술이 되었다."

이를 바탕으로 오펜하이머는 1927년 독일 괴팅겐 대학에서 박사학위를 받는다. 그에게 "물리학은 사람들에게 이전에 아무도 모르던 것을 이해할 수 있도록 사물의 존재 방식을 말해 주는 것"이다. 전투기가 항공 공학과 항공 산업을 선도한 것처럼 전쟁 무기와 군수 물자는 관련 학문과 산업을 이끌었다. 반면, 원자물리학은 기꺼이 나서서 충직하게 복무한 혐의가 짙다. 나치 독일의 심각한 위협을 고려하더라도 말이다.

제레미 번스타인이 작성한, 로스앨러모스에 합류하기 전후로 노벨상을 탄 인물 목록은 어찌 봐야 하나? 번스타인은 목록이 완성될지 여부에 회의적이다. 우선, 엔리코 페르미와 닐스 보어는 로스앨러모스에 오기 전에 이미 노벨물리학상 수상자였다. 한스 베테와 I. I. 라비는 나중에 받았다. "실험물리학자인 노만 램지와 에밀리오 세그레, 이론물리학자인 펠릭스 블로흐와 리처드 파인만, 보어의 아들인 아지, 실험물리학자인 에드윈 맥밀런, 오언 챔벌린, 프레데릭 라이네스, 그리고 루이스 앨버레즈가 노벨상을 받았다. 흥미로운 수상 사례는 발 피치와 요세프 로트블라트의 경우다."

피치는 군인 신분으로 로스앨러모스에 왔다가 물리학 공부에 피치를 올렸고, 로트블라트는 전쟁이 끝난 뒤 반핵 운동에 전념하여 1995년 노벨평화상을 받는다. 아무튼 노벨상이 피로 물들었다 해도 과언은 아니다. 그런데 혈흔은 1957년경의 하버드대 물리학부에도 낭자하다. 케네스 베인브리지 학장은 플루토늄 내폭 폭탄 실험, 일명 트리니티 실험을 위한 부지를 준비하는 책임을 맡았었다. 램지는 재등장한다.

"물리학부 교수인 노만 램지는 '뚱뚱이'라고 불린, 일본 나가사키에 투하된 폭탄을 조립한 팀에 있었다. 웬델 퍼리는 1930년대 중반에 오펜하이머와 함께 버클리에 있었다. 두 사람은 양자 전기역학에 관한 중요한 논문을 함께 썼다. 젊은 조교수인 로이 글라우버는 박사학위를 받기 전에 테오도르 홀과 함께 로스앨러모스에 있었다. 홀은 16세의 나이로 하버드대에 입학했으며 18세에 로스앨러모스에 합류한 사람으로, 기술팀에서 가장 나이가 어렸다."

번스타인의 동시대 물리학자에 대한 묘사와 설명은 단편적이긴 하되 눈길을 끌기에 충분하다. 물리학자 프리먼 다이슨은 낮잠이 필요한 나이에 무한급수의 수렴에 대한 개념을 착안했다. "그는 $1+\frac{1}{2}+\frac{1}{4}+\frac{1}{16}\cdots$을 계산해 나가기 시작했고 그 합계가 2에 수렴함을 알아냈다." 1930년 어니스트 로렌스는 최초의 입자가속기 '사이클로트론cyclotron'을 발명한다. 그것은 자기장에 의해 유지되는 원형 트랙 안에서 전기를 띤 입자들을 가속시킨다.

오펜하이머의 은사, 퍼시 브리지먼의 '조작주의'는 실증주의의 완곡한 하나의 형태다. "이 이론은 질량이나 전하 같은 물리학의 개념은 오직 구체적 조작에 의해서만 정의될 수 있다는 내용이다. 조작할 수 없다면 그 개념은 의미가 없다는 뜻이다. '시간'을 예로 들자면 시계에 의해 혹은 시계 위에 조작된 무엇, 그 이상도 이하도 아니라는 뜻이다." 1952년 프린스턴의 물리학자 존 휠러는 공부해 본 적이 없는 상대성과 중력에 관한 강의를 맡는다. "그는 오펜하이머와 스나이더가 쓴 논문을 우연히 보게 되었고 자신의 연구를 이 부분으로 한정시켰다. 얼마 뒤 강의 시간에 누군가가 휠러에게 붕괴하는 별을 '블랙홀'이라 부르자고 제안했다. 그 이후 이것은 계속 블랙홀이라고 불리게 되었다."

오펜하이머가 1950년대 초중반 악명을 떨친 매카시 청문회의 희생양이라는 내 사전 정보는 완전히 헛짚은 거였다. 그가 국가 기밀에 접근하는 길을 차단하는 '보안 해제' 철회를 둘러싼 논란의 장은 매카시 청문회가 아니라 미국 원자력위원회 청문회였다. '빅뱅 이론'을 창시한 조지 가모브는 러시아 붉은 군대 포병장교로 근무한 이력 때문에 매카시 청문회에 불려갈 뻔했으나, 주위의 도움으로 화를 면한다. 그러나 상황이 엉킨 실타래처럼 꼬인 오펜하이머는 청문회에 나갈 수밖에 없었다. 그에겐 선택의 여지가 없었다. "나는 대안으로 제시된 것 중 최선이 무엇일까를 생각했습니다. 이 상황은 내가 12년여 동안 수행해 온 정부 업무에 합당한 사람이 아니었다는 의견을 보여 주는 것이고, 사임한다면 내가 그 사실을 인정하는 의미가 될 것입니다. 나는 그렇게 할 수 없습니다."

그는 청문회에서 겪은 고초를 자초한 측면이 있지만, 그보다는 미증유의 대량 살상 무기를 만들어낸 그의 업보로 보고 싶다. 배심원 격의 원자력위원회 패널들은 오펜하이머가 애국적이되 국가관은 투철하지 않다는 식의 어정쩡한 판단을 내린다. 이로써 오펜하이머의 정부 관련 임무는 종지부를 찍는다. 번스타인은 말을 아낀다. 확실한 증거와 공개된 자료를 근거로 한다. 섣부른 추측은 하지 않는다. 그런데 에드워드 텔러를 보는 시각은, 텔러가 오펜하이머를 대하는 것만큼이나 일관성이 없어 보인다. 공정성을 유지하려는 나름의 방책일까?

오펜하이머는 미국 사회의 대중적 우상이었던 듯싶다. 청문회 이후로도 강연자로서 오펜하이머의 인기는 여전했다. 책에 실린 사진 두

장이 인상적이다. 표지에서 오펜하이머는 솟구친다. 표지 사진은 필립 할스먼이 전 세계 유명 인사들이 껑충 뛰어오르는 순간을 포착한 것 중에 하나다. 죽기 1년 전, 프린스턴 대학에서 명예 박사학위를 받을 때 찍은 사진은 좀 애처롭다. 병색이 비치는 얼굴은 세파에 시달린 기색이 역력한 꼬장꼬장한 노인이다.

『갈릴레이의 생애』에 수록된 하이나르 키파르트(Heinar Kipphardt, 1922~1982)의 '기록극Dokument-Theater' 「J. 로버트 오펜하이머 사건에서」는 미 원자력위원회의 오펜하이머 청문회를 다룬다. "키파르트는 3천 매가 넘는 원기록을 140매로 압축, 8개의 장면으로 정리했다." 미 원자력위원회 공안위원회가 주재한 오펜하이머 청문회는 1954년 4월 12일부터 한 달간 비공개로 열렸다. 제레미 번스타인은 이를 바탕으로 한 「J. 로버트 오펜하이머 사건에서」의 실연을 거론하는 데 약간 삐딱하다.

"실제로 1960년대 중반에 독일 희곡작가인 헤이나르 키프하르트가 이 사건을 연극으로 올린 바 있다. 공연은 그다지 성공적이지는 못했다. 무대에 많은 인물들이 등장했지만 그들의 실제 모습과 유사성이 별로 없었다. 예를 들어 라비 같은 경우는 집에서 요리를 할 인물로 묘사되었다." 아마도 번스타인은 「J. 로버트 오펜하이머 사건에서」가 연극이라는 사실을 잊은 모양이다. 지시문을 보면, 키파르트에겐 풍자적인 의도가 있었던 것 같다. "(허영기가 있고 예쁘장하며 볼품이 없다.)" 극의 내용이 너무도 사실적이기에 배역마저 실존 인물을 빼닮으면 관객의 숨이 막히진 않았을까.

「J. 로버트 오펜하이머 사건에서」 오펜하이머의 최후 진술은 '꽤나' 감동적이다. 먼저 암담한 우리의 현주소다. "우리는, 세인들이 학자들의 발견을 공포심을 갖고 들여다보는 세상 속에 살고 있습니다. 무릇 새로운 발견은 세인들에게 새로운 죽음의 공포를 불러일으킵니다. 게다가 이토록 비좁아진 별 위에서 인간이 공존하는 방법을 쉬이 배울 수 있으리라는 희망도 희박해 보입니다. 또한 머지않아 인간의 삶이 그 물질적 측면에서, 새로운 발견의 이기利器를 바탕으로 영위되리라는 희망도 희박합니다."

또한 그는 핵의 평화적 사용으로 핵폭탄의 가공할 위협을 상쇄할 순 없다고 공언한다. "지금 어디서는 쉽게 값싸게 생산할 수 있게 된 핵에너지가 반대 급부적인 균형을 끌어들일 수 있다는 생각, 우리가 엄청난 파괴 무기를 위해 개발했던 인공적 두뇌가 장차 인간의 노동을 그 창조적 계열로 환원시키면서 공장들을 가동시키리라는 생각은 턱없이 유토피아적인 생각 같습니다. 그것은 우리의 삶에, 행복의 조건 중 하나인 물질적 자유를 선사할 것입니다. 그러나 이 희망들은 어쨌든 우리가 두려워하고 있고 상상조차 할 수 없는 지구의 파멸과 양자택일 중의 하나입니다. 이 갈림길에서 우리 물리학자들은, 우리가 그때처럼 그렇게 중요한 적이 없었음을, 동시에 그토록 무력한 적이 없었음을 통감하고 있습니다."

아울러 오펜하이머는 그에게 지워진 혐의가 되는 행위들이 결국 사람들이 그의 공적이라고 추어올리는 것보다 한결 과학의 이념에 다가섰다는 사실을 깨달았다고 고백한다. 그리고는 스스로에게 묻는다. "우리 물리학자들은 우리의 정부에 대해 지금껏 때로는 너무나 지나치고 성찰 없는 충성심을 바쳐 온 것이 아닌가 하고. 우리의 더 나은 통찰과 어긋나게도 말이죠." 오펜하이머의 최후 진술은 다시는 전시 계획에 동참하지 않겠다는 다짐으로 끝맺는다. "지금껏 우리는 '악마의 일'을 해 왔습니다. 그러나 이제 우리 본연의 과제로 돌아가겠습니다. 며칠 전 라비는 내게, 다시금 연구에만 몸을 바치겠다는 뜻을 말해 왔습니다. 이같이 미미한 위치들에서 세계를 보존시킬 수 있을 만큼 보존시키는 것, 이것 말고 더 나은 일을 우리는 할 수 없습니다."

오펜하이머가 청문회에서 겪은 고초는 대량 살상 무기 개발 총책임자의 업보다. 그나마 "세상에 수소탄이라는 것이 없게 된다면, 그것이 더 나은 세계일 것이다라는 생각"을 숨기지 않는 오펜하이머에겐 '개전의 정'이라도 있다. 반면, 오펜하이머 청문회에 증인으로 출석한 '수소폭탄의 아버지' 에드워드 텔러는 '확신범'이다. 군비 축소를 환상이라 비웃는 그의 핵전쟁관은 한스 베테의 말마따나 들을 가치조차 없는 넌센스지만, 그래도 들어보자. "원자전쟁이라는 것을 뛰어 넘게 될지 어떨지는 오로지 신神만이 아시겠지요. 모든 전쟁이 그렇듯 그 전쟁은 끔찍하겠지만, 제한된 전쟁이든 무제한의 전쟁이든 간에, 그것이 반드시 과거의 전쟁보다 더 큰 고통과 묶여 있으라는 법은 없을 겁니다. 그렇지만, 아마도 더 격렬하고 삽시간에 끝나는 전쟁이 되겠지요."

수소폭탄 개발 초기, 중간 모델 하나가 터질 때 사망권의 지름은 580킬로미터로 추산되었다. 텔러가 핵전쟁의 참상을 아주 낮춰보는 것도 터무니없지만 자신에 대한 후세의 긍정적 평가를 기대하는 것은 더욱 그렇다. "언젠가 나를 평화주의자로 보게 될 시기가 오기를 고대합니다. 다시 말하면, 전면적 파괴력을 지닌 우리 무기에 대한 엄청난 공포가 정치적 목표를 관철하는 고전적 수단인 전쟁의 자격을 결정적으로 박탈하게 될 시기가 오기를 나는 바라고 있습니다." '전쟁광' 에드워드 텔러에게는 '수소폭탄의 아버지'라는 오명汚名이 남을진저.

7

만국의 과학자여, 재단결하라!

다이애나 프레스턴의 『원자폭탄, 그 빗나간 열정의 역사 — 마리 퀴리에서 히로시마까지』

"이 일은 역사상 가장 위대한 일입니다." —미국 대통령 해리 트루먼

"내 온 존재를 뒤흔들어버릴 정도로 끔찍한 그런 것을 만나게 될 이런 세상에 아이들을 낳았다는 것이 가슴이 찢어질 정도로 괴롭다."

—뉴욕의 어느 아기 엄마

"그 가공할 섬광은 50년에 걸친 과학적 창조성과 50년 이상에 걸친 정치적 · 군사적 소용돌이가 일구어낸 최고의 성과였다."

—다이애나 프레스턴

이럴 수가! 듣던 대로다. 미국이 일본 히로시마와 나가사키에 떨어뜨린 원자폭탄은 '진짜' 20세기 초반 활짝 꽃피운 원자물리학을 토대로 한다. 원자물리학의 "놀라운 발견들"이 없었다면 원자폭탄은 불가능했다. 원자폭탄은, 좀더 정확히는, 원자물리학과 핵물리학의 집적물이다. 원자물리학과 핵물리학은 구별된다. 원자물리학은 원자를 연구하는 학문을 말하고, 핵물리학은 원자핵을 연구하는 학문을 말한다. 하여 원자물리학과 핵물리학을 같은 의미로 섞어 쓰면 곤란하다. 또 원

자폭탄보다는 핵폭탄이, 원자력 발전보다 핵 발전이 정확한 표현이다. 한동안 "핵물리학은 원자물리학에 비해 정체 상태에 있었다." 핵폭탄의 원리는 원자핵의 분열과 연쇄반응이다.

영국의 역사가 겸 저술가 다이애나 프레스턴은 『원자폭탄, 그 빛나간 열정의 역사—마리 퀴리에서 히로시마까지』(류운 옮김, 뿌리와이파리, 2006)를 통해 가공할 섬광의 밑바탕이 된 20세기 전반기 반세기에 걸친 과학적 창조성의 전개 과정을 되짚는다. "20세기 전반부의 아수라장 같은 역사를 바탕에 깔고, 이 책은 아름다운 과학 분야의 하나를 낳았던 순수한 과학적 발견의 기쁨이 전쟁을 통해 어떻게 갑자기 궁극의 무기를 향한 전력 질주로 탈바꿈하게 되었는지" 설명한다. 아울러 "그 이야기들을 통해, 그리고 관련자들의 목소리를 통해, 이 책은 각 사람들이 강박적인 호기심의 결과로 제기된 개인적 책임에 관한 문제에 어떻게 반응했으며, 어떻게 해서 히로시마와 히로시마의 주민에게 원자폭탄이 떨어졌는지, 그리고 그것이 어떻게 영영 우리의 세계를 뒤바꿔 놓았는지" 이야기한다.

대부분의 과학자들이, 핵폭탄의 토대를 이룬 원자물리학 발견의 여정은 1890년대 시작된 것으로 간주한다는 점을 고려해도 '퀴리 부인'이 선두타자로 등장하는 것은 다소 의외다. 하지만 타순은 단지 타석에 들어서는 순서일 따름이다. 핵폭탄은 마리 퀴리 같은 과학자 한사람이나 일군의 과학자들이 만든 '작품'은 아니다. 그것은 과학자들의 국제 '공동체'가 형성돼 있었기에 가능했다. "누구 할 것 없이 사람들은 저마다 결과를 발표했다. 무슨 이득을 바라는 것도, 국위나 권력을 바라는 것도 아니었고, 더군다나 개인의 영광을 위해서라고 할 것도 별로 없었다. 그저 순수한 앎의 기쁨을 누리기 위해서였다."

1910년대 방사능을 연구한 물리학자는 100명 안팎이었다. 그 숫자가 얼마 되지 않았기에 방사능 연구자들은 서로 알고 지냈다. 국가간 경쟁 의식이 강화되고, 경제 이권을 둘러싼 경쟁이 치열해지던 시기였지만 "과학의 연구 결과들은 국제적으로 공유되고 있었다." 국적이나 인종보다는 어디서 누구와 함께 연구했느냐에 따라 친목과 반목 관계가 형성되었다.

핵폭탄은 과학 발견에 기초하여 만들어지고 실전에 사용되었다. 핵폭탄의 그런 속성 때문인지 몰라도 다이애나 프레스턴은 실험물리학자들을 눈여겨본다. 마리와 피에르 퀴리 부부가 발견한 '기적의 물질' 라듐 붐을 타고 토륨 함유 치약 같은 방사능 생활용품이 만들어졌다는 사실은 충격적이다. 뭐, 요즘이라고 이런 일이 전혀 없다 할 순 없겠지만.

다이애나 프레스턴은 어니스트 러더퍼드를 비중 있게 거론한다. 이 책에서 러더퍼드는 가장 돋보이는 인물이다. 나는 다이애나의 서술을 통해 그의 존재감을 처음으로 인식하고 그가 얼마나 뛰어난 과학자인지 실감한다. "신비를 벗겨내는 일은 직관의 능력, 과감하면서도 엄격한 상상력, 튼튼한 몸과 최고의 정신을 필요로 한다. 지극한 연민의 시선으로 피에르 퀴리의 상처 입은 손을 주시하고 있었던 그 손님이 가진 기질이 꼭 그러했다." 또한 "러더퍼드의 원자 해석은 혁명적이었다."

영국의 물리학자 제임스 채드윅의 업적은 이탈리아 물리학자 에밀리오 세그레의 입을 빌려 이야기한다. 채드윅의 업적은 "곧바로 분명하고 확실하게" 중성자를 있는 그대로 인식시켜 주었으며, "위대한 실험물리학자의" 진정한 면모를 보여 줬다는 것이다.

이 책은 핵폭탄 개발과 폭탄 투하와 관련한 궁금증 세 가지를 풀어 준다. 우선, 어째서 미국에서 만들어졌는가? 1930년대 후반까지만 해도 미국은 이 가공할 위력의 대량 살상 무기에 관심이 별로 없었다. 영국이 프리시-펄스 비망록, 모드보고서, 루스벨트에 대한 처칠의 지속적인 압박 등으로 미국을 자극하지 않았다면, 미국의 핵폭탄 프로젝트는 다소 늦춰졌을 거라고 한다. 오토 프리시와 루돌프 펄스가 작성한 프리시-펄스 비망록은 1940년 3월, 영국 정부 관계자에게 먼저 전달돼 영국 핵폭탄 프로그램의 재시동을 걸게 했다. 「'슈퍼폭탄'의 제조에 관하여—우라늄에서의 핵 연쇄 반응에 기초하여」라는 제목의 세 쪽짜리 문서는 핵폭탄의 과학적 · 전략적 · 윤리적 문제를 다룬다. 다이애나 프레스턴은 프리시-펄스 비망록이 핵폭탄의 "진정한 실현 가능성을 과학적으로 입증한 최초의 기록이자, 나아가 그 충격적인 효과까지 기술한 최초의 기록"이라고 평가한다.

지금은 핵폭탄의 재료만 있다면 테러리스트도 폭탄을 만들 수 있다지만, 전인미답의 길을 걷기란 쉽지 않은 일이다. 영국은 돈과 인력이 부족했으며, 나치 독일은 여기에다 폭탄 제조에 필요한 물리학 수준마저 딸렸다. 미국의 핵개발계획인 맨해튼 프로젝트에 직간접으로 참여한 인원은 60만 명을 웃돈다. 물경 20억 달러가 투입되었다.

1942년 5월 무렵 핵폭탄의 원료를 만드는 기본적인 방법은 다섯 가지가 알려져 있었다. 우라늄 동위원소 "U-235는 원심분리, 기체 확산, 전자기 처리 과정을 통해서 분리될 수 있으며, 플루토늄은 흑연이나 중수를 감속재로 이용한 원자로의 우라늄에서 만들어질 수 있다는 것이었다." 우라늄 폭탄과 플루토늄 폭탄, 이 두 가지 유형의 동시개발에 착수한 미국은 테네시 주 오크리지Oak Ridge와 워싱턴 주의 핸포드를 핵폭탄 재료 생산의 거점으로 삼는다. 오크리지에는 전자기 우라늄

분리 공장과 대규모 기체 확산 공장이 들어선다. 플루토늄 대량 생산을 위한 원자로 설비들이 조성된 핸포드엔 "540여 채의 건물, 600마일에 이르는 도로, 158마일에 이르는 철도"에다 13만 2,000여 명이 북적였다. 연구 단지는 뉴멕시코 주 로스앨러모스에 세워진다.

어떻게 '좌경용공' 혐의점이 있는 로버트 오펜하이머가 로스앨러모스 연구소장으로 임명됐을까? 그건 맨해튼 프로젝트의 책임을 맡은 강경 보수 성향인 레슬리 그로브스 장군의 결정이었고, 탁월한 선택이었음이 입증되었다. 이는 그가 오펜하이머 임명을 반대하는 증거자료들을 검토하고 나서 "오펜하이머의 잠재적 가치가 그 어떤 안보 위협보다도 더 중요하다"는 결론을 내린 결과이기도 하다. 그로브스는 로스앨러모스연구소 소장으로 로버트 오펜하이머를 즉시 선택하진 않았다. 오펜하이머보다 돋보이는 두 후보자를 먼저 검토한다.

"비록 첫 만남이 가시 돋치기는 했지만, 그는 이미 어니스트 로렌스를 뛰어난 실험물리학자로 여기고 있었다. 다만 버클리에서 진행 중인 U-235 전자기분리법 연구에서 로렌스를 떼어놓을 수 있다고는 생각지 않았다. 아서 콤프턴 역시 아주 적임자였으나, 이미 시카고 대학 메트 랩의 전체 운영을 맡고 있었다. 중수소의 발견자인 컬럼비아 대학의 화학자 해롤드 유리도 가능한 후보였지만, 그로브스 생각에는 사람됨이 너무 나약한 게 흠이었다. 결국 그로브스는 오펜하이머가 최고의 적임자라고 결론을 내렸다."

또, 왜 도쿄나 오사카가 아닌, 히로시마와 나가사키가 핵폭탄의 표적이 되었나? 다이애나 프레스턴은 이따금 막간을 이용해 히로시마를 언급한다. 그녀의 설명에 따르면, 히로시마는 제국 일본의 자원 확보를 위한 해외 식민지 침탈의 창구다. 하면, 히로시마 원폭투하는 제국 일본이 아시아의 절반이 넘는 지역에서 저지른 난행의 인과응보인가? 그런 면이 없지 않다. 하지만 자업자득보다는 업보에 가깝다. 더구나 핵폭탄의 실제 목표물을 좌우한 결정적 변수는 날씨였다. "찰스 스위니가 조종하는 폭탄탑재 폭격기 복스 카Bock's Car에게 나가사키는 1차 표적이 아니라 2차 표적이었다. 1차 표적은 고쿠라였다. 그러나 고쿠라 상공에 구름이 덮여 있음을 본 스위니는 나가사키로 기수를 돌렸다."

우리 중에는 독일이 전쟁 중에 저지른 만행에 대해 독일인 개개인도 책임이 있다고 말하고 싶어 하는 사람들이 많습니다. 왜냐하면 그 만행에 반대하는 항의의 목소리를 내지 않았다는 이유 때문입니다. 설사 그 독일인들이 자기들의 목숨과 자유를 희생시키지 않고서는 그런 항의를 할 수 없었을 것이라 하더라도, 그 항의가 아무 소용도 없었을 거라는 그들의 변명은 받아들이기 힘듭니다.

헝가리 출신 유대인 화학자 레오 실라르드가, 핵폭탄의 견제과시를 지지하고 군비 경쟁을 피할 것을 트루먼 대통령에게 간청하는 탄원서에 힘을 실어 달라며, 로스앨러모스의 동료 과학자들에게 보낸 편지의 일부다. 나는 실라르드의 '독일 국민 책임론'에 공감한다. (일본 국민 역시 이런 책임론에서 자유롭지 않다.) 물리학자 카를-프리드리히 폰 바이츠체커의 '은밀한 고백'처럼 소극적 협력은 이미 나치와 타협한 것이다. "(우리가) 마땅히 있어야 할 (올바른) 자리는 사실 (저항자로서) 강제수용소가 되었을 겁니다. 그리고 그쪽을 선택한 사람들이 있지요." 반면, 베르너 하이젠베르크의 쫀쫀한 변명은 다이애나 프레스턴의 혹평을 받고, 후배 과학자의 아쉬움을 산다. "하이젠베르크는 또한 미숙하고 분별없는 사람이었고, 타인들의 관점을 배려하는 능력, 따라서 자신의 말과 행동이 타인들에게 미칠 영향을 헤아리는 능력이 전적으로 부족했다. 전쟁이 끝나고 오래 뒤에 샘 호우트스미트가 루돌프 펄스에게 말한 것에 따르면, '우리의 우상인 이 위대한 물리학자가 (도덕적인 면에서는) 우리보다 전혀 나을 바가 없었다'는 것이 문제였다."

그래도 양심을 지킨 과학자가 전혀 없는 건 아니었다. 독일에 남은 과학자 가운데 가장 돋보이는 인물은 막스 폰 라우에다. 그는 독일 원폭 프로젝트에 가담하지 않았고, 예전의 유대인 동료들을 보살폈다. 오토 한은 리제 마이트너가 탈출하는 것을 도왔다. 프리츠 슈트라스만은 본인과 가족의 목숨을 걸면서까지 유대인 피아니스트 안드레아 볼펜슈타인을 자기 집에 숨겼다. 맨해튼 프로젝트에서도 이탈자가 나왔다. 폴란드 출신 물리학자 조지프 로트블라트는 1944년 말, 독일이 핵폭탄을 보유하지 않았다는 사실을 알자마자 맨해튼 프로젝트에서 물러난다. 1995년 86세의 로트블라트는 노벨평화상을 받는다.

1945년 7월 16일 오전 5시 30분 뉴멕시코 주 앨러모도 공군기지 영역 안에 있는 사막 고지대에서 실시된 최초의 핵폭탄 실험은 플루토늄폭탄이다. 히로시마에 떨어뜨릴 우라늄폭탄은 실험할 필요가 없었다. 그해 8월 6일 아침 8시 15분 히로시마에 투하된 '리틀보이'는 엄청난 위력을 보였다. 1945년 12월까지 히로시마 시당국이 집계한 사망자 숫자는 14만±1만 명에 달한다. 전쟁 말엽 연합군의 드레스덴과 함부르크, 그리고 도쿄 폭격은 막대한 피해를 입혔다. 하룻밤의 드레스덴 공습은 적어도 6만 명을 몰살시켰다. 핵폭탄은 단 한 방으로 엄청난 파괴력을 보여 주었다. 재래식 폭탄으로 리틀보이와 맞먹게 히로시마를 초토화하려면 B-29 폭격기 3,000대가 출격해야 했다. 8월 9일 나가사키에 떨어진 핵폭탄은 4만 명의 목숨을 앗았다. 한편, 1952년 11월 1일 미국은 태평양에서 수소폭탄 폭발 실험을 한다. "그 폭탄은 지름이 1마일인 섬 하나를 날려 버렸는데, 그 폭발력은 리틀보이의 500배나 되었다." 이제 과학자에게는 새로운 종류의 '기술'이 부과되었다.

"예전에는 훌륭한 과학자가 되기 위해서는 해당 분야에 대한 지적인 능력을 갖추기만 하면 되었다. 그 외에 의사 소통이나 사귐성이 좋을 필요도, 정치적인 감각을 가질 필요도, 또는 과학이 아닌 그 어떤 분야에 대해서도 훌륭한 판단력을 보일 필요도 없었고, 오직 특별한 하나의 주제에 대해서만 훌륭하게 판단하면 되었다. 유전학이나 나노공학 같은 현재의 여러 주제 가운데, 과학자들에게 처음으로 연구 결과를 효과적으로 전달하고, 그 결과의 이용 가능성에 대한 견해를 표현할 것인지 여부를 결정하고, 여러 선택권들을 제시하거나, 아니면 단순히 '여기 있소, 그것이 의미하는 것이 이것이오, 어떻게 사용할지는 다른 사람들이 결정할 일이오' 하고 말할 필요를 만들어 준 최초의 주제가 아마 원자력이었을 것이다."

내 생각은 제1차 세계대전이 사회주의(자)의 무기력함을 드러냈다면, 제2차 세계대전은 과학(자)의 힘없음을 노출한 것 같다. 제1차 세계대전이 발발하자 유럽의 사회주의자 대다수는 국적의 한계를 못 넘어섰다. 제2차 세계대전은 과학자에게 애국심을 요구했다. 좀 늦었어도 과학자의 '국제주의'가 긴요한 때가 아닐는지. 이 책 33쪽의 만평이 눈에 익다. '나의 첫 과학책' 넷째 권 원자편 『데모크리토스에서 원자력까지』 143쪽에 이 그림을 베낀 풍자 만화가 실려 있다. 리처드 로즈의 퓰리처상 수상작 『원자폭탄 만들기』(전2권, 문신행 옮김, 민음사, 1995/사이언스북스, 2003)는 이 글에 반영하지 않았다.

8

참 아름다운 과학책

스티븐 제이 굴드의 『다윈 이후』

과학책은 아름답다. 새천년 들어 재출간된 칼 세이건의 책들에서 우주는 그 아름다움을 한껏 뽐낸다. 5년 만에 다시 나온 『창백한 푸른 점』(사이언스북스, 2001)과 8년 만에 새로 선보인 『혜성』(해냄)은 공히 천체를 찍은 사진들이 장관을 이룬다. 그것들은 장엄하기까지 하다. 피터 샤우텐의 그림과 팀 플래너리의 글이 조화를 이룬 『자연의 빈자리』(지호, 2003) 역시 진경을 연출한다. 거의 실물 크기로 재현한 동물 103종이 전부 멸종 동물이라는 안타까움은 아름다움을 배가한다. 비주얼한 과학책만 아름다운 건 아니다.

고생물학자 스티븐 제이 굴드(Stephen Jay Gould, 1941~2002)의 『다윈 이후*Ever Since Darwin*』(홍동선 · 홍욱희 옮김, 범양사출판부, 1988)는 텍스트로도 과학책이 얼마든지 아름다울 수 있음을 보여 준다. 이 책은 굴드가 1974년부터 1977년까지 〈자연사학 잡지*Natural History Magazine*〉에 연재한 칼럼 '이러한 생물관This View of Life'을 엮었다. 책에 실린 굴드의 글은 웬만한 문학 에세이는 저리가라 할 정도로 아름다움을 뽐낸다. 과학 에세이의 진수다. 번역자 두 사람의 번역 또한 아주 뛰어나다. 나는 이 책을 내가 읽은 최고의 번역서로 꼽는 데 주저하지 않겠다. 그리고 번역서가 나온 지 한 달이 채 안 되어 책을 사서 읽은 것에는 자부심마저 느낀다. 뒤표지 쪽 간지에 "88. 2. 11 오성서림"이라는 메모가 있다. 지금은 굴드가 우리 독자들이 선호하는 과학자이자 과학책의 저자이지만, 그때만 해도 그의 이름은 낯설었다. 『다윈 이후』는 처음 번역된 굴드의 저서다.

굴드는 다윈 진화론의 핵심인 '자연도태自然淘汰'에 얽힌 오해를 푸는 것으로 '머리말'의 문을 연다. 자연도태가 "진화 이론의 핵심을 이루게 된 오늘날에도 오해를 받아 잘못 인용되고, 그릇 적용되는 경우가 많다. 그 논리 구조가 크게 복잡해서 그렇게 잘못 이해될 리는 없다. 왜냐하면 자연도태의 이론은 단순하기 이를 데 없고, 단지 두 가지 부정할 수 없는 사실과 피할 수 없는 한 가지 결론에 근거를 두고 있"어서다.

1. 생물들은 서로 다르고, 이러한 변이變異, variation는 (적어도 그 일부는) 자손에게 유전된다.
2. 생물들은 살아남을 수 있는 수보다 더 많은 자손을 남긴다.
3. 평균적으로 보아 환경에 유리한 방향으로 가장 다양하게 변화할 수 있는 자손이 살아 남아 종족을 퍼뜨린다. 따라서 유리한 변이가 자연도태에 의해 각 개체군個體群에 축적되게 된다.

위의 첫 번째 명제는 두 가지 제약 조건을 더하여 강조할 수 있다. 첫째, 변이는 임의적인 것이 분명하다거나 변이에는 최소한 적응에 대한 차별적인 지향성이 없다는 것이다. "둘째, 변이는 새로운 종種의 기초를 세우는 데 필요한 진화적인 변화의 규모에 비한다면 작아야 한다." 겉보기로는 단순한 다윈의 이론도 미묘하고 복잡한 성격을 지닌다는 굴드는, "이 이론을 받아들이지 못하게 하는 장애물은 과학적인 것에 있다기보다는 다윈의 메시지에 담겨 있는 급진적인 철학 사상에 있다고 생각한다."

머리말의 끝자락에서 굴드도 프로이트를 인용한다. "인류는 역사상 두 차례에 걸쳐 과학의 손에 의해 그들의 천진한 자기애에 중대한 모욕을 당했다. 첫번째는 우리의 지구가 우주의 중심이 아니라, 상상하기조차 어려운 방대한 규모의 우주 체계 안의 한 점 티끌에 지나지 않음을 깨달았을 때였다… 두번째는 생물학 연구로 말미암아 신의 피조물로서의 인간의 특권을 강탈당하고, 동물계의 한 후손의 자리로 격하되었을 때였다."

굴드가 생각하는 '참된 다윈 정신'은 서양인들이 즐겨 사용하는 오만한 사상을 부정함으로써 황폐해진 이 세상을 되살리는 것이다. 여기서 오만한 사상이란 서양인들은 "예정된 과정의 위대한 산물이므로 지구와 그 생물들을 지배하고 소유할 운명을 지닌 존재라는" 확신을 가리킨다. 『다윈 이후』는 "다윈이 그의 새로운 진화계를 묘사하기 위해 사용했던 용어"를 탐색하는 데 목적이 있다.

"진화는 무목적적이며, 비진보적이고 유물론적이다." 다윈은 진화에는 아무 목적이 없으며, 정해진 방향도 없다고 했다. "다윈은 유물론唯物論의 일관된 철학을 그의 자연 해석에 적용했다." 굴드는 이 같은 묵직한 주제를 몇 가지 수수께끼를 통해 풀어나간다. '다윈은 어째서 그의 이론을 발표하기까지 21년이나 기다렸는가?' 이 수수께끼를 풀기에 앞서 굴드는 과학자들의 전기傳記가 전통적으로 위대한 사상가들의 실체를 그릇되게 이끌어 갈 위험성이 아주 큰 정보원이 된다는 사실을 경계한다.

"그것들은 위대한 사상가들을 객관적 자료의 제약 이외에는 어떠한 일에도 영향을 받지 않는 내적인 메커니즘의 힘에 의지하여, 집요하고도 헌신적으로 자신들의 선견지명先見之明을 추구하는 단순하고도 합리적인 기계로 묘사하는 경향이 있"어서다. 이런 식의 통설에 따르면, 다윈은 단지 그의 이론을 담은 책을 완성하지 못했기 때문에 20년을 기다리게 된다. "그는 자기 이론을 뒷받침할 완벽한 자료를 모으고 난 뒤에 발표하기로 결심했고, 그러자니 시간이 걸렸다는 것이다."

굴드는 진화론의 발표가 지체된 20여 년 동안 다윈의 활동에 비춰보면, 통설은 설득력이 없다고 주장한다. 굴드는 다윈의 이른바 M과 N 노트를 근거로 다윈이 진화론 발표를 꺼리게 만든 두려움의 실체를 밝힌다. 그건 바로 다윈이 철학적 유물론자였기 때문이다.

"그 노트의 여러 대목에는, 자신이 진화론 그 자체보다 훨씬 이단적이라고 자각하고 있는 무엇을 마음속에 품고 있으면서도 공개하기를 두려워하고 있었다는 인상이 뚜렷이 나타나 있다. 보다 이단적이라는 그 관념은 다름이 아니라 철학적 유물론philosophical materialism이며, 물질이 모든 존재의 질료이고 일체의 정신 및 영적 현상은 그 부산물이라는 가설을 말한다. 아무리 복잡하고 강력한 정신이라 할지라도 그것이 두뇌의 산물에 지나지 않는다는 명제야말로 서양 사상의 깊은 전통을 밑바닥에서부터 뒤엎는 관념이 아닐 수 없었다."

마르크스 자신은 마르크스주의자가 아니라고 했다. 다윈 역시 다윈주의자가 아니다. 다윈은 진화론자가 아니라는 말이다. 하면, '왜 다윈은 진화evolution라는 표현을 쓰지 않았을까?' 19세기 유럽을 대표하는 진화론자는 다들 진화라는 용어를 사용하는 데 인색했다. 프랑스의 라마르크는 '형질변환 이론Transformisme-Theorie'이라 표현했고, 독일의 헥켈은 '종간변이 이론Transmutation-Theorie'이나 '유전 이론Descendenz-Theorie'이라는 용어를 즐겨 썼다.

다윈은 '변이를 수반한 유전descent with modification'이라고 했다. 다윈이 자신의 '변이를 수반한 유전'을 표현할 때 진화라는 용어를 피한 이유는 크게 두 가지다. "첫째, 그 전문적인 의미가 그의 믿음과 대조를 이루었고, 둘째 그는 일상적인 의미에 내재해 있는 필연적 진보의 관념에 불안을 느끼고 있었던 것이다." 영어에서 진화와 '변화를 수반한 유전'이 동의어가 된 것은 굳센 다윈 지지자인 허버트 스펜서가 선전한 결과다.

스펜서는 1862년 펴낸 『제1원리*First Principles*』에서 우주의 법칙을 이렇게 규정했다. "진화란 물질의 통합이요 그에 수반되는 운동의 확산을 의미한다. 이 과정에 그 물질은 무한하면서 일관성이 없는 동질성homogeneity에서 한정되고 일관성이 있는 이질성heterogeneity으로 이행된다." 그 후로도 스펜서는 진화를 요즘 쓰이는 의미로 굳히는 데 꾸준히 이바지한다. 이는 스펜서의 견해가 19세기의 주류적인 생물 진화 개념들과 꼭 들어맞은 때문이기도 하다. "빅토리아 시대의 과학자들은 쉽게 생물의 변화를 생물의 진보와 등식화했다."

정작 "진화론의 아버지는 생물의 변화를 구조적인 복잡성이나 이질성의 증가에 의해 규정되는 진보라는 추상적 이념으로서가 아니라, 생물과 그 환경 사이에서 적응성이 증가되는 방향으로 인도되어지는 것으로 인식하여 절대로 고등이다 하등이다 하지 않겠다고 주장하고 있었다." 굴드는 만약 우리가 다윈의 이러한 경고에 주의를 기울였다면,

오늘날 과학자들과 일반인들 사이에 일고 있는 진화론에 대한 혼란과 오해를 적잖이 떨쳐낼 수 있었을 거라며 아쉬워한다.

"진화와 진보 사이에 설정한 필연적인 연계를 전제로 하는 사상은 인간을 중심으로 한 최악의 편견이라고 비판하고 나섰던 과학자들 사이에서는 다윈의 견해가 승리를 거둔 지 오래였기 때문이다. 그럼에도 불구하고 대다수의 사람들은 지금도 진화와 진보를 동일시하고, 인간 진화를 단순한 변화가 아니라 지능과 신장의 증가 또는 그 밖의 독단적인 척도로서의 개선과 향상으로 정의하고 있다." 또한 굴드는 생물 진화와 진보를 동일시하는 오류가 사회적 다윈주의Social Darwinism를 악용하는 원인이 되는 등의 불행한 결과를 계속 낳고 있다고 덧붙인다.

'비글호의 박물학자는 누구였나?'는 수수께끼에 답이 있다. (다윈이 비글호의 박물학자가 아닌데도 비글호에 타게 된 사연은 『비글호 항해기』를 읽을 때 살펴보겠다.) 적어도 다윈은 비글호의 공식적인 박물학자가 아니었다. 이와 관련하여 굴드는 과학자에게 물질적 기반의 중요성, 다시 말해 먹고 살 만해야 연구가 가능하다는 점에 유의한다.

설사 군소리를 붙이지 않더라도, 이 이야기는 과학사에 있어서 사회계급이 얼마나 중요한 요소로 고려되어져야 하는가를 생생히 보여 주고 있다. 다윈이 아주 부유한 의사의 아들이 아니라 어느 장사꾼의 자손이었다면, 오늘날의 생물학이 얼마나 달라졌을까 생각하게 한다. 다윈이 누리고 있던 개인적인 경제력으로 말미암아 그는 그의 조사 활동을 마음대로 할 수 있는 자유가 있었다. 그는 여러 가지 질병에 시달려 하루에 제대로 일을 할 수 있는 여유라고는 고작 두세 시간에 불과할 때가 많았다. 따라서 그가 정직하게 제 손으로 벌어들인 돈으로 살림을 꾸려가야 할 처지였다면, 연구 활동은 완전히 포기하지 않으면 안 되었을 것이다. 다윈의 사회적 신분 역시 생애의 전환기에 중대한 역할을 했음이 최근에 와서 알려지게 되었다.

한편, 굴드는 정치적인 메시지가 덧붙은 과학적 오만에 대해 일침을 가하기도 한다. "과학이란 객관적 정보 수집과 지난날의 미신을 파괴하면서 이루어지는, 진리에의 가차 없는 행진이 아니다. 평범한 인간들과 마찬가지로, 과학자들도 무의식적으로 그 시대의 사회 정치적 제약을 그들의 이론에 반영한다. 사회의 특권적 성원으로서 그들은 기존 사회의 질서를 생물학적으로 예정되었다고 옹호하는 경우가 그렇지 않은 경우보다 더 많다."

굴드가 생각하는 "다윈론의 본질은 자연도태가 적자를 창조한다는 주장에 담겨 있다. 변이變異란 어디서나 일어나고, 그 방향은 임의적이다. 그것은 소재素材를 공급해 줄 뿐이다. 자연도태는 진화라는 변화의 방향을 지시한다. 그것은 유리한 변이종들을 보전하고 점진적으로 적성fitness을 쌓아올린다." 이를 간추리면, "다윈은 외부의 환경에 의해 결정되는 우발적인 변이와 자연도태를 바탕으로 하는 진화 이론을 전개했다." 그런데 자연도태natural selection는 진화 못잖게 오해와 논란을 부르는 개념이다. 자연도태는 변화하는 환경에 대한 국지적 적응local adaptation 이론으로 여기엔 완성의 원리가 없으며, 전반적인 개선의 보장도 없다 할 수 있다.

다윈이 설정한 적성의 독립된 기준에는 실제로 '개선된 설계

improved design'가 내포되어 있지만, 당대의 영국인들이 선호하던 우주적 의미에서는 '개선되지improved' 않았다. 다윈에게 있어 '개선되었다 함'은 '눈앞의 국지적인 환경에 보다 적응하기 좋게 설계되었음'을 의미했다. 국지적 환경은 끊임없이 변한다. 날씨가 추워지는가 하면 더워지기도 하고, 습기가 많아지거나 메마르기도 하며, 초원이 번성하는가 하면 삼림이 형성되기도 한다. 자연도태에 의한 진화란 다름 아니라 그 속에서 살기에 보다 나은 설계로 이루어진 생물종들을 차등적으로 보전함으로써 변화하는 환경을 따라잡는 작업을 말한다. 매머드의 몸에 난 털은 우주적인 의미의 진보와는 상관이 없다.

나는 30년 전, 굴드가 직시한 진화론의 현주소에 동감한다. "서양 세계는 아직도 다윈과 화해하지 못하고 있으며 진화론이 갖는 의미를 이해하지 못하고 있다." 진화론에 대한 몰이해가 어디 서양뿐이랴! 나는 진화론의 씁쓸한 현주소뿐만 아니라 굴드의 '천진난만한' 주장에도 공감한다. "지금도 수그러들지 않는 다윈 이론의 인기는 그 이론이 우리들이 현재 진화에 관해서 가지고 있는 불완전한 정보를 설명하는 데 여전히 성공을 거두고 있다는 사실과 틀림없이 연관이 있다." 다음 한 마디 또한 새겨듣고 싶다. "예정된 목적이 생물의 역사를 규제하는 법이란 없다." 아무튼 『다윈 이후』를 통해 나의 과학책 읽기는 본궤도에 오른다.

이 글이 『다윈 이후』의 앞부분을 살핀 까닭은 이미 씌어진 다른 글과 겹침을 피하기 위해서다. 『다윈 이후』의 중후반에 관한 내용은, 필자의 『책으로 만나는 사상가들 1』에 실린 「스티븐 제이 굴드」편을 참조하기 바란다.

9

과학은 어디에나 있다

장하나의 『속담으로 배우는 과학 교과서』와 다이우싼의 『고사성어 속 과학』

어디나 과학은 있다. 과학은 우리 속담에도 있고, 중국 고사성어에도 있다. 한국방송 코미디 프로그램 〈폭소클럽〉에 출연하여 얼굴과 말투가 우리 눈과 귀에 익은 과학 강사 장하나의 『속담으로 배우는 과학 교과서』(북섬, 2006)는 속담에 담긴 과학 원리를 살핀다. 논술 전문 잡지 〈독서평설〉에 연재한 내용을 다듬어 책으로 엮었다. 저자의 방송 출연을 지켜본 독자는 『속담으로 배우는 과학 교과서』가 흥미 본위이지 않겠느냐는 선입견을 가질 수도 있다. 하지만 전혀 그렇지 않다. 사실, 그의 코믹한 방송 강의는 '내용'이 충실했다. 이 책은 재미와 지식이 조화롭다. 학습 효과가 있다.

머리말 격인 '지은이의 말'은 속담의 사전적 정의와 아리스토텔레스의 '속담관俗談觀'으로 운을 뗀다. 국어사전은 속담을 "예부터 민간에서 생겨 전해 오는 쉬운 격언"으로 풀이한다. 아리스토텔레스의 속담에 대한 견해는 이렇다. "속담이란 누구나 손쉽게 쓸 수 있는, 가장 간편한 생활 용어다. 따라서 속담은 언제까지나 소멸되지 않을 옛 지식의 한 편린이다." 막 바로 장하나의 '속담론俗談論'이 이어진다.

속담에는 그 속담을 주고받은 사람들의 특성과 정신이 고스란히 남아 있다. 속담에는 한 민족이 오랜 세월 경험으로 터득한 생활의 과학이 담겨 있다. 단순해 보이는 짧은 글귀지만 그 속엔 자연에 대한 깊은 통찰이 살아 숨쉰다. 천 마디의 과학적 설명보다 분명하고 쉬운 이해를 돕는다. "풍자와 해학까지 흐르고 있어 멋스러움까지 느낄 수 있"으니, 속담은 과학 공부의 매개로 더할 나위가 없다.

『속담으로 배우는 과학 교과서』는 먼저 과학 원리가 담긴 속담의 뜻을 풀어 준다. 때로는 의미가 비슷한 속담을 나열하며, 속담에 담긴 과학 원리는 반드시 설명한다. '달도 차면 기운다'는 "모든 사람과 사물은 한번 성해서 가득 차고 나면 다시 쇠퇴하고 줄어들기를 반복한다는" 의미다. 이와 유사한 격언으로는 '화무십일홍花無十日紅'과 '권불십년權不十年'을 들 수 있다. 정말이지 열흘 붉은 꽃은 있지 아니하고, 권세는 10년을 가지 못한다. 세상 이치가 그러하다. 시방 권력을 손에 쥐고 있는 자여, 쓸데없이 날치지 말지어다.

'마른하늘에 날벼락'이 칠 수 있을까? 그렇다, 가능하다. '마른하늘에 날벼락'은 "뜻밖의 돌발적인 사고나 불행한 일이 일어났을 때 쓰이는" 비유적 표현이지만, 실제로 마른하늘에도 벼락이 내리칠 수 있다. "미국의 한 연구소에서 '마른하늘에 날벼락'을 증명하는 데 성공한" 바 있다. "연구소의 관측 지점으로부터 10km 이상 떨어진 남서쪽을 지나가던, 비를 머금은 구름대에서 번개가 전달되어 왔던 것." 이러한 현상은 "관측자가 위치한 곳의 날씨는 맑지만 주위의 적란운에서 관측자가 있는 곳으로 비스듬히 번개가 치는 경우에" 나타날 수 있다.

번개, 천둥, 벼락, 그리고 우레에 관한 설명이 친절하다. "번개와 천둥은 벼락이 발생할 때 동반되는 빛과 소리 현상"이다. 번개가 칠 때

생기는 강한 전류는 공기를 급속히 데우고 부풀린다. "이때 공기가 팽창과 수축을 반복하면서 공기 진동이 일어나는데, 이것이 바로 천둥소리"다. 우레는 천둥(天動)의 순우리말이다.

'번개가 많이 치는 해에는 풍년이 든다'는 속담의 과학적 근거는 이렇다. 과학자들이 번개가 친 뒤 채취한 대기의 샘플을 분석해 본 결과, 번개는 지구상의 질소를 질산으로 고정시키는 역할을 했다. 토양에 비료 구실을 한다고 밝혀진, 번개가 만들어내는 질산의 양은 한해 10억 톤이나 된다. 번개에 의해 고정된 질소는 비를 통해 지표로 스며들어 토양에 풍부한 영양분을 공급한다.

'맑은 물에 고기 안 논다'는 청렴결백한 이에겐 사람과 재물이 따르지 않는다는 뜻의 속담으로, 청렴결백한 사람을 유혹하거나 비꼬는 의미로 써왔다. 하지만 과학적으로는 그릇된 주장이다. 맑은 물에도 고기가 산다. 하면, 이런 속담은 왜 생겨났을까? 아주 맑은 물에 사는 물고기는 사람의 눈에 잘 띄어 쉽게 잡히기 때문이다. "사람들이 주로 먹는 민물고기들은 대부분 3급수에 사는 것들입니다." 1급수처럼 맑은 물에는 사람들이 즐겨 먹는 물고기가 없어서다. 이에다 만연한 부정부패를 합리화하는 술책이 더해진 건 아닌지 모르겠다.

'웃음은 보약이다'와 '잠을 자야 꿈을 꾸지'는 첨단 뇌 과학의 검증을 거쳤다. "웃음은 심리적 긴장이 해소되는 순간 나타나는 생리적 현상"이다. 미래의 불안을 예상할 수 있는 능력과 그것이 해소되었다는 것을 인식하는 능력이 있어야 웃을 수 있다고 한다. 그런데 인간 말고 다른 동물에게는 이런 능력이 없다. 사람의 몸에는 웃음을 관장하는 '웃음보'가 진짜 있다. "인간의 왼쪽 대뇌에서 팔다리를 통제하는 신경 조직 앞부분에 표면적 4㎠ 크기의 웃음보가 발견되었"다. '잠을 자야 꿈을 꾸지'는 인과론적이다. "어떤 결과를 얻으려면 그에 필요한 조건을 갖추어 놓아야 한다"고 풀이된다. 호랑이를 잡으려면 호랑이굴에 가야하고, 별을 보려면 밤하늘을 쳐다봐야 한다. 꿈꾸기의 전제가 되는 잠은, 최근 연구 결과에 따르면, "뇌를 쉬게 함으로써 마음과 정서를 편안하게 하고 질서 있는 몸을 만드는 과정"이다.

수면과 웃음에 관한 통계수치가 흥미롭다. 팔십 평생 기준, 우리는 "잠자는 데 26년, 일하는 데 21년, 밥 먹는 데 6년, 사람을 기다리는 데 6년을 보"낸다. 하지만 여든 살 먹은 노인이 일생 동안 신나게 웃은 것은 22시간 3분밖에 안 된다. 또 "여섯 살 난 어린이는 하루에 300번 웃고 성인은 겨우 열일곱 번 정도 웃는다." 한편, 우리는 120시간쯤 잠을 못자면 환시, 피해망상, 방향 감각 상실, 정신 착란 등의 증세가 나타난다. "환시란 현실로는 없는 것이 있는 것처럼 보이는 현상을, 피해망상이란 남이 자기에게 어떤 해를 입힌다고 생각하는 병적인 현상을 말"한다.

『속담으로 배우는 과학 교과서』는 22개 꼭지로 이뤄져 있다. 각 꼭지마다 '되새겨 생각하기'를 마련해 내용을 간추리고 복습을 꾀한다. 한 꼭지 분량은 그리 길지 않다. 본문의 모자라는 설명이나 강조하는 내용은 사진 설명글을 통해 보완하기도 한다. 예컨대 "다시 한 번 맞춰 보세요. 마른 장작이 잘 타는 이유는? 예, 젖은 나무보다 발화점이 낮기 때문이죠."

이 책의 서술은 대체로 무난하며 무리가 없다. 다만, 두 가지 점은 꽤 아쉽다. 첫째, 유전공학을 보는 지은이의 시각이 다소 안이해 보인다. "유전공학은 인간의 행복한 내일을 위한 중요한 과학 분야죠. 문제는 유전공학 기술이 날로 발전하는 것과 더불어 이에 대한 좀더 철저한 관리가 필요하다는 점이죠." 유전공학 연구를 적절하게 관리하면 통제가 가능하다는 주장은 우려스럽다. 위험하기까지 하다.

둘째, 마음의 중요성을 세 번이나 강조한 대목에선 '비과학非科學'의 혐의마저 없잖다. "달을 바라보면서 마음을 다지다 보면 끝까지 낙담하거나 실망에 빠지는 일은 없겠죠."(29쪽) "행복과 성공은 마음으로부터 출발한다는 것을 명심합시다."(124쪽) "여러분, 아무리 힘들고 어려운 때라도 할 수 있다는 마음가짐만은 버리지 마세요. 안 되는 일은 없어요. 다만 스스로 포기하기 때문에 안 된다고 여길 뿐이죠. 즐겁고 긍정적인 마음으로 세상을 건강하게 살아 봐요."(166쪽) 이렇게 말하는, 청소년 독자를 격려하는 지은이의 의도를 모르는 바 아니나, 세상 일이 그렇게 마음먹은 대로 될까? 마음만 다진다고 일이 술술 풀릴까? 몸은 따라 주지 않는, 행동의 뒷받침이 없는 마음가짐은 아무리 진지해도 말짱 도루묵이 아닐는지. '안 되는 일은 없다'는 조언은 위험하기조차 하다.

중국의 과학기술사학자 다이우싼戴吾三은 『고사성어 속 과학成語中的古代科技』(박영순 · 서희명 옮김, 이지북, 2006)의 '저자 서문'에서 고사성어가 중국 문화의 보고寶庫 중의 보고라고 말한다. "성어는 짧은 문장 형태로 핵심을 전달하며, 절제된 언어 표현을 통해 풍부한 의미를 담아낸다. 성어를 적절하게 잘 사용하면 정련되고도 생동적이며 정곡을 찌르는 언어 표현의 효과를 거둘 수 있다. 일반적으로 성어는 특정한 배경을 담고 있다. 어떤 것은 일부 고서의 인물이나 사건에서 유래되었다. 그 가운데는 고대 과학기술에 대한 인식 과정을 보여 주는 고사성어도 발견할 수 있다." 거꾸로 고사성어는 고대 과학 기술에 관한 이해를 돕기도 한다. 이 책에 실린 고사성어 70가지는 물리 · 화학 · 생물 · 수학 · 의학 등 과학의 모든 분야를 망라한다.

일찍이 고대인들은 현악기를 켤 때 '공진共振 현상'이 나타나는 것에 주의를 기울였는데, '동성상응同聲相應'은 '공진 현상'과 관계가 있다. '동성상응'은 『역경易經』「괘卦」에서 가장 먼저 보인다. "같은 소리는 서로 응하고, 같은 기는 서로 당긴다(同聲相應 同氣相求)." 요즘은 취미가 같은 사람끼리 한데 모인다는 비유로 쓰인다. '등당입실登堂入室'로는 고대 가옥의 구조를 엿본다. 고대의 가옥 구조에서 '당堂'은 대청마루고, '실室'은 안방이다. "먼저 문에 들어선 후 대청마루에 오른 다음 비로소 안방으로 들어가게 된다."

'각주구검刻舟求劍'은 상대성 이론에 연결 짓는다. '각주구검' 고사는 칼이 떨어진 지점을 배[船]에 새겨놓고, 거기서 잃어버린 칼을 찾으려는 어리석은 사람을 풍자한다. 그런데 물리학적으로 칼을 찾을 수 있는 방법은 다음 두 가지다. "첫째, 칼이 강에 떨어진 위치를 강기슭으로부터의 방향이나 거리로 기억하는 것으로, 강기슭을 기준 대상으로 삼는 것이다. 둘째, 배에 표시를 한 후, 배의 속도, 항해 시간, 칼이 물에 빠진 시간을 근거로 하여, 강기슭에 도착한 배와 칼이 떨어진 지점 사이의 거리를 구하는 것이다." 배를 기준 삼아 칼을 빠뜨린 수면의 좌표를 환산하는 두 번째 방법은 번거롭긴 하나 정확도가 높다. 강기슭, 강물, 배 가운데 과연 어느 것이 움직이는지 고대인은 진지하게 고찰했다. 또한 예로부터 "배와 강기슭, 산의 운동 관계는 상대성 운동에 대해 논한 전형적인 예가 되었으며, 오늘날에도 과학적 의의를 지니고 있다."

'상전벽해桑田碧海'라고도 하는 "'창해상전滄海桑田'은 결코 근거가 없는 허구나 억측이 아니다." '창해상전'은 논밭이 바다로 변하거나 바다가 논밭으로 바뀐다는 뜻으로, 천지의 변화무쌍을 비유한다. '창해상전'은 진나라 갈홍(葛洪, 248~363)의 『신선전神仙傳』에 처음 나온다. "왕원王遠은 자字가 방평方平이고 동해인東海人이다. …마고麻姑가 이렇게 말하였다. '온 동해가 뽕밭으로 변하는 것을 세 번씩이나 보았습니다. 봉래蓬萊에 가보니 또 물이 전보다 얕아져 반밖에 안 되니, 어찌 앞으로 다시 언덕이 될까요?'" 갈홍의 지질학 설명에 등장하는 마고와 왕방평은 신화 속 인물이다. 갈홍이 말하는 동해는 중국 강소성江蘇省 연운항連雲港 지역의 황해 연안이다. "이 지역은 해안 지역이고, 또 일찍이 황하가 여러 차례 이곳에서 바다로 유입되었기 때문에 황수양黃水洋이라고도 한다. 모래와 산호 부스러기로 이루어진 섬과 여울이 아주 넓게 분포해 있으며, 해안이 끊임없이 바다 쪽으로 들어가 창해상전의 변화가 매우 확실하게 나타난다."

본받아 배울 만한 본보기를 일컫는 '모범模範'은 옛 중국의 제련 관련 용어에서 왔다. 모범은 '거푸집'을 가리켰다. 이에 대한 전거로는 동한東漢 시대 왕충王充이 지은 『논형論衡』「물세物勢」편에 나오는 "질그릇을 굽거나 쇠붙이를 불릴 때 먼저 거푸집을 만들어야 한다(今夫陶冶者 必模範爲形)"가 있다. 『순자荀子』의 「강국强國」편에선 "거푸집이 바르고, 쇠의 질이 좋으며, 대장장이의 기술이 뛰어나고, 불의 강도가 적절해야만 거푸집을 열었을 때 막야莫邪 같은 명검이 나온다(刑範正, 金錫美, 工冶巧, 火齊得, 剖刑則莫邪)"고 했다. 모범생은, 그 어원을 거슬러 오르면, 학업 성적이 뛰어나고 품행이 방정하여 다른 학생의 본보기가 된다기보다는 학교와 사회가 요구하는 틀에 맞는 번듯함과 순응적인 태도가 '모범'의 더 지배적인 요소이지 않을까? 더구나 이른바 '공교육 자율화'는 우리 학생들을 획일적인 거푸집에 가둬 각자의 개성과 창조성을 말살하던 낡은 시대로의 회귀나 다름없다. 아니다, 우리가 언제 개성을 부추기고 창조성을 고무하는 교육을 한 적이 있었더냐! 우린 언제쯤 규격화된 공산품 교육에서 벗어나려나.

'유좌지기宥坐之器'는 '기기攲器'를 말한다. '기기'는 주나라 때 임금이 경계심을 갖도록 만든 그릇으로, 물이 가득 차면 엎어지고 비면 기울어졌다. 고대 임금들은 '기기'를 넘치거나 모자라는 것을 경계하는 물건으로 삼았다고 한다. '유좌지기'는 '좌우명座右銘'과도 통한다. 다이우싼은 역학 원리에 따른 '기기'가 "무게중심이나 평형과 관계 있는 물건으로 '기기'의 제작은 고대인들의 뛰어난 사고와 노력의 산물"이라고 평가한다. 아울러 고대 과학의 한계를 지적하는 것도 잊지 않는다. 하나를 통해 여러 가지를 유추할 수 있다는 뜻의 '거일반삼擧一反三'은 고대 중국인의 과학적 사고를 반영한다. "연상과 유추는 과학의 발견과 기술의 발명 및 창조에 있어 중요한 방법론적인 의의를 지닌다. 하지만 유추의 결론이 정확할 수도 있고 터무니없는 것일 수도 있기 때문에, 검증과 실험을 거쳐야만 정확하게 증명될 수 있다. 그러나 고대 중국의 과학 연구는 이러한 실증적인 논증은 부족하다. 이 점이 중국 고대 과학의 취약점이라 할 수 있다." 아무튼 과학이 근현대인의 전유물은 아니다.

10

과학은 늘 우리 곁에 있지만

김형자의 『과학에 둘러싸인 하루』

생활 속 과학 이야기는 아쉬운 점이 많다. 이런 종류의 책으로 처음 접한 미하일 일린의 『집안에 감춰진 수수께끼』(박미옥 옮김, 연구사, 1990)부터 그랬다. "복잡하고 난해한 기술세계의 전문적인 테마와 과학적인 여러 현상을 평이한 말로 이해하기 쉽게 표현"한 일린의 저작 중 하나가 왠지 왜소해 보였다. 일린의 기념비적인 저작 『인간의 역사』 영향권에서 자유롭지 못하여 그랬으리라. 『집안에 감춰진 수수께끼』는 폭과 깊이와 분량이 『인간의 역사』에 크게 못 미쳤다. 『집안에 감춰진 수수께끼』는 번역서 제목대로 집안 구석구석에 산재한 과학적 원리를 탐색한다. 장작이 탈 때 소리가 나는 이유는? 난로 연기는 어째서 방안으로 나오지 않고 연통 속으로 빨려 들어가나? 감자튀김은 껍질이 두껍지만 삶은 감자는 왜 껍질이 얇은가? 이처럼 일상에서 흔히 보는 궁금증에 대해 수수께끼 같은 질문을 던진 다음, 그 원리를 재미있게 풀어 준다.

생활용품에 얽힌 문화사적인 내용도 보이는데 포크의 확산 과정을 다룬 내용이 흥미롭다. 17세기 초 영국인 콜리아트는 이탈리아 여행에서 고대 로마의 유적보다 자그마한 포크에 더 큰 충격을 받는다. 콜리아트는 포크를 하나 장만해 영국으로 돌아온다. 그 신기한 물건을 고향 사람들 앞에서 보란 듯이 사용했지만 주변의 반응은 신통치 않았다. 영국에서 포크가 널리 쓰이는 데는 그로부터 반세기가 지나야 했다. 이 책은 『중 · 고생을 위한 생활 속 과학 이야기』(2001)라는 제목으로 재출간되었다.

김형자의 『과학에 둘러싸인 하루』(오영 그림, 살림출판사, 2008)는 장단점이 뚜렷하다. 일상에서 흔히 접하는 전기 전자 제품을 작동시키는 과학 원리를 가전 제품이나 생활용품과 짝지어 설명한 점은 장점으로 볼 수 있다. 좌변기에 설치된 비데는 '베르누이의 원리'에 따라 움직인다. "18세기 초 스위스의 과학자 베르누이는 통로가 좁은 곳을 통과하는 공기는 통로가 넓은 곳을 지나는 공기보다 속도가 빨라지는 현상을 발견했다." 비행기가 지면을 박차고 오를 수 있는 것도 '베르누이의 원리' 때문이다. '베르누이의 원리'는 모든 유체流體(기체와 액체를 합쳐 일컫는 용어)에서 나타나는데, 비행기의 이륙은 유체 흐름이 빠르고 늦음에 의한 압력의 차이를 이용한다.

이동전화는 유선전화의 원리를 바탕으로 한다. "성대에서 나오는 소리에 따른 공기의 진동을 전기의 진동으로 변화시켜" 그것을 유선을 통해 "전달하는 '음성 → 전류 진동 → 음성'의 통신 방식이 바로 전화이다. 이때 전화에 흐르는 전류는 인체에 무해한 48V(볼트)이고, 이는 세계 어디에서나 같다." 한편으론 100여 년 전, 무선통신에서부터 발전되어 왔다. "실제로 무선통신은 휴대전화와 기지국 사이에서만 이루어진다. 이동통신망을 흘러 다니는 신호는 90% 이상의 시간을 유선망에서 보내고, 극히 일부 시간 동안에만 무선망에 머무른다."

기본적인 과학 개념의 정의, 비슷한 용어의 비교, 김치 냉장고의 보냉 원리 등은 아주 유익하다. "표면장력은 액체가 기체나 고체 물질과 접하고 있을 때 물질의 경계면에 생기는 표면적을 최소화시키는 힘"이고, 계면활성제는 "묽은 용액 속에서 (경)계면에 흡착하여 그 표면장력을 감소시키는 물질"이다. "주위 대기보다 압력이 낮은 공간"을 뜻하는 진공은 "대기압보다 압력이 낮은 상태 또는 1cm^3당 분자 수가 2.5×1019개보다 적은 경우"다.

열과 온도의 차이점은 이렇다. "온도는 물체가 뜨거운 정도를 뜻하고, 열은 에너지의 한 형태이다." 에너지는 일을 할 수 있는 능력이다. 어떤 형태의 에너지는 다른 형태의 에너지로 전환될 수 있다. "열이란 물체를 구성하는 원자나 분자의 운동 에너지의 총량이고, 온도는 이 입자들의 평균 운동 에너지를 의미한다."

일반 냉장고의 내부 온도는 3~4°C를 오르내리나 김치 냉장고의 내부 온도 변화는 1°C 안쪽이다. 온도 제어 기술을 사용하고 내부 설계를 빈틈없게 해서다. "또한 서랍식이나 위로 열도록 만들어진 김치 냉장고의 문도 온도 유지에 있어 톡톡히 한몫을 한다. 이렇게 열리는 문은 우리가 김치 냉장고의 문을 열 때 냉장고 안의 찬 공기가 뭉텅이로 빠져나가는 현상을 막는다. 즉, 차가운 냉기는 상온의 공기보다 무겁기 때문에 위로 솟아나지 않는다는 간단한 원리를 이용, 냉기의 증발을 막아 온도의 차이를 최소화시킨 것이다."

반면, 전자레인지 전자기파의 위험성을 무시하는 대목에선 '과학기술 낙관주의'가 읽힌다. 지은이는 맘 놓고 전자레인지를 써도 된다고 강조한다. "전자레인지에 사용되는 전자기파는 파장이 길어 전자레인지 유리문에 붙어 있는 그물을 통과할 수 없"는 데다 "최근에 나온 전자레인지들은 전기장 성분을 100% 가까이 차단"하기 때문이라지만, 안심할 형편은 아닌 것 같다. 그나마 공기청정기에 대해선 역기능 일부를 지적한다.

정확성과 엄밀성이 떨어진다면 과학교양서로선 치명적인 결함일 수 있다. "에어컨은 야구 경기 시 4각의 마운드에서 선수들이 도는 것과 같은 이치로 작동한다. 각 4각 지점에서 수비선수(압축기, 응축기, 팽창 밸브, 증발기)들이 공격 선수(냉매)의 흐름을 제어하는 역할을 하는 것이다." 여기서 "4각의 마운드"는 잘못된 표현이다. 야구 경기장에 "4각의 마운드"는 존재하지 않는다. 물론 마운드는 있다.

"**마운드**mound 투수판을 중심으로 흙을 쌓아 올려 투수가 공을 던지도록 만든 장소. 높이는 야구 규정에 정해져 있으며 야구장마다 다소 차이는 있지만 25.4센티미터(10인치)~38.1센티미터(15인치)로 제한돼 있다."(남갑균 엮음, 『야구 마니아를 위한 야구용어사전』, 지성사, 2001) 마운드 '정상'에는 "투수가 투구를 할 때 반드시 발을 대야 하는, 가로 61센티미터(24인치), 세로 15.2센티미터(6인치)의 흰색 직사각형 고무판"(『야구용어사전』), 다시 말해 **투수판投手板, pitcher's plate**이 놓여 있지만, 마운드의 이미지는 둥글다.

"4각의 마운드"는 '4각의 다이아몬드'가 맞다. 먼저, 다이아몬드를 이루는 4각의 꼭지점들은 **루壘, base**를 말한다. "캔버스 백canvas bag"이라고도 하는 베이스는 "주자가 진루나 귀루 할 때 반드시 닿아야 하는 소정의 지점"으로 "1, 2, 3루는 사방 15인치의 정방형 주머니로 되어 있고 홈 플레이트home plate는 5각형 고무판으로 만들어졌다."(『야구용어사전』) 홈 플레이트는 본루本壘라고도 한다. 야구에서 **다이아몬드 dimond**는 세 가지 의미로 쓰인다. "1 야구가 펼쳐지는 야구장 전부. 2

야구장의 내야. 홈—1루—2루—3루로 둘러싸인 정방형의 지역. 3 야구와 관련된 것."(『야구용어사전』) '4각의 다이아몬드'는 두 번째 뜻인 **내야**內野, dimond field를 가리킨다.

'마운드의 오류'는 과학외적인 거라고 변명할 수도 있으나, 'MP3의 음질'은 그렇지 않다. 이 책의 지은이는 MP3의 '좋지 않은' 음질을 애써 옹호하려 든다. 그 첫 시도는 아날로그/디지털의 엉뚱한 대비다. "모든 정보를 끊이지 않는 연속선상에서 처리하는 아날로그 방식이 '마모'라는 기본적인 한계를 가지고 있음에 비해 디지털의 세계는 무궁하다." LP 디스크가 첫 희생양이 된다. "골이 마모될수록 음질이 나빠지는 LP와 달리 CD는 수없이 재생해도 음질이 나빠지지 않는다. 아날로그와 디지털의 세계에는 순간과 영원, 비효율과 효율, 마모와 복제의 대결이 숨어 있고, 이 대결은 쏟아져 나오고 있는 디지털 생활용품들에서 여실히 나타난다."

나는 이런 식의 아날로그/디지털 대결 구도가 성립하지 않는다고 생각하지만, 지은이가 예찬해 마지않은 CD도 "새롭게 등장한, 더욱 진보된 디지털 기술에 자리를 내준다"는 시각 역시 동의하지 않는다. CD는 토사구팽의 대상이 아니다. 하지만 지은이는 "아날로그 CD는 깨지면 그만이지만, 수십만 곡이 네트워크에 늘 존재하는 MP3의 디지털 세계에서는 그 곡을 음악 사이트에서 다시 내려받으면 된다"는 유치한 주장을 하기까지 한다. 디지털 음원, 서버, 네트워크, 음악 사이트는 영원불멸인가?

MP3는 음질이 '나쁘다'. 이 책은 그런 사실을 못 이기는 척 인정한다. "음악도 마찬가지다. 오디오 압축 기술은 대체로 청각 심리 모델을 이용하여 압축한다. 인간의 귀로 들을 수 없거나 듣지 않아도 되는 부분을 버리고 디지털화함으로써 데이터를 줄이는 것이다." 들을 수 없는 소리까지 담으라고 할 순 없다. 그러나 듣지 않아도 되는 부분을 버리는 게 마치 당연하다는 투로 말하는 건 의아스럽다. "전문가나 구별할 수 있는 특정 악기 소리 뒤에 붙는 여운 등은 빼게 된다." 여기서 음악 전문가는 어떤 사람을 일컫는지 궁금하지 않은 것은 아니나, 평범한 음악 감상자도 악기의 여운과 가창의 백 코러스를 들어야 마땅하다.

나는 과학 저널리스트의 설익은 과학 만능·편의주의보다는 오디오 애호가의 우려에 더 공감한다. 그는 MP3를 듣는 젊은 세대를 안타깝게 바라본다. "소리는 굉장한 문화적 축적이 있어야 합니다. 집단에 소리에 대한 기억이 남아 있어야 좋은 소리를 만들 수 있지요. 기술만 갖고는 안 됩니다. 이들이야말로 인류가 만들었던 최고 음향에 대한 기억 없이 살아가는 것은 아닌가 싶어 안타깝습니다. 누군가 계속 기억을 갖고 최고 음향을 만들려고 전력투구하면 그 유전자가 계속 살아갈 텐데 말입니다."(《한겨레》 2008년 3월 13일자, 28면) MP3의 '거세된' 음질은, 어디선가 흘러나온 아름다운 멜로디가 우리를 사로잡을 때 우리가 음질을 의식하지 못하는 것과는 별개의 문제다. 내용물에서 무언가 빠진 음악을 계속 듣다 보면 귀를 버리게 된다는 얘기다.

과장된 대목 또한 적지 않다. 지은이는 전기 압력밥솥의 장점을 침이 마르도록 칭찬한다. 하지만 내가 우리 집 안살림을 지켜본 바로는 일반 압력밥솥으로 지은 밥의 맛이 더 좋다. 게다가 밥 짓는 속도도 일반 압력밥솥이 더 빠르다. "지금 각 가정마다 개인용 컴퓨터가 있는 것처럼, 불과 10~20년 후에는 청소를 말끔히 해주는 로봇이 모든 가정에 보급돼 인간과 로봇이 공존하는 사회가 펼쳐질 것이다"라는 예측은 무리한 전망이다. 15년 후, 지상에서 우주 공간까지 닿는 엘리베이터를 탈 수 있다는 장밋빛 청사진은 그저 부푼 꿈에 불과하다. 기술적인 난제를 극복하는 것도 문제려니와 그걸 해결하여 '바벨탑' 비슷한 걸 만들어도 이 땅의 어중이떠중이에게까지 우주 엘리베이터에 탑승할 차례가 올 가능성은 거의 전무하다.

자동차에 교통카드를 놔두면 시속 70~80킬로미터로 달려도 요금이 자동 정산되는 시스템을 도입하면 "요금을 내기 위해 톨게이트에서 길게 늘어"서지 않아도 될 것이다. 하지만 "그 편리함은 이루 말할 수 없을 것이다"라는 단언은 과장이다. "현대인은 고급 커피를 즐길 여유조차 없이 바쁘기 때문"에 자동판매기 커피를 마시고, 자판기의 싸구려 커피가 "바쁜 현대인들에게 그나마 여유를 제공"한다는 주장은 황당할 따름이다. "아무리 철저하게 보안 장치를 설치하더라도 좀도둑을 잡기란 그리 쉽지 않다." 그럴 것도 같다. "경기가 좋아져 좀도둑이 줄어든다면 그보다 좋은 방법은 없을 것이다." 이런 책에서까지 불황 타령은 듣는 것은 짜증나는 일이다. 호경기에는 좀도둑이 줄고, 불경기에는 좀도둑이 는다는 것은 어떤 근거로 하는 얘긴지 모르겠다.

앞표지와 책등의 출판사 이름에 덧붙여진 알파벳은 '프렌즈'와 '후렌즈' 사이에서 갈등한 고뇌의 산물이라 치자. 하루를 'Morning/Afternoon/ Evening'으로 나눈 것은 그런 고민이 안 보인다. 왜 저래야 하는가, '아침/낮/저녁'이라 하면 어디가 덧나나 하는 생각밖에는 안 든다. 그리고 "노트북에서 비데까지 평범한 24시간 속에 숨어 있는" 과학 원리가 앞표지 표현에 걸맞게 "신비한" 것은 아니다.

일상 생활 속에 숨어 있는 과학을 찾아 나선 『노빈손 과학 퀴즈 특공대』(임숙영 글, 이우일 · 이우성 그림, 뜨인돌어린이, 2008)도 아쉽기는 마찬가지다. 역시 장점부터 살핀다. 초등학교 고학년 과학 교과와 연관된 깜짝 퀴즈가 꽤 까다롭다. 나는 앞에 놓인 다섯 문제 중에선 한 문제밖에 못 맞췄다. 또 좌변기에 물이 항상 고여 있는 이유를 처음 안다. "우리가 변기에 편안히 앉아서 볼일을 볼 수 있는 건 모두 이 고인 물 덕분이야. 이 물이 하수구에서 올라오는 냄새나 벌레를 막아 주거든." 어린이에게 잘 알려진 단행본 캐릭터 노빈손은 재미와 친근감을 더한다. 다만, 치약의 성분과 그것의 효과에 대한 설명은 아쉬움으로 남는다.

"치약은 아주 많은 물질이 섞인 액체야. 치약에 가장 많이 들어 있는 건 석회를 아주 작은 알갱이로 만든 연마제야. 연마제는 이 표면에 달라붙은 플라크를 벗겨 내거든. 뽀글뽀글 나는 하얀 거품은 세정제야. 세정제는 플라크와 음식 찌꺼기가 이 표면에서 잘 떨어지게 해주지. 그 밖에 향을 내는 발향제, 죽염처럼 잇몸의 염증을 막아 주는 치료제, 이를 튼튼하게 해주는 불소, 색깔을 내는 착색제, 이 모두를 모아 죽처럼 만들어 주는 결합체, 치약이 마르지 않게 해주는 습윤제 등등이 들어 있어."

연마제, 세정제, 습윤제 같은 용어가 초등학생에게는 까다로워 보이지만 치약 성분과 그 기능을 간결하게 서술했다. 그런데 "이를 튼튼하게 해주는 불소"는 실제와 거리가 먼, 비과학적인 표현이다. 불소는 이를 튼튼하게 해주지 않는다. 외려 특정 영양소가 결핍된 상태에서 불소를 과다 섭취하면 다양한 질병에 걸리기 쉽다. 수돗물 불소화 사업을 추진하려 하거나 초등학교에서 초등학생을 대상으로 불소 도포와 불소 양치질을 시행하는 근거 또한 불소가 이를 튼튼하게 해준다는 속설과는 무관하다. 불소와 치아의 사기질 성분이 화학 반응을 일으켜 이가 썩는 것을 늦춘다고 할 수 있겠는데, 이러한 효과마저 확실하게 검증된 것은 아니다. 아무리 어린이의 충치를 예방하는 좋은 목적이라 해도 독성 물질로 분류되는 불소를 섞은 수돗물을 불특정 다수에게 공급하는 것은 매우 위험한 공중 보건 정책이다.

11

간추린 의 · 과학사

예병일의 『내 몸 안의 과학—탄생에서 유전자 조작까지 몸 지도를 그리다』

첫 페이지에 오탈자가 있는 책의 첫인상이 좋을 리 없다. 예병일의 『내 몸 안의 과학』(효형출판, 2007)이 그렇다. '책을 내며'의 실질적인 첫 문장에서 오자가 나왔다. "'의학의 아버지'라 칭송받는 히포크라테스는 이 말 한마디로 1500년의 시간을 건너 오늘도 살아 숨쉰다." 확실치는 않아도 히포크라테스는 기원전 460년에 태어나 375년에 타계한 것으로 알려져 있다. 하여 "1500년"은 '2500년'이어야 한다. 이 책의 저자와 편집자는 숫자에 좀 약한 것 같다. 17세기의 가장 유명한 신경해부학자라는 토머스 윌리스가 "1966년" 병원을 개업하는 것은 불가능하다.(89쪽) "가까운 미래에 수십억에서 수백억에 이르는 초고온 전자현미경이 상용화되어"(64쪽)에선 "수십억"과 "수백억"의 단위가 생략된 탓에 그것이 배율을 말하는지, 온도를 일컫는지, 아니면 개수를 가리키는지 혼란을 조성한다. "초고온"도 맞는 표현인지 잘 모르겠다.

본문 도입부에서 창조론과 진화론을 거론하며 진화론에 대해 삐딱한 견해를 나타낸 것은 약간 거슬린다. "앞에서 인간이 창조되었다는 이론이 과학이 아니라는 점을 언급하면서, 진화론도 과학이 아니라고 지적한 이유는 그것이 과학의 정의에 들어맞지 않기 때문이다. '지식 체계를 수치화하는 학문', '반복된 실험 · 관찰로 같은 결과를 얻을 수 있으며, 새로운 이론이 다른 실험 · 관찰에도 적용되는 현상'이라는 과학의 정의를 생각한다면, 창조론이나 진화론 모두 인간의 탄생을 설명하기에는 과학과는 한참 거리가 멀다는 사실을 알 수 있다." 바로 "그러나 과학이 아니라고 진화론이 틀렸다는 뜻은 아니다"라며 뒷수습을 하지만, 초장부터 저자가 이러한 양시양비론을 개진하는 이유는 잘 모르겠다. 저자가 내세운 과학의 정의는 다소 협소하고 기계적인 느낌이다. 아무튼 '과학이란?' 주제는 좀 있다 더 살펴보자.

저자는 의과대학에 재직 중인 의사다. 외래 진료를 하는지 안 하는지 여부는 알 수 없으나, 의사 자격증이 있다는 것이다. 의사로서의 자의식을 당연히 갖고 있겠지만, 이런 표현은 안 해도 됐을 것 같다. "오늘날처럼 의사의 책임 여부가 법으로 분명히 규정되는 상황에서 소신 진료는 말처럼 쉽지 않다. 어떤 측면에서 보면 의사의 적극적 치료가 '법'이라는 족쇄에 묶여 있는 셈이다." 그래도 의사의 '소극적 치료'는 법의 보호를 받는다. 아무나 진료 행위를 할 순 없잖은가. "종교적 교리 속에 숨겨졌던 인체"라는 표현은 모호하다. "F형 간염 바이러스도 조만간 그 실체를 드러낼 것으로 기대된다"에서 "기대된다"는 '예상된다'가 더 적절하지 않나 싶다.

약간의 '진입 장벽'을 넘어서면, 이 책은 무난히 읽힌다. 쉽고 재미있다. 책이 쉽고 흥미롭게 잘 읽히는 것은 저자와 편집자의 공력功力 덕분이다. "『내 몸 안의 과학』은 의 · 과학의 세계로 떠나는 탐험 지도다. 인간 탄생의 비밀에서 출발한 여정은 얼굴과 내장기관, 혈액과 성性을 거쳐 마지막으로 인간 유전체 프로젝트에 다다른다." 또 "이 책은 오늘날 우리 몸에 대해 얼마나 아는지, 이러한 지식이 어떠한 과정을 거쳐 생겨났는지 다루고 있다." 유전물질 발견의 역사를 되짚는 게 대표적인 예다. 이 책은 일반 독자와 청소년을 위한 간추린 의 · 과학사라 하겠다.

내장기관과 그 뒷부분, 그러니까 유전자를 다루기 전까지 건강 지침서의 성격이 아주 조금 있으나, 전반적으로는 고대에서 현재까지 의 · 과학의 전개 과정을 인체의 구성 요소별로 살펴본다. 내 개인적 독서 체험에 빗대면, 이 책은 '나의 첫 과학책' 가운데 『히포크라테스에서 마이신까지』(6권 의학편)와 『세포의 발견에서 인공 생명까지』(5권 생물편)를 아우른다.

'무식한' 나는 그리스 로마 신화와 서양 고대 철학을 두고 인류 문화와 학문의 시원始原 어쩌구 하는 것은 좀 아니라고 생각한다. 아무리 알차고 빛나는 열매라도 누군가의 희생에 따른 과실果實이라면 냉정한 평가가 필요하다는 소신에서다. 데릭 젠슨의 『거짓된 진실』(이현정 옮김, 아고라, 2008)을 읽으며 그런 믿음을 굳혔다.

불경스럽지만, 아리스토텔레스는 뭣도 아니다. 아리스토텔레스가 단호하게 이야기했듯이 "인류는 둘로 나뉜다. 주인과 노예가 그것이다. 또는 그리스인과 미개인, 명령할 권리를 가진 자와 복종하도록 태어난 자로 나누어진다고 할 수 있다." 아리스토텔레스는 "여자도 선하고 노예도 그렇다. 그러나 여자는 열등한 존재이고 노예는 고려의 대상 이하라고 말할 수 있다"라고도 했다.

『내 몸 안의 과학』에서도 아리스토텔레스에게 불리한 '증거'를 제시한다. "히포크라테스가 세상을 떠나기 7년 전, 의사의 아들로 태어난 아리스토텔레스는 스승인 플라톤과 의학의 아버지 히포크라테스와 달리, 심장이 지능을 담당하고 마음과 영혼을 지배한다고 여겼다. 그리스 문명권에 커다란 영향을 미쳤던 그의 견해는 신경해부학 발전을 가로막는 요소가 되었다." 유전에 대한 그의 견해는 설득력이 전혀 없다. "아리스토텔레스는 '리케이온'이라는 학원을 창설하여 많은 학자와 제자들을 배출했다. 현재는 중국이나 이슬람 국가에서도 여성의 힘이 커져 남녀 평등 사회를 향해 나아가고 있지만, 고대 그리스에서 여성의 지위는 아주 형편없는 상태였다. 이를 반영하듯 리케이온에서 배출된 학자들은 자식이 오로지 부계 혈통을 이어받기 때문에 아버지와 닮으며, 여자 아기가 태어나는 것은 유전 과정에서 뭔가 잘못이 있기에 일어나는 현상이라고 설명했다."

한편 "간과 분노 사이에 상관 관계가 있다"는 아리스토텔레스의 설명은 절반만 인정할 수 있다. 간이 분노의 원천은 아니다. 그러나 화를 많이 내면 간이 상傷하기 쉽다. 간 관련 우리 속담이 더 과학적이다. "간에 탄수화물이 저장되어 있는 것은 정상적인 일이지만 지방이 끼어 지방간이 되면 간의 크기가 커지면서 문제가 발생한다. '간이 부었다'는 옛말은 틀린 말이 아니다. 여러 가지 이유로 간이 딱딱해지는 현상을 간경화라 하는데 이때는 간이 작아지게 되므로 '간이 콩알만 해졌다'는 말도 간에 이상이 생겼음을 의미한다."

진화론이 과학의 정의에 들어맞지 않는다면 어떤 게 과학일까? "눈으로 볼 수 있는 범위가 제한되듯 귀로 들을 수 있는 소리의 주파수도 20~2만 헤르츠로 한정된다"거나 달팽이관의 길이에 따라 포유류의 가청 주파수 음역이 다 다르다는 것인가? 혈액 순환을 입증한 "하비의 과학적 실험"일까? 피부에서 분비되는 다양한 사이토카인cytokine의 기능을 아는 것인가? "사이토카인은 당단백질의 일종으로, 면역, 감염병, 조혈기능, 조직회복, 세포의 발전 및 성장에 도움을 준다. 또 항체의 생성을 유도하고 외부 침입에 대해 인체의 방어 체계를 제어하고 자극한다." 그렇지 않으면 연구를 위해 연구자가 위험을 무릅쓰고 헬리코박터 파일로리균을 직접 들이마시는 걸까?

이와 관련한 또 다른 물음은 '현대 의학 이론은 과학인가?'이다. 첨단 의료 기기의 부작용을 외면하는 대목은 의사로서 저자의 자의식이 발동한 것인지, 저자의 과학적 낙관성이 반영된 것인지 모르나 유감이다. "X선은 위험하지만 적은 양은 인체에 부작용을 크게 남기지 않아서"라는 표현은 약간 아쉽다. 환자가 X선의 잠재적 위험성을 감수하는 것은 비용-편익의 관점으로 해석하면, 질병이 있는지 여부를 판단하는 X선 검사의 효과(편익)가 X선 검사에 따른 부작용(비용)보다 크다고 보기 때문이다.

"의학은 '과학'이라는 훌륭한 동료와 함께 동고동락해 왔다. 과학을 학문의 도구로 사용하면서 우리 몸을 더 '정확히', '자세히' 보게 되었고, 치료법을 마련하는 데도 큰 힘을 받았다. 과학이 인류 문명에 이바지한 바는 일일이 열거할 수 없을 만큼 지대하지만, 인간의 소중한 생명을 지켜준 점이야말로, 가장 큰 선물일 터. 그러므로 인체에는 의·과학이 걸어온 역사와 현장이 생생히 살아 숨쉰다."

의·과학의 역사는 의·과학자의 역사다. 우리에게 이름은 낯설지만 탁월한 업적을 남긴 의·과학자 몇 사람이 눈에 띈다. 스페인의 신경과학자 산티아고 라몬이카할(1852~1934)은 신경세포를 염색하여 신경조직 구조를 밝히는 데 크게 기여했다. 19세기 말 라몬이카할이 수행한 연구는 20세기 후반 뇌신경과학 연구의 토대가 되었다는 평가를 받는다. 그것은 신경세포가 신경의 기본 단위임을 골자로 하는 신경세포설이다. "라몬이카할이 제시한 이론은 이렇다. 뉴런(신경의 기본 단위)은 직접 다른 세포와 연결된 게 아니라, 축삭, 가지돌기, 신경세포체로 구성된 독립 단위다. 신경은 한 방향으로만 진행한다." DNA가 후손에게 전달되어 어버이와 유사한 형질을 지니게 한다는 사실을 처음 발견한 시어도어 에이버리(1877~1955)는 최초의 유전학자군群에 속한다. 에이버리는 프리데릭 그리피스의 실험을 응용하여 DNA가 유전을 담당하는 물질임을 증명했다.

오스트리아 면역학자 칼 란트슈타이너(1868~1943)는 혈액형을 처음 알아냈다. "1898년부터 빈 대학에서 병리생리학 연구를 시작한 그는 1900년에 혈액을 연구하던 중 정상적인 생리 상태에서 어떤 사람의 혈액을 다른 사람의 혈액에 첨가하면 혈구가 서로 엉켜서 작은 덩어리가 생기는 것을 처음 발견했다." 인슐린 발견자로 알려진 캐나다 출신의 프리데릭 밴팅(1891~1941)은 정형외과 전문의로 병원을 개업한다. 하지만 찾아오는 환자가 없어서 의과대학 생리학 담당 시간강사 자리를 얻는다. 아무튼 밴팅에게 진료 과목은 장벽이 아니라 단지 칸막이였던 셈이다. 우리나라 의사들도 진료 과목의 구애를 받지 않는다. "대한민국 의료법에 따르면 의사 면허증 소지자는 전문 과목에 관계없이 어떤 의술이든 할 수 있다."

베체트와 말피기는 일반인에게도 친숙한 이름이다. 그런데 두 사람에게도 낯설음은 있다. 피부과 전문의 베체트는 "환자를 꾸준히 관찰하여 구강, 외음부, 눈에 궤양과 염증이 생긴 이 병"에 자신의 이름을 붙였다. 베체트병의 명명자인 베체트는 저무는 오스만 제국의 이스탄불에서 태어나 터키 피부과학의 토대를 다진다. '발생학의 창시자' 또는 '조직학의 창시자'로 알려진 말피기는 17세기 이탈리아에서 활동했다. "말피기는 사람 내장의 미세 구조에 관한 연구를 많이 했다. 콩팥에서 발견한 소체에 '말피기소체'라는 이름을, 곤충의 배설기관에는 말피기관이라는 이름을 붙여 놓았다. 그래서 오늘날 많은 사람들이 그의 이름을 기억한다." 이제 보니 중고교 생물 시간에 무작정 외운 말피기관은 '말피 기관'이 아니라 '말피기 관'이었네!

『내 몸 안의 과학』은 의학 용어를 쉽게 풀어 주고, 의학사의 흥미로운 뒷얘기를 들려준다. "장기 이식의 가장 큰 부작용은 면역 거부 반응이다. 면역이란 몸이 자기 것과 남의 것을 구별하는 기능으로, 외부 이물질이나 미생물로부터 '인체를 지키려는 과정'이다." 그런데 면역 거부 반응의 예외가 있다. 뭘까? 수태하려고 여자의 자궁에 들어온 남자의 정자는 면역 거부 반응을 일으키지 않는다. 보균자의 의미는 두 가지다. "병원체를 체내에 보유하면서 병적 증세에 대해 외견상 또는 자각적으로 아무런 증세가 나타나지 않는 사람"과 "유전적으로 질병을 발현할 수 있는 형질을 가지지만 질병으로 나타나지 않는 사람"이 그것이다. 매독은 역사가 오래된 세균성 성병이다.(293~299쪽) 미국 흑인 청소년의 매독 보균율이 48%나 된다. 이것은 미국의 흑인이 어려서부터 성생활이 문란한 증거일까? 아니다. 그들은 부모에게 수직 감염되었다. 그러면 미국 흑인 기성 세대가 타락한 결과일까? 그것도 아니다.

"20세기 미국에서는 흑인들에게 매독 균을 주사해 매독에 대한 임상 연구를 대규모로 진행한 적이 있다. 당시 흑인들은 자신의 몸에 어떻게 매독 균이 들어온 줄도 모른 채 매독의 고통에 신음했다. 그들은 다만 병원에서 무료로 건강 검진을 해준다는 말에 순진하게 속은 죄밖에 없다. 이처럼 끔찍한 일이 설마 현대 문명국에서 발생했을까 싶지만 엄연한 사실이다. 더욱 충격적인 사실은 흑인을 대상으로 한 대규모 매독 임상 실험이 미국 정부 묵인 아래 이뤄졌다는 사실이다. 클린턴 대통령은 1997년 흑인을 대상으로 한 매독 임상 실험 문제를 인정하고 흑인들에게 공식적으로 사과까지 한 적이 있다."(『거짓된 진실』)

양쪽 콧구멍은 교대로 일을 한다. "한 콧구멍이 냄새를 맡고 숨쉬면, 다른 콧구멍은 쉬고 있다가 서너 시간 후에 임무를 교대한다." 그래서 감기에 걸리면 코 막힘이 양쪽을 옮겨 다닌다. 북구北歐 사람들이 쌀쌀한 날씨에도 일광욕을 하는 것은 햇빛에 노출되는 시간이 적은 탓이다. 피부의 비타민 전구물질은 자외선과 작용해야 비타민 D로 전환되어 칼슘 대사와 관련된 기능을 수행할 수 있다. 발생 부위로 보면 "일반적으로 폐암은 기관지암을 의미한다." 담배를 아무리 많이 피워도 폐암에 안 걸리는 사람이 꽤 있다는 주장은 "질병의 원인과 위험 인자를 구별하지 못해서 하는" 소리다. 어리석음이다.

『내 몸 안의 과학』은 광우병도 이야기한다. "프리온에 의한 질병은 자연의 섭리를 따르지 않은 인간의 오만이 만들어낸 탓이 크다. 쿠루는 같은 동족을 먹는 풍습에서, 스크래피나 광우병 같은 질병은 더 좋은 고기를 얻으려는 목적으로 동물성 사료를 섭취하게 한 시스템에서, 크로이츠펠트-야곱병은 인체 성장 호르몬 투여나 조직 이식의 산물이다. 인간의 뇌를 뒤흔드는 이 공포의 전염병 앞에서, 인류는 어떠한 해답을 찾아낼 수 있을까?" 우리는 어떤 답을 찾을까? 광우병, 우리 발등의 불이다.

12

통계는 거짓말이야

조엘 베스트의 『통계라는 이름의 거짓말』과 대럴 허프의 『새빨간 거짓말, 통계』

최근 우리나라에 주재하는 힘센 나라 대사님이 난데없는 망발을 '하시어' 우리를 열 받게 했지요. "한국 국민들이 미국산 쇠고기와 관련한 사실 관계 및 과학에 대해 좀더 배우기를 희망한다."(《한겨레》 2008년 6월 4일자 2면) 그래서 저는 강대국 대사님의 견해를 감히 반박하는 건 아니고 다소 불충한 의견을 제 블로그에 올렸지요. 이렇게 말입니다. (1) 우생학에 입각해 나치 독일보다 먼저 정신박약자에게 불임 시술한 건 과학 아니거든요. (2) 아무리 매독 항생제 개발을 위해서라지만, 건강검진 한답시고 흑인을 속여서, 생체 실험에 준하는 수준으로 흑인에게 매독 균 퍼뜨린 것 역시 과학은 아니지요. (3) 핵폭탄, 수소폭탄 만든 것도 과학 아닙니다. 대사님, 저는요. 이런 과학은 없는 게 더 낫다고 봅니다. 제 블로그에는 빼먹었는데요. 대사님 나라의 창조론 지지율은 어찌 그리 높나요? 인터넷 검색 결과 46%, 53%, 64%의 신뢰도를 확인합니다. '창조 과학'을 학교에서 가르쳐야 한다는 여론은 70%대를 훌쩍 넘어 80%에 가깝네요.

일반 독자를 위한 통계(학) 입문서의 제목은 엇비슷하다. '통계'를 기본으로 '거짓말'이 반드시 따라온다. 이런 정황은 번역서의 원제목에서도 다르지 않다. 『통계라는 이름의 거짓말*Damned Lies and Statistics*』(노혜숙 옮김, 무우수, 2003)이 있는가 하면, 『새빨간 거짓말, 통계*How to lie with Statistics*』(대럴 허프 지음, 박영훈 옮김, 더불어책, 2004)가 있다. 『통계학자와 거짓말쟁이*How to tell the Liars from the Statisticians*』(로버트 후크 지음, 김동훈 옮김, 새날, 1995)도 있다.

"거짓말에는 세 가지 종류가 있다. 그럴듯한 거짓말, 새빨간 거짓말, 그리고 통계." 『새빨간 거짓말, 통계』 뒤표지에 아로새겨진 격언의 발언자는 19세기 영국 정치인 벤저민 디즈레일리다. 그 발원지는 『마크 트웨인 자서전』으로 돼 있다. 하여 격언의 원소유자를 둘러싼 논란을 빚기도 한다. 정작 『마크 트웨인 자서전』(찰스 네이더 엮음, 안기순 옮김, 고즈윈, 2005)에선 격언이 눈에 안 띈다. 찾는 정성이 부족했나, 책 어딘가에 꼭꼭 숨어 있어 그런가, 아니면 딴 데 있나.

반면, 마크 트웨인의 비평가를 향한 독설은 쉽게 찾았다. "나는 문학, 음악, 연극 등에서 비평가들이 하는 일이 모든 직업의 일 중에 가장 저급하고 진정한 가치가 없는 일이라고 믿고 있다." 그는 이런 말도 했다. "이 세상에서 진정한 처벌, 예리하고 지속적인 처벌은 애꿎은 사람에게만 떨어지게 마련이다." 혹시 우리가 그런 처지? 설마! "세상 사람들이 단지 건강에 좋지 않다는 이유만으로 좋은 음식을 배척하는 것은 안타까운 일이다." 맞다. 약간 해로운 음식이라도 그걸 못 먹어 건강을 해치는 누군가에겐 건강식이 아닐는지. 그렇다고 해악이 뻔한 음식을 섭취하는 것은 무모한 짓이다. 미국 문학의 '아버지'라 할 수 있는 마크 트웨인은 전형적인 미국인이기도 하다. "나는 하늘에 계신 아버지께서 원숭이에게 실망했기 때문에 인간을 만든 것이라고 믿는다."

조엘 베스트의 『통계라는 이름의 거짓말』은 '사상 최악의 사회 통계'를 언급하는 것으로 시작한다. 그것은 학위 논문 심사위원인 조엘 베스트의 눈에 들어온 "1950년 이래 총기로 희생되는 미국 어린이의 숫자가 매년 두 배로 증가했다"는 어느 논문 연구 계획서의 첫 문장이다. 그는 논문 연구 계획서 작성자가 글을 잘못 옮겼다 싶어 인용문의 출처를 찾아보았다.

그런데 이 문장의 전거가 되는 1995년도 관련 학술지의 표현은 토씨 하나 다르지 않았다. "나는 이 인용문을 사상 최악——가장 오류가 큰——의 사회 통계 후보 중 하나로 지명하는 바이다." 그 이유는 총기로 인한 어린이 희생자가 해마다 두 배씩, 다시 말해 지수급수로 늘어난다면, 1950년의 희생자가 하나뿐이라 해도 45년 후에는 그 숫자가 무려 35조를 넘기 때문이다.

조엘 베스트가 학술지 필자에게 전화를 걸어 알아본 이 통계의 원천은 '어린이 보호 기금CDF'의 1994년판 미국 어린이 연감이었다. 연감의 원문은 이렇다. "매년 총기로 사망하는 미국 어린이의 숫자는 1950년 이래 두 배가 되었다." 이것은 1994년의 사망자 수가 1950년의 두 배가 되었다는 뜻이다. 학술지 필자는 이를 잘못 옮겨 적는 '엄청난' 실수를 한 셈이다. 그래도 조엘 베스트는 이런 실수를 저지른 학자와 학생에게 관대하다. 아주 흔하게 일어나는 일이어서다.

『통계라는 이름의 거짓말』은 엉터리 통계가 어떻게 생겨나고 왜 사라지지 않은지에 대해 이야기한다. "모든 통계는, 아무리 신뢰할 만한 것이라고 해도, 사람이 만든 것이다." 사회적 활동의 산물이고, 사람들이 노력한 결과이기도 하다. 또한 공식적인 통계는 사회학자들이 '조직의 관행organizational practices'라고 일컫는 것을 반영한다. 예컨대 공무원 조직의 문화와 구조가 공무원들의 행동을 결정하고 그러한 행동이 통계에 반영된다는 얘기다. 과학 실험에서 실험자와 실험요소가 실험 결과에 영향을 준다는 하이젠베르크의 불확정성원리처럼 말이다. 그렇다고 조엘 베스트가 통계의 긍정적 측면까지 싸그리 부정하는 것은 아니다. 다만, 엉터리 통계에 속지 말자는 거다.

조엘 베스트는 엉터리 통계를 감별하는 방법을 제시한다. 그는 엉터리 통계가 만들어지는 근본 원인 네 가지로 추측하기, 불분명한 정의, 잘못된 측정, 허술한 표본 추출 등을 꼽는다.

1. **추측하기**—운동가들은 새로 발생한 문제의 크기에 대해 질문 받으면, 그들은 추정값, 근거 있는 추측, 어림짐작, 근사치를 제시하거나 "되는대로 찔러본다." 운동가들이 제시하는 추정값은 커지고 과장되기 쉽지만, 그렇다고 비판받는 일은 거의 없다. 그보다 더 정확한 통계를 찾을 수 없어서다. 일단 어떤 숫자가 기사화되면 그 숫자는 되풀이되는 과정에서 의미가 바뀌고 덧붙여진다. 통계를 만들어내거나 전달하는 사람들은 대체로 그 숫자를 방어하려 한다. "진짜 문제는 사람들이 추측을 사실로 취급하고, 그 숫자를 되풀이하고, 그것이 어떻게 해서 생겨났는지를 잊어버리고, 거기에 덧칠을 하고, 그 선전과 방어에 혈안이 되고, 처음에 누군가의 추측에서 비롯된 것인지에 대해 의문을 갖는 사람을 공격할 때 시작된다."

2. **정의하기**—어떤 사회 문제를 이야기하려면 어떤 종류의 정의, 곧 '이 문제점의 본질은 무엇인가?'라는 질문에 답해야 한다. "사회 문제에 대한 정의는 완벽할 수 없으며 정의는 주로 두 가지 형태로 잘못

되기 쉽다." '거짓 양성'과 '거짓 음성'이 그것이다. 거짓 양성false positive은 문제에 해당하지 않는 사례를 잘못 포함시킨 것이다. '위양성'이라고도 한다. 거짓 음성false negative은 어떤 사례를 문제의 일부가 아닌 것으로 잘못 판정한 것이다. '위음성'이라고도 한다. "일반적으로 새로운 사회 문제를 제기하는 운동가들은 거짓 양성보다는 거짓 음성을 줄여야 한다고 생각한다." 사회 문제에 관한 통계는 우리가 문제를 정의하는 방법에 따라 달라진다.

3. **측정하기**—좋은 답변은 좋은 질문에서 나오듯, 질문을 어떻게 하느냐에 따라 여론 조사 결과는 판이하게 다를 수 있다. 운동가들은 자의적인 측정 방법을 사회 문제의 진정한 범위를 드러내기 위한 노력의 일환으로 합리화하기도 한다. 정의와 마찬가지로 측정에는 반드시 선택이 함께 한다. "측정 방법이 공개되지 않는 경우에는 그러한 선택에 기초해서 통계를 평가하기가 어려워진다."

4. **표본추출**—모든 사회 통계는 표본으로부터 일반화를 한다. 통계학 용어로 표본sample은 사례 전체로 구성된 모집단population을 대표해서 선택한 조사대상 사례들을 말한다. 대표 표본을 선택하는 것은 사회학에서 중요한 과제다. 조사자들이 연구하고자 하는 모집단에 대해 잘 알고, 그 모집단에서 무작위로 표본을 선택하는 것이 가장 이상적인 방법이다. "통계학자들은 그러한 무작위 표본random sample이 모집단을 대표하는 확률을 계산할 수 있는데, 이것을 표본오차sampling error라고 한다." 운동가들은 편의표본추출convenience sampling의 '유혹'에 빠지기 쉽다. 운동가들은 종종 관심을 모으기 위해 강력한 사례를 선택하지만, 극단적인 사례를 어떤 사회문제의 대표적인 것처럼 취급해선 안 된다. "사회문제를 제기하는 사람들은 다른 사람들이 그 표본이

뒷받침하는 일반화에 대해 평가할 수 있도록 표본의 성격을 분명히 밝혀야 한다."

위의 논의를 토대로 조엘 베스트가 제시한 훌륭한 통계의 조건은 다음과 같다. 첫째, 추측보다 좀더 나은 것에 기초한다. 둘째, 분명하고 합리적인 정의에 기초한다. 셋째, 분명하고 합리적인 측정에 기초한다. 넷째, 훌륭한 표본에 기초한다. 한편, 훌륭한 통계는 숫자만 덜컥 제시하진 않는다. 어떤 통계가 통계숫자 이면의 정보를 감추고 있는 것만으로도 우리가 그 통계를 의심할 이유는 충분하다. "모든 통계는 결함이 있다. 문제는 어떤 특정한 통계의 결함이 그 유용성에 흠이 갈 정도로 심각하느냐는 것이다."

원래의 숫자를 왜곡한 '변이통계', 시간 · 장소 · 그룹 · 사회 문제 등에서의 부적절한 비교, 사회 통계간의 충돌 같은 것에 관한 논의는 아래의 결론에 집약돼 있다. "통계는 마법이 아니다. 항상 진실도 아니고 항상 거짓도 아니다. 통계는 불가해한 것이 아니다. 비판적인 태도를 취하면 우리가 접하는 숫자에 적절하게 대응할 수 있다. 비판적이 되려면 좀더 많은 사고가 요구되지만 비판적으로 사고하지 않으면 다른 사람들이 하는 말을 평가할 힘이 없어진다. 비판적으로 생각하지 못하면 우리가 듣는 통계가 마법이 될 수 있다."(『통계라는 이름의 거짓말』에 관한 내용은 '확률과 통계'를 다룬 〈이슈&논술〉 주제특집호(293호, 2007. 5. 30~6. 5)에 실린 필자의 「통계는 마법이 아니다」의 일부를 가져왔음.)

조엘 베스트의 『통계라는 이름의 거짓말』이 2000년판 통계 꿰뚫어보기라면, 대럴 허프의 『새빨간 거짓말, 통계』는 그것의 1950년대 버전이다. "한국전쟁으로 인한 물가고의 문제를 해결하기 위해 가격인상과 매점매석을 했나?"라는 어느 잡지의 여론조사 질문과 두어 번 언급한 〈킨제이 보고서 여성판〉(1953)은 반세기의 세월을 거슬러 오른다. 예나 지금이나 여전한 것도 있다. "요즘 활동하는 저널리즘의 비평가들은 기자들 스스로 발로 뛰어다니면서 기사를 찾아내고 취재하던 그 좋던 옛날의 취재활동이 점점 사라지는 것을 한탄하며 단지 정부가 건네주는 보도 자료만을 무비판적으로 정리하여 기사화하는 것을 능사로 여기는 '워싱턴에 주재하는 안락의자형 기자들'을 따갑게 비판하고 있다."

『새빨간 거짓말, 통계』는 시대적 한계에 따른 낡은 면이 없지 않으나, 통계의 기초를 위주로 통계의 허점을 간파한다. "이 책은 통계를 써서 어떻게 사람을 속일 수 있는지에 관한 입문서와 같다. 어쩌면 사기꾼을 위한 사전과도 흡사하다." 하지만 저자의 예고와는 달리 그리 부정적으로 읽히진 않는다. 아무튼 작은 숫자도 문제가 되고, 큰 숫자도 문제가 된다. 사소한 숫자를 생략함으로써 문제가 생기는 보기로는 '게젤의 준거準據, Gesell's norms'가 있다. "이것은 준거에 해당하는 표준치와 자기 아이와의 근소한 수치 차이가 부모들의 고통을 유발하는 현상이다." 연구자의 연구결과에 대해 무식하고 선동적인 기자가 기사를 쓰면서 중요한 숫자 몇 개를 빼놓기 때문에 그런 문제가 발생한다. '정상적인 것'과 '바람직한 것'의 혼동은 사태를 더욱 악화시킨다.

큰 숫자로 장난친 예로는 미국에 800만 명의 전립선암 환자가 있다는 비뇨기과 전문의의 계산이다. "그런데 이 숫자는 암 연령에 도달한 성인 남자 한 사람당 1.1명의 전립선암 환자가 있다는" 셈이라고 한다. 실제 숫자를 드러내지 않고 백분율만 발표하는 것은 일종의 속임수다. 이러한 대표적 사례는 남존여비 관념이 작용했다. 어느 대학의 남녀 공학화에 불만을 품은 사람이 깜짝 놀랄만한 사실이라고 들고 나온 게 바로 그것. "대학에 등록된 여학생의 33.3%가 교직원과 결혼했다는 것이다." 이 백분율을 계산한 숫자를 꼽아보면 상황은 명백해진다. "여학생 수는 모두 세 명뿐이었는데 그 중의 한 여학생이 어느 교수와 결혼했던 것이다."

대럴 허프는 통계의 속임수를 갈파하는 다섯 가지 방법을 제시한다. 첫째, 누가 발표했는가? 출처를 캔다. 둘째, 어떤 방법으로 알게 됐는지 조사 방법에 주의한다. 셋째, 빠진 데이터는 없는지 숨겨진 자료를 찾는다. 넷째, 쟁점 바꿔치기에 주의한다. 다섯째, 상식적으로 말이 되는 이야기인지 살펴보고, 석연찮은 구석은 조사한다. "통계의 기초는 수학이지만 그 실제 내용은 과학이면서 동시에 예술이기도 하다. 주어진 범위 내에서 여러 가지 조작이나 왜곡이 가능하기 때문이다."

로버트 후크의 『통계학자와 거짓말쟁이』는 1980년대식 Q&A다. "이 책은 통계학적 추론이 거의 모든 생활에 어떻게 영향을 미치는가를 수학 공식을 전혀 사용하지 않고 알기 쉽게 보여 준다. 약품에 대한 연구, 성차별, 스포츠, 정치적인 문제에 대한 여론조사, 어쩔 수 없이 하게 되는 도박, 무기 탐지기, 암 연구, 범죄와 형벌, 여론조사, 광고, 대량 생산, 병원대기실 등 거의 모든 분야에 통계학이 적용된다. 또한 통계학이 숫자들만 나열된 재미없는 학문이 아니라, 결정하기 어려운 문제에 부딪친 대부분의 사람들에게 꼭 필요한 학문임을 많은 예를 들어 증명하고 있다."

13

창조 '과학'은 「국민윤리」다

필립 키처의 『과학적 사기』

대학 4년 '통산 타율'이 '3할'을 겨우 넘었다(대학 4년간의 내 성적은 총 평점평균 4.5점 만점에 3.05다). '3할 중후반대 타자'가 즐비했기에 내 '타율'은 보잘것없다. 1학년 때 두 번 내리 기록한 '2할 3푼' 안팎의 성적이 치명타가 되었다(1학기 학점은 2.38이고, 2학기엔 약간 더 내려간 2.26이다). 나는 이래봬도 '1986년 시즌 신인 드래프트' 1위였다. 그런데 대학 교육 체계의 부적응으로 인한 나의 저조한 성적은 1학년 1학기 수강 신청 때 그 싹을 보였던 것 같다. 그때 나는 당혹감을 느꼈고 착각까지 했다.

2학점짜리 교양 필수 과목으로 「국민윤리」가 있었다. 3학점짜리 「철학」 강의를 들어야 하는 마당에 이와 유사한 「국민윤리」의 존재는 의아스럽기보다는 당혹스러웠다. 고등학교에선 「국민윤리」 안에 '철학'이 들어 있었으니, 이제는 「철학」이 본래의 위치를 되찾아야 하는 거 아닌가. 하지만 대학 교양 과목에서 「국민윤리」는 「철학」과 거의 동등한 지위를 누렸다. 그래도 교양필수 제2외국어는 낯선 일본어를 신청했다. 그래도 대학은 고등학교와 다르고, 대학 교육은 뭔가 다르지 않느냐 여겨서다. 다들 그렇게 생각하는 줄 알았으나, 그건 나만의 착각이었다. 나는 겨우 일본어 낙제를 면했다. 고등학교에서 배우고 대입학력고사에서 제2외국어로 선택한 독일어를 수강 신청했다면, 결과는 크게 달랐을 것이다. 나는 독일어에 꽤 강했다.

대학 「국민윤리」는 이념 강좌였다. 좋게 말해 수신修身에 관한 내용이 없지 않았으나, 이것도 나쁘게 말하면 사람을 바꿔 사반세기 넘게 이어지고 있는 군사 독재 체제에 적합한 품성에 지나지 않았다. 「국민윤리」는 범 좌파에 대한 비판의식과 반공 이데올로기 주입이 주된 목적이었다. 「국민윤리」 교재(형설출판사에서 펴낸 책으로 기억한다)에서 신좌파를 비판하는 대목이 내 눈길을 끌었다. 다양한 층위의 뉴레프트를 잘 정리해 놨다. 자라보고 놀란 가슴 솥뚜껑보고 놀란다고 잠시 오해했던, 「국민윤리」 교재가 시뻘건 분칠을 하려던 프랑크푸르트학파에 속한 학자들은 무지 건전했다.

창조 '과학'은 「국민윤리」다. 창조 '과학'과 「국민윤리」의 친연성은 1970년대 핵심적인 창조 '과학자'인 헨리 모리스의 주장에서도 쉽게 알 수 있다. "진화는 무신론, 공산주의, 나치즘, 행동주의, 인종 차별주의, 경제적 제국주의, 군국주의, (성적) 자유주의, 무정부주의, 그리고 모든 양식의 반-기독교적 신념과 행동 체계의 근원이다." 「국민윤리」가 모든 형태의 반-자본주의적 신념과 행동 체계를 공격 대상으로 삼았다면, 창조 '과학'은 진화 이론을 타깃으로 한다.

"이 책은 생물학과 논리학으로 무장된 학자가 치밀하게 구축한, 이른바 '과학적 창조론'에 대한 잘 알려진 비판서다. 탄탄한 논리적 구성력을 갖추고서 집요하게, 때로는 풍자적으로, 그리고 특유의 화려한 문장으로써, 언뜻 단순해 보이는 창조론과 진화론의 '대립 구도'에 풍부한 내용의 첨예함을 덧붙이고 있다. 이 책이 씌어지던 1982년 무렵에 미국의 정규 교육 과정에서의 창조론 교육은 새로운 전기를 맞고 있었다. 진화론과 동등한 시간의 교육 시간 요구가 특별히 부각되었고, 적지 않은 주에서 그것이 관철되기 시작했다. 저자는 그러한 움직임에서 과학과 이성의 위기를 보았다. 저자는 이 책에서 널리 인용되는 과학적 창조론의 저작물들에 대해, 특히 거기서의 심각한 사실적, 논리적 오류의 문제를 구체적으로 다루고 있다. 이 책이 나온 지 벌써 20여 년이 지났지만, 그 동안 미국에서는 창조론자들이 좀더 많은 학교에서 창조론을 교육하게 하는 데 성공했고, 한국에서는 이 책에서 이미 비판하고 있는 저서를 '여전히' 번역해서 '창조의 과학적 증거'로 내세우고 있는 형편이다. '지난 20년'은 우리에게 '현재 진행형'인 셈이다."

책에 '옮긴이의 글'이 없는 대신, 뒤표지를 수놓은 글에 출간 배경과 책의 개요와 전망 등이 충실한 이 책은 영국 출신 과학철학자 필립 키처의 『과학적 사기』(주성우 옮김, 이제이북스, 2003)다. 부제목은 '창조론자들은 과학을 어떻게 이용하는가?'이다. 저자 키처에 따르면, 이 책은 지적인 자기방어 지침서다. "기본적으로 창조론 주창자들이 부드럽게 웃으면서 공세를 시작하는 때를 대비한 지적인 자기방어 지침서로 기획됐다. 이 주제에 관해서 해박한 지식을 얻기 원하는 모든 사람에게 도움이 되길 바란다." 『과학적 사기』는 한마디로 심오하다.

"이 책은 일종의 추적이다. 창조론자들은 자신들이 싸울 격전지를 하나씩 차례로 선택할 수 있다. 일단 격전지가 선택되면, 나는 그곳에서 싸울 것을 요구한다. 각각의 경우에서, '과학적' 창조론은 격퇴당한다. 모든 왜곡이 제거되고, 자격을 내세우려는 모든 시도를 조사하고, 오도된 인용들이 그것이 비롯한 맥락으로 되돌려지고, 모든 오류가 발가벗겨질 때, 창조 '과학'이 도대체 무엇인지 ―과학의 오용임을― 보게 될 것이다."

필립 키처는 신사적이다. 그는 과학과 종교 사이에 분명한 선을 긋는다. "진화 이론은 종교적 신앙 일반에 대해 반대하지는 않지만 특정 분파, 즉 창조 '과학자'들이 내세우는 관점에는 반대한다." 이 책은 종교의 실체에 대해선 관심을 기울이지 않는다. "더군다나 창조에 관한 창세기의 설명을 단순히 종교적 신념이 담긴 문헌으로서 글자 그대로 읽기를 받아들이는 사람들을 비판하려고도 하지 않는다." 그는 '과학적' 창조론자들에게만 맞선다. "나는 창세기에 적힌 이야기를 글자 그대로 이해하는 데 손을 들어 주는 과학적 증거가 있는 척하는 사람, 종교적 교의를 과학적 설명으로 가장하는 사람, 종교적 가르침이 과학 교과에 포함되도록 설득하려는 사람, 이들하고만 싸운다."

반면, '과학적' 창조론자들은 좀 더티하다. 과학자를 가장하는 창조론자들의 술책 세 가지는 그 단적인 보기다. 먼저, 그들은 자신들의 과학적 자격을 강조한다. 이는 창조론이 지닌 가장 뚜렷한 특징이기도 하다. "사실상 내가 읽은 모든 창조론 서적은 그 저자가 가진 권위를 소리 높여 읊어대면서 창조론자들 가운데 그와 같은 사람이 적지 않다는 것을 내세운다." 예컨대 책 뒤표지 같은 곳에다 아무개는 "과학적 창조론 분야에서 미국에서 가장 권위 있는 분 가운데 한 분"이라며, 아무개가 취득한 과학 분야 박사학위를 비롯한 온갖 이력을 늘어놓는다. 이에 대해 필립 키처는 "핵심적인 사안은 창조론을 받쳐 주는 사례들이 있다고 말하는 박사학위를 가진 사람들이 있느냐가 아니라, 이들이 그런 말을 하는 게 적절한가의 여부"라고 꼬집는다. 관련이 있더라도 "박사학위를 갖고 있다는 것이 그 사람이 가진 관점이 옳다거나 심지어는 옹호해 볼만한 것이라고 보증해 주지는 않는다." 석사든 박사든 학위는 그저 학위일 뿐이다.

"창조론자들이 쓰는 두 번째 책략은 자기들 '기원 모델'을 마치 어떤 종교적 설에도 의탁하지 않는 듯 내놓는 것이다." 그들은 그들이 진정으로 요구하는 것은 특정 종교를 소개하는 시간이라는 비난에 민감하다. 그들이 만든 진화 이론 대안 교과서는 성경을 조심스레 피해간다. "종교란 꼬리가 '과학'이란 강아지를 흔들고 있다고 보여 주기가 힘들기 때문에" 필립 키처는 창조론자들의 발언을 묵과하기도 한다. 한편, 이런 측은 그에게 창조론자들이 진화에 반대하여 내놓은 논증들과 창조론을 받쳐 주는 증거들의 과학적 시비곡직是非曲直에 초점을 맞추게 한다. "어쩌면 자기들의 설명이 성경 독해와 달라야 한다고 창조론자들을 믿게 이끌어 주는 어떤 관찰 결과가 있는지도 모르겠다. 그러나 만약 그런 것이 없다면, '과학적' 창조론은 과학이라 볼 어떤 주장도 없는, 하나의 종교적 학설을 신학적으로 방역防疫한, 단지 신이 없는 창세기(또는, 좀더 정확히 하자면, 신이 없는 창세기의 근본주의적 독해)일 뿐인 것이다."

또한 창조론자들은 그릇된 인용을 생활화하는 책략을 쓴다. "어떤 경우에서든, 오해하게 하는 인용은, 창조론자들 생활의 한 방식이 되었다"는 것이다. "이들은 뛰어난 생물학자들이나 지질학자들이 자기들 관점을 내비치는 듯 말한 것으로 볼 수 있는 어떠한 구절이든 마구 집어삼킨다." 그러면서 거두절미를 일삼는다. "결국, 어디에선가는 인용하기를 멈춰야 한다." 이 과정에서 속임수는 극치를 이루고 떼를 쓰기도 한다. G. G. 심슨의 주장이 "모리스의 주장과 정면에서 배치하지만, 논의를 이해하려고 하는 대신에 모리스는 뛰어난 고생물학자 한 사람이 화석 기록에 관한 창조론적 결론을 지지한다고 말하려고 문장 하나를 떼어내 쓰는 것이다."

헨리 모리스는 1970년대 활약한 "저명하다는" 창조론자다. 그런데 모리스의 전공은 수문학이라는 낯선 학문이다. 수문학水文學, hydrology은 "물의 생성, 분포, 수문학적 순환, 생물계와의 상호작용 등을 포함한 지구상의 물과 관련된 학문"(브리태니커백과사전)을 말한다. 필립 키처는 책의 곳곳에서 창조론을 규정하는데 다음은 그 중 하나다. "창조론은 그것이 맞서기로 마음먹은 경쟁자에게 잘못된 반론들을 마구 내던지는 것으로써 스스로 문제 풀이 성공 사례의 결핍을 메우려는 불분명하기만 한 학설이다." 또 창조론자들은 "특징처럼 머뭇거리는 순간이 있다."

그러면, 창조론자들은 진화론의 어떤 측면이 심히 못마땅한 것일까? "논란을 불러오는 뿌리는 창세기에 나오는 첫 11장이 글자 그대로 뜻하는 바와 진화에 관한 이론이 모순을 이룬다는 데 있다." 창조론자들의 거친 주장대로 진화론은 하나의 이론일 수 있다. 그러나 내가 보기에 진화론은 돋보이고 뛰어나며 탁월한 이론이다. 오히려 창세기의 주도권을 획득한 하나의 창세신화로 볼 수 있지 않을까. '노아의 방주'와 관련한 궁금증은 꼬리에 꼬리를 문다. "정확히 얼마가 지나서 육지가 다시 나타났는가? 모든 유형의 육상 동물이 노아의 방주에 올랐는가? 그렇다면, 왜 '대홍수 이후' 지층 안에 그토록 기록되지 않은 종류들이 많은가? 방주가 항해하는 동안 배 안의 살림살이는 어떻게 꾸려졌는가?"

『과학적 사기』가 출간된 1980년대 초의 여론조사에서 미국인의 76퍼센트가 창조론과 진화 이론 모두를 학교에서 가르쳐야 한다고 답했다. 필립 키처는 이런 결과가 나온 것은 질문 방식에 문제가 있고, 여론조사 대상자들이 이를 판단할 만한 지식이 부족하다고 지적한다. 아무튼 요즘 여론조사 결과도 30여 년 전과 엇비슷하다. 필립 키처는 고등학교에서 진화론과 똑같은 시간을 창조론 교육에 할애해 달라는 요청을 네 가지 이유로 반박한다.

1. **고등학교 과학 교육의 목적은 다양한 과학 분야에서 커 나갈 싹이 될 미래의 전문 과학자를 기르는 것으로 그치지 않는다.** 부연하면, "합리적이면서도 이상에 가까울 만큼 관용을 갖춘 과학 공동체는 쓸모없다고 할 학설을 살펴보기 위해 기초 과학을 가르칠 시간을 빼앗음으로써, 전문 과학자를 기르는 교육에 악영향을 줄 것이 분명하다. 만일 '과학적' 창조론이 전문가 사회에서 논할 가치가 없는 것이라면, 그런 전문가들을 교육하는 교실에서 한 자리를 맡을 가치가 없는 것이다."

2. **몇몇 기본적인 과학 교육이 수많은 다른 직업에 몸담을 학생들에게도 혜택을 줄 것이다.** 이들이 이따금씩 기술적인 의사결정에 참여하려면, 자연과학에 대해서 어떤 기초적인 지식, 과학 용어에 대한 친근함, 당장 갖고 있지 않은 정보를 얻는 방법을 알아낼 능력을 갖춰야 한

다. 하지만 "뒷받침해 주는 증거가 하나도 없는 탓에 모호하기 짝이 없는 것을, 부자연스럽고 그토록 결말지어지지 않는 '논쟁'을 대신해서 전하는 일이 교사의 직무는 아니다. 가치에서 동등하지 않은 생각을 동등하게 대변한다는 건 왜곡과 혼란을 가져온다."

3. **우리 교육 체제가 지금까지 (과학이) 일구어 놓은 것을 넌지시 알려주는 것조차 실패했다면, 우주에 담긴 그 많은 측면들이 가진 진가와 그에 대한 이해가 엉뚱해지고 말았을 텐데, 그것을 자연과학이 이끌어 왔다.** "우리가 진화 이론이 자연과학의 눈부신 성과 가운데 하나로 자리를 차지하는 사실을 짐짓 부정할 때, 우리는 또한 갈피를 못 잡고 혼동하는 것이다. 창조론이 진화 이론에 대한 확실한 대안이라고 말하는 건 생물계에 관한 중요한 진리를 알아내는 걸 방해하는 것에 그치지 않는다. 그것은 과학인 척할 뿐인 것을 진정한 과학으로 묘사하는 것이기도 하다."

4. 과학 공부는 사고 훈련을 하는 데 중요하다. 과학적 주장들이 기대고 있는 뛰어난 실험과 논증을 조금이라도 살펴보는 것은 학생들이 좀더 분명하게 생각하는 데 도움을 준다. 다시 말해 **"과학적으로 가치가 없는 설을 과학적으로 논의할 가치가 있는 양 다루는 것은 교육상 무책임한 짓이다."**

필립 키처는 창조론자들이 실제로 과학 전반에서 사용하는 방법들을 비판하는 것에 대해 크게 우려한다. "우리가 창조론자들이 가고자 하는 길을 그대로 내버려 둔다면, 우리 역시 철저해야 할 것이다. 평면 지구 이론, 4원소 화학, 중세 천문학을 재도입하자. 왜냐하면 이들 케케묵은 교의들은 창조론이 진화생물학에 도전하는 꼭 그만큼 현행 과학 이론과 경합하는 주장으로 나타날 것이기 때문이다."

「갈릴레이」 편(〈기획회의〉 통권 219호, 2008. 03. 05)의 끝자락에서 이런 계획을 밝힌 바 있다. "『갈릴레오의 진실』은 과학과 종교를 주제로 삼을 때 비판적으로 읽어볼 생각이다." 『과학적 사기』를 읽어보니 굳이 그럴 이유와 그럴 필요가 없어졌다. 이제는 "갈릴레오 사건에 대해 명쾌하게 편견 없이 서술하고 있는 이 저술은 교회를 좀더 공정한 지위를 올려놓는다"는 『갈릴레오의 진실』에 대한 평가가 무슨 의미가 있겠나 싶다. 그나저나 내가 나온 대학에서 「창조와 진화」라는 엉뚱한 조합의 일반 교양 과목은 여전히 건재한가 모르겠다. 아니면 과목 명칭이 「진화와 지적설계론」으로 바뀌었을지도.

14

뇌와 음악 사이

올리버 색스의 『뮤지코필리아』

올리버 색스(Oliver Sacks, 1933~)의 『뮤지코필리아』(장호연 옮김, 알마, 2008)는 발행 날짜가 2008년 6월 23일로 돼 있는, 출간된 지 얼마 안 된 신간에 속한다. 무턱대고 신간에 달려드는 것은 위험하다. 이미 원서가 검증된 번역서는 사정이 다를 수도 있으나, 『뮤지코필리아』의 원서는 2007년에 나왔다. 그런데도 『뮤지코필리아』를 서슴없이 선택한 까닭은 내게 올리버 색스는 믿음직한 저자라는 신뢰감이 있어서다. 나는, 특히, 그의 『나는 침대에서 내 다리를 주웠다』(한창호 옮김, 소소, 2006)의 열독자다. 『뮤지코필리아』는 그에 대한 나의 믿음을 한껏 충족시킨다. 더한층 강화한다. 게다가 뇌와 음악의 연관성을 다룬 이 책의 주제는 본란에 '딱이다.' 썩 잘 어울린다.

'뮤지코필리아Musicophilia'는 music(음악)과 philia(사랑)의 합성어다. "올리버 색스는 인간 본성 속에 깊숙이 자리 잡고 있는 음악적 성향을 선천적인 것으로 여긴다. E. O. 윌슨이 살아 있는 것들에 대한 우리의 감정인 '생명사랑biophilia'을 선천적인 것으로 간주했듯이, 음악도 거의 생명체처럼 느껴지므로 인간의 '음악 사랑' 또한 '생명 사

랑'의 한 형태로 보는 것이다."(앞표지 커버 날개에서)

그런데 이 책을 단지 『화성의 인류학자』(이은선 옮김, 바다출판사, 2005)나 『아내를 모자로 착각한 남자』(조석현 옮김, 이마고, 2006)와 같은 올리버 색스 특유의 '임상 기록 문학'으로 간주하면 곤란할 듯싶다. 물론 그런 측면이 다분하다. 뇌와 음악에 관한 연구 성과를 적극 반영한 점은 앞서 번역된 그의 뛰어난 '임상 기록 문학'과 구별된다. 본격 학술서의 성격이 있다. 그러면서도 흥미를 잃지 않는다. 올리버 색스는 신경과학의 기능적 뇌 영상 기술과 관찰이라는 단순한 방법을 고루 중요시한다.

"두 가지 접근 방법 모두 중요하다. 따라서 '구식' 관찰 방법과 서술 방법에 최신 기술을 이용한 접근 방법을 접목시킬 필요가 있다. 나는 이 책에서 이 두 가지 접근 방법을 통합하려고 애썼다. 하지만 내가 무엇보다 주력한 것은 환자와 실험 참가자들의 말에 귀 기울이고, 그들이 경험한 것을 상상하며 그 경험 속으로 들어가 보는 일이었다. 이것이 바로 이 책의 핵심을 이루고 있다."

또한 그는 자기가 겪은 일이 별일 아니라는 듯 드러낸다. "나는 이런 설명을 도무지 납득하지 못했는데 1974년 두 번이나 실음악증을 겪고 나서 생각이 달라졌다."(151쪽) 내겐 올리버 색스와 같은 초연함이 없다. 그래도 이 책의 서두, 그러니까 29쪽 괄호 안에서 내 지병의 명칭을 접한 게 그리 나쁘지만은 않다. "(그나마 상대적으로 덜 위험한 핍지교종oligodendroglioma이긴 했지만)" 지금까지 나는 올리고덴드로글리오마oligodendroglioma의 번역어로 희소돌기아교세포종만 있는 줄 알았다.

올리버 색스는 그가 겪는 '잔상효과'에 대해서도 스스럼없이 이야기한다. "내게 편지를 보낸 몇몇 사람은 뇌벌레를 시각적 잔상에 비교했는데, 그 두 가지 모두를 자주 겪는 사람들이 그렇듯 나 또한 두 현상 사이에 비슷한 점이 있다고 느낀다." 여기서 말하는 '잔상'이란 밝은 빛에 노출된 뒤 몇 초 동안 보게 되는 그런 잔상이 아니라, 그보다 훨씬 길게 지속되는 특별한 효과를 일컫는다.

"내 경우에는 몇 시간 동안 집중해서 뇌파검사 결과를 들여다본 다음에는 잠깐이라도 휴식을 취해야 하는데, 그러지 않으면 벽이나 천장이 온통 꾸불꾸불한 뇌파로 넘실댄다. 또한 하루 종일 운전을 하고 나면 들판과 울타리와 나무가 일관된 흐름을 이루며 내 옆을 지나는 것이 계속 보여서 밤에 잠을 이루지 못할 때도 있다. 보트를 타고 나면 마른 땅 위에 올라선 뒤에도 한동안은 땅이 흔들리는 듯한 착각에 빠진다."

내게도 나만의 '잔상효과'가 있다. 어느 때부턴가 나는 책읽기를 수면 촉진제로 삼는 것을 이해하지 못한다. 나는 책을 읽다가 노곤해지긴 해도 졸리진 않다. 피곤하거나 졸리면 아예 책을 손에 쥐지 않는다. 밤에, 자기 전에 한두 시간 넘게 책을 읽으면 곧바로 수면을 취하기가 어렵다. 한 시간 남짓 '머리를 식혀야 한다.' 이건 글을 쓰고 나서도 마찬가지다. 각성된 두뇌 활동을 진정시키진 않고선 잠이 잘 안 올 뿐더러 이를 생략하고 자면, 자도 잔 것 같지가 않다. "이 모두가 감각이 과도하게 자극을 받았을 때 일어나는 낮은 차원의 감각계가 보이는 현상이다." 밤에 책을 읽으면 잠자기 전 뜸을 들여야 하는 나의 '잔상효과'는 직업적 독서의 부작용으로 볼 수도 있겠다.

"가끔은 정상적인 음악 상상이 도를 넘어 병적인 수준에 이를 때가 있다. 음악의 특정 부분이 며칠 동안 머릿속에서 계속 미칠 듯이 울려

댄다. 보통 서너 마디의 정도의 잘 만들어진 짧은 소절이나 주제가 몇 시간 또는 며칠 동안 계속 머릿속에서 맴돌다 사라지곤 한다. 이렇게 끝없이 반복되는 현상을 볼 때, 문제의 음악이 엉뚱하거나 시시하거나 취향에 맞지 않거나 심지어 혐오하는 음악인데도 그런 현상이 나타날 때, 우리는 음악이 뇌의 특정 부위에 들어와 그것을 교란시키고 (틱 증상이나 발작처럼) 강제로 신경을 반복적이고 자동적으로 발화發火하게 만든다고 생각한다."

그것은 대개 영화 주제곡이나 광고 음악에서 시작되는데 감미로운 선율이 집게벌레처럼 구멍을 뚫고 듣는 사람의 귀나 마음속으로 파고든다. 이래서 생겨난 말이 '귀벌레earworm'다. 지금은 '뇌벌레brainworm'라는 말을 더 많이 쓴다. '뇌벌레'가 "인식력을 갖춘 전염성 있는 음악 대리인"이라는 반半농담격의 정의도 있다. "뇌벌레 현상은 자폐증 환자나 투렛 증후군 또는 강박장애 환자가 어떤 소리나 단어, 소음에 걸려들어 몇 주 동안 반복적으로 크게 소리치거나 혼잣말을 해대는 현상과 유사하다. … 뇌벌레는 갑자기 나타나서 누군가를 완전히 장악하지만 예전에는 정상이었던 음악적 심상이 점차 발전한 것일 수도 있다. … 뇌벌레는 보통 정형화되고 일관된 성격을 보인다." 투렛 증후군은 "유전자 이상으로 눈을 깜빡이거나 고개를 끄덕이거나 얼굴을 찡그리는 등 반복적이고 무의식적인 틱 증상을 동반하는 신경질환"(옮긴이)이다.

음악적 심상心象은 시각적 심상 못지않게 다양하다. "머릿속에 노래 한 곡조도 담아두지 못하는 사람이 있는가 하면, 교향곡 전체를 거의 실제로 듣는 것처럼 생생하고 상세하게 마음속으로 듣는 사람도 있다." 의도적이고 의식적이며 자발적으로 심상을 떠올릴 때는 청각 피질과 운동 피질뿐만 아니라 선택과 계획에 관여하는 전두엽 피질도 함께 자극을 받는데, 이런 의도적 심상 능력은 전문 음악가에게 대단히 중요하다고 한다. 여기서 귀먹은 작곡가 베토벤의 수수께끼가 풀린다. "베토벤이 말년에 귀가 멀어 자기 음악을 마음속으로만 들었을 때도 창조력을 계속 발휘할 수 있었던 것은 심상을 떠올리는 능력 덕분이었다. (사실 그의 음악적 심상 능력은 청각 장애로 인해 한층 강화되었을지도 모른다. 정상적인 청각 입력이 중단되면 청각 피질이 극도로 민감해지고 음악을 마음속으로 떠올리는 능력이 강화되기 때문이다.)"

음악 환청은 측두엽과 전두엽, 기저핵, 소뇌 등 뇌의 여러 부위의 활발한 작용과 관계가 있다. 그러면 음악 환청은 "정상적이고 일관성 있고 대체로 '고분고분한' 음악적 심상과는" 뭐가 다른가? 외우기 쉬운 "선율이나 정상적인 심상과 달리 환청은 마치 실제로 듣는 것처럼 너무도 생생히" 음악이 울린다. 음악 환청에 시달린다고 올리버 색스에게 편지를 보낸 사람들과 그의 음악 환청 환자 대부분은 청력 상실을 겪었다. 그에게 편지를 보낸 사람 가운데 몇몇은 주로 기대는 자세를 취할 때 음악 환청을 경험한다고 했다.

뒤로 드러누울 때에만 음악 환청이 일어나는 서른세 살의 한 남자는 편지 말미에 쇼스타코비치의 사례를 신문에서 읽었다며, 하지만 자기 머릿속에는 금속 조각이 없다고 덧붙였다. 구소련의 작곡가 드미트리 쇼스타코비치는 1941년, 레닌그라드 전투 당시 독일군이 쏜 포탄 파편에 맞아 뇌의 청각 담당 부위에 금속 조각이 박혀 있다는 소문이 돌았다. "하지만 쇼스타코비치는 금속 파편을 제거하기를 주저했는데, 당연한 일이다. 파편이 머릿속에 박혀 있어 머리를 한쪽으로 돌릴 때마다 음악이 들렸으니까. 머릿속은 선율, 그것도 매번 다른 선율로 넘쳤고 그는 작곡할 때 이를 이용했다. 고개를 똑바로 돌리면 음악은 금방 멈췄다."(도널 헤나헌, 114쪽 각주)

학자들 사이에선 음악과 언어의 유사성을 둘러싼 논란이 무성하다. 기원을 따져 언어가 음악보다 먼저 생겨났다거나 노래가 언어에 앞선다거나 둘이 동시에 발전했다는 식으로 말이다. 음악과 언어는 서로 구조가 판이한 별개의 것이라는 주장도 만만치 않다. 아무튼 "인간에게는 리듬에 반응을 보이는 경향이 보편적으로 존재한다. 심지어 똑같은 소리가 일정한 간격을 두고 연속적으로 들려도 무의식적으로 리듬을 부여하려 한다." 예컨대 "MRI 검사를 받으며 진동하는 자기장에서 나는 단조로운 잡음들의 공세를 받았던 사람이라면 아마 비슷한 경험을 했을 것이다." 정말 그렇다. 귀마개를 해도 자기공명영상촬영기 MRI 내부는 꽤 시끄럽다. 실제로 두드드드드, 더더더더더, 디딕디디딕 하는 자기공명영상촬영기의 내부 소음은 다양한 리듬처럼 들린다. 어떤 소리는 귀에 몹시 거슬리고 어떤 소리는 그런대로 들을 만하다.

"우리가 음악성이라고 부르는 것은 음정과 템포의 기초적인 지각에서부터 고도의 음악적 지성과 감수성에 이르기까지 극히 다양한 능력을 포괄하는 개념이며, 원칙적으로 이 모두는 서로 분리될 수 없다." 이렇게 많은 개별 요소들이 지각과 해독, 소리와 시간의 통합에 관여하기에 "여러 형태의 실음악증이 존재한다." 심한 음치도 노래를 부르고 음악 감상을 즐길 수 있다. 하지만 '완전' 실음악증 '환자'에겐 "음이 음으로 인식되지 않고 따라서 음악이 음악으로 경험되지 않는다." 올리버 색스는 '선천성 실음악증'이 있는 예술가로 20세기의 손꼽히는 소설가 블라디미르 나보코프를 지목한다.

"유감이지만, 나에게 음악이란 단지 약간 거슬리는 소리들의 인위적인 연속물로밖에 여겨지지 않는다. 내가 특정한 감정적 상황에 처해 있다면 풍부한 바이올린 선율의 발작을 견딜 수 있기도 하겠지만, 피아노나 다른 모든 관악기들의 합주는 적은 양일 때엔 지루할 따름이며 많은 양일 때엔 혼을 쏙 빼놓을 따름이다."(블라디미르 나보코프, 『말하라, 기억이여』, 오정미 옮김, 플래닛, 2007, 39쪽)

나보코프는 '공감각'을 다룬 대목에서 다시금 올리버 색스의 호출을 받는다.

"어느 공감각자의 고백이란, 내 것보다 더욱 단단하며 틈이 새거나 바람이 지나다닐 리 없는 벽을 가진 사람들에겐, 분명 지루하면서도 허세를 부리는 것으로 들릴 것이다. 그러나 내 어머니의 경우엔 이 모든 일들을 꽤 정상인 것처럼 여겼다. 이 일이 논의된 것은 내가 일곱 살이던 해의 어느 날, 탑을 쌓기 위해 낡은 알파벳 토막들의 더미를 사용하고 있을 때였다. 나는 불쑥 어머니에게 나무토막들의 색깔들이 전부 잘못됐다고 말했다. 그러고 나서 우리는 그녀의 글자들 중 몇 개가 내 것과 같은 색깔을 가지고 있음을 발견했고, 또 그녀의 경우엔 음표들로부터 시각적인 영향을 받았다는 사실을 알게 되었다. 음표들의 경우 나에겐 아무런 색채 환각도 불러일으키지 않았다."(『말하라, 기억이여』, 같은 쪽)

나보코프와 그의 어머니는 공감각자였다. 공감각적 표현은 복합적인 비유법으로 중고교 국어시험에 곧잘 출제된다. 그런데 과학으로서의 공감각이 골상학 주창자로 악명 높은 프랜시스 골턴에 의해 적법한 학문의 대상이 되었다는 사실은 약간 의외다. "현재 기능적 뇌 영상 기술은 사이토윅이 예측한 대로 공감각자의 경우 대뇌 피질에서 둘 이상의 감각 부위가 동시에 활성화된다는 명백한 증거를 내놓고 있다."

음악은 뇌 측두엽과 밀접한 관계가 있다. 음악 서번트savant는 뇌기능 장애로 음악적 능력은 출중하지만 일반 지능은 평균을 크게 밑도는 백치천재를 일컫는다. 올리버 색스는 서번트 능력도 정상적인 음악 능력과 마찬가지로 필수적인 음악 구조와 규칙의 인지를 통해 이뤄진다며, 능력 자체가 아니라 그것이 고립되어 나타나는 점에 주목해야 한다고 주장한다. 그리고 "모든 서번트가 자신의 솜씨를 갈고 닦기 위해 수년을 바치며 강박적으로 집요하게 매달리고 매료되는 까닭은 특별한 능력을 행사함으로써 얻는 기쁨 때문이다. 즉 일반 기능의 저하를 보상하는 차원에서 이런 즐거움이 강화되거나 서번트 능력을 통해 명성과 보상을 얻는 것이다."

『뮤지코필리아』는 독자로 하여금 지적인 충만함과 황홀감을 맛보게 하는 위대한 책great book이다. 이 책의 표지 사진에서 음악을 들으며 황홀경에 빠진 올리버 색스의 모습은 이 책을 읽는 우리들 각자와 다름없다. 지면이 제한돼 음악 발작, 음악 공포증, 절대음감, 음악 치료 같은 것은 미처 살피지 못했다. 하나, 음악 치료가, 쉽게 생각하는 것처럼 정서적 감응에 의존하는 게 아니라는 사실을 이제야 알게 되었다. 끝으로 한국어판 편집을 칭찬할 순서다. 나는 각주가 본문과 거의 완벽한 조화를 이루는 책을 처음 읽는다. 이 책의 각주는 본문의 일부다. 참고문헌 가운데 한국어판이 있는 책을 따로 챙겨 준 '한국어판 목록'은 고맙기까지 하다. 어느 것부터 읽을까?

15

과학기사 잘 쓰고 잘 읽기

빈센트 키어넌의 『엠바고에 걸린 과학』과 이충웅의 『과학은 열광이 아니라 성찰을 필요로 한다』

거푸 최신간이다. 저번 것보다 사나흘 빠르다. 책을 펴낸 출판사마저 같다. 이런 상황적 요인 말고도 빈센트 키어넌의 『엠바고에 걸린 과학』(이종민 옮김, 알마, 2008)을 다루기에는 걸림돌이 없지 않다. (아참! 이 책과 썩 잘 어울리는 짝이 있었지.) 이 책의 아쉬움부터 짚는다. 번역문이 부정확하다. "정확한 커뮤니케이션에 위협이 되는"(158쪽) 크고 작은 실수가 적지 않다. 번역문의 우리말이 서툴고 어색하다. 그래서 쉽게 잘 안 읽힌다. 예를 든다. 오류는 공교롭게도 제2장에 몰려 있다.

"망원경 발견의 중요성"(101쪽) 망원경은 발명품이다. 앞뒤 문맥을 살피면, "성층권에서의 망원경 관측의 중요성" 정도로 풀어줘야 할 것 같다. "기자들의 끝없는 추구는 원하던 바를 이루었다"(93쪽)는 "(뭔가를) 끝없이 추구한 기자들은 원하던 바를 이루었다"라고 하는 게 더 분명하지 않을까. "더 칭찬하고 정중한 논평"(120쪽)은 "더 정중하고 칭찬하는 논평"이어야 덜 어색하고, 124쪽에 두 번 나오는 "비록"은 둘 다 '돼지꼬리'가 붙어야 한다. "AP의 기자 하위"(118쪽), 케빈 하위는 〈몬트레이 페닌술라 헤럴드〉의 기자다.

어떤 요소를 빼먹거나 문장 성분의 위치가 부적절한 예가 있다. 140쪽 위에서 6줄의 "… 보냈다"와 "이 시스템에…" 사이는 "그러면서"로 연결해 주는 게 좋겠다. "과학자들의 다소 심사숙고 과정이 혼란스러웠기 때문에"(120쪽)에서 "다소"는 삭제하거나 "과정이" 다음에 와야 한다. "구체적인 엠바고의 내용은"(44쪽) "엠바고의 구체적인 내용은"이, "너무 설득력이 있어서"(123쪽)는 "꽤 설득력이 있어서"가, "1년 이상 난국이 지속되었다"(125쪽)는 "난국은 1년 넘게 지속되었다"는 게 더 자연스럽다. "신문이 출판되었으나"(197쪽) 신문은 인쇄한다. "적아서"(53쪽), "7월 19일자"(58쪽, "7월 9일자"가 맞음), "바꿀 그것을"(142쪽) 등은 단순 오탈자다.

무슨 뜻인지 모르는 표현을 언급할 순서다. 그에 앞서 "이름 줄 byline"(19쪽)이라는 참신한 표현과 "깨어지다"가 "깨지다"의 본딧말이라는 사실을 이 책을 통해 처음 알았다는 점을 밝힌다. 하지만 "의학비서"(109쪽), "평균 5.6개의 불충분한 정보의 오류"(123쪽), "알츠하이머병의 한 형태인 유전적 원인"(132쪽)에선 정확한 뜻 파악을 위해 필요한 정보가 부족하다. 여기에다 서너 줄로 이뤄진 문장에서 나타나는 의미의 혼선은 자못 심각하다.

"그 직후, 한 정보원은 설리번에게 자세한 내용을 귀띔해 주었다. 설리번이 스탠퍼드 대학교와 예일 대학교의 미식축구 경기를 보고 있었을 때, 예일 대학교의 미식축구 경기장의 기자석 전화를 통해 스탠퍼드 대학교의 물리학자들이 그 발견에 대해서 설명해 주는 것을 들었다. 중간 휴식 시간에 한 물리학 학술지의 편집자였던 조지 트리그George Trigg는 설리번에게 기사를 쓰라고 했고, 1면에 실렸다."(113쪽)

〈뉴욕 타임스〉의 고에너지 물리학 전문 과학기자인 월터 설리번

Walter Sullivan에게 자세한 내용을 귀띔한 정보원은 스탠퍼드 대학의 물리학자(들)인가? 전화로 그 발견에 대해 설명해 준 사람은 정보원인가? 물리학 교수인가? 물리학 교수들인가? 설리번이 쓴 기사를 1면에 게재한 지면은 그의 일터인 〈뉴욕 타임스〉일 가능성이 매우 높지만, 조지 트리그가 편집자로 있는 학술지일 가능성도 전혀 배제할 수는 없다.

우리말이 다소 서툰 번역자와 교정 교열에 약간 미숙한 한국어판 편집자뿐만 아니라 저자에게도 유감스런 대목이 있다. 그건 다름 아닌 구성상의 아쉬움인데, 저자는 68쪽에 인용한 "몇몇 최상의 과학기자들이 뉴스를 위해 실험실과 대학 캠퍼스를 찾아다니는 반면, 대부분의 기자는 과학 기술 학술대회에 참석하거나 학술지를 읽고 보도 자료를 훑어보면서 시간을 보낸다. 정치 등 다른 분야와 달리 과학 분야에서 뉴스는 기자들에게 찾아온다"를, 일부 인용문을 "반면, 나머지 대부분의 기자는" "정치 등 다른 분야보다 과학 분야에서" "찾아오는 경우가 많다"로 바꿔, 103쪽에서 반복한다. 쓸데없이.

빈센트 키어넌은 『엠바고에 걸린 과학』에서 "엠바고와 과학 저널리즘의 짧은 역사"를 간추린다. "엠바고embargo란? 시한時限을 두고 보도를 유예하는 행위를 이르는 말로, 취재원과 취재자가 맺는 일종의 신사협정이다. 특정 시점까지 뉴스 보도를 하지 않기로 하는 것이다. 일반적으로 언론에서는 ①진행 경과가 복잡한 사안 또는 고도의 전문성을 요하는 기사에 대해 보충 취재가 필요한 경우 ②발생은 예견되나 그 시점을 예측하기 힘든 경우 ③공공의 이익을 위해 사건이 완결될 때까지 특정 정보를 보도하지 않아야 하는 경우 ④외교 관례를 존중하는 차원에서, 이미 정보를 획득했음에도 불구하고 '공식 발표' 또는

두 나라 이상의 동시 발표를 기다리는 경우에 엠바고가 필요하다고 설명한다."(앞표지 날개에서)

키어넌의 관심사는 과학 학술지의 엠바고 실태와 그것의 부작용이다. "학술지는 동료 심사 과정을 거쳐 심사된 학술 논문을 포함한 정기 간행물을 뜻한다." 과학과 의학 분야의 4대 엠바고 학술지로는 〈사이언스〉(미국과학진흥협회), 〈뉴잉글랜드 저널 오브 메디신〉(매사추세츠 의학회), 〈미국의학협회저널〉(미국의학협회), 〈네이처〉(영국 맥밀런출판사)가 꼽힌다. 〈네이처〉와 〈사이언스〉의 제호는 우리 독자들에게도 친숙하지만, 미국의 양대 의학 학술지는 생소하다.

과학 기관은 연구자와 언론의 관계를 조정하는 수단으로 '인젤핑거 규칙Ingelfinger Rule'과 엠바고를 '즐겨' 쓴다. 대중 매체를 통해 연구 내용이 전파된 과학 논문의 학술지 수록을 거부하는 인젤핑거 규칙은 "과학자들이 학술지에 연구 결과를 발표하기 전까지 연구 내용에 대해 기자들과 토론하는 것을 주저하게 만든다." 반면, 엠바고는 기자에게 가해지는 직접적인 제한이다. "엠바고 상태에서 기자들은 학술지 논문을 미리 볼 수 있는 대신 미리 정해진 시점까지는 그 논문에 대한 기사를 일절 공개하지 않아야 한다." 이때 그 "자료는 공개 시점까지 '엠바고되었다'고 한다." 엠바고 협정의 핵심은 엠바고 참가자들이 정해진 시각까지 보도를 유예하기로 동의하는 데 있으나, 때로 신사협정을 위반하는 '미꾸라지' 기자가 나온다.

엠바고는 학술지 편집자에게 힘을 실어 준다. "학술지 편집자는 기자들에게 줄 정보의 종류와 정보의 공개 시점을 정해 줄 뿐만 아니라, 기자들이 엠바고가 걸려 있지 않은 정보원과 접촉하는 것을 규제하는 권력을 행사하고 있다. 엠바고 협정 아래에서 학술지 편집자는 위반

행위를 조사하고 혐의 여부를 결정하여 기자나 언론사 혹은 모두에 처벌을 가하는 권력 또한 가지고 있다."

엠바고가 과학기자들에게 어렵고 난해한 기사의 정확성을 담보할 시간을 확보해 준다는 주장은 단지 표면적인 이유로 보인다. 실제로는 엠바고 시스템에 빠진/물든 기자가 그러한 보도 체계에서 쉽게 헤어나긴 어려울 것 같다. 학술지가 제공하는 보도 자료에 기대어 중간은 할 수 있고 낙종에 대한 두려움을 떨칠 수 있기에 엠바고는 부지불식간 기자 정신이 옅은 기자에게 족쇄가 될 수도 있지 않을까. 참고로 어느 과학 전문기자가 제시하는 과학 뉴스의 다섯 가지 기준은 '매력도' 혹은 흥미로운 정보의 제공, 주제에 대한 '기본 청중'의 크기, 중요도, 결과의 신뢰도, 시기 적절함 등이다.

키어넌은 엠바고 시스템의 문제점으로 최신 뉴스에 대한 강박과 취재원의 편중을 든다. "엠바고 시스템의 가장 중요한 문제는 언론의 과학 보도가 발견의 진정한 의미와 큰 상관없이 '최근의' 발견에 주목하도록 왜곡하는 것이다. 엠바고 시스템은 몇 개의 학술지에 발표되는 논문에 대해 인위적으로 위급하다는 인상을 만들어낸다. 그에 버금가는 내용과 중요성을 가진 연구 논문이 실린 많은 다른 학술지의 경우 엠바고 카피를 제공하여 기자들의" 편의를 봐주지 않는다는 이유로 기자들의 주목을 못 받는다. 또 이러한 왜곡과 편중은 메이저 학술지의 영향력에 힘입어 거의 모든 나라 언론의 과학기사에도 나타난다.

"엠바고는 기자들로 하여금 기만행위, 인간을 대상으로 한 실험에서의 부적절한 처우, 실패한 연구, 우선순위의 잘못된 배치 등 과학 의학의 제도적인 문제를 다루기 힘들게 만든다." 그렇기 때문에 "엠바고가 기자와 언론사에 정말 중요한 사실을 보도하지 못하도록 주의를 산

만하게 만드는 것은 진정 엠바고의 핵심적인 문제인 동시에 엠바고 시스템이 폐지되어야 할 이유이다." 하지만 번역자가 지적했듯이 키어넌의 엠바고 무한 책임론과 취재 경쟁 고무론은 선뜻 동의하기 어렵다. 그래도 "저널리즘에서 경쟁은 독립으로부터 나온다"는, 공공의 이익이 과학 의학 기자의 최고 관심사여야 한다는 빈센트 키어넌의 원칙론은 적극 지지한다.

"'과학 시대'를 사는 독자의 주체적 과학기사 읽기." 이충웅의 『과학은 열광이 아니라 성찰을 필요로 한다』(이제이북스, 2005)의 내용을 대변하는, 제목에 동반된 표지 문구다. 마땅히 지은이의 시각은 비판적이다. "의심이 없는 곳에서 과학은 자라지 않는다." 또한 "대중 매체를 통해 쏟아져 나오는 '과학'에 대한 이야기를 읽는 방식에서 '변화'가 일어나야 하고, 그것은 가능하다." 이러한 문제의식의 소산인 이 책은 대중 매체의 "텍스트를 이용해서 어떻게 사고할 수 있는가"에 초점을 맞춘다.

그렇다고 '과학 대중화'를 꾀하진 않는다. '대중의 과학화'가 책의 취지에 맞는 표현이나, 지은이는 자신에겐 그럴 능력이 없다는 점을 분명히 한다. 대신, '논리적 과학 읽기'를 임시방편으로 택한다. 지은이는 우리 안의 '논리성'을 믿어야 한다고 강조한다. "특정 과학 연구 과정과 기사 모두에서 발견"되는 "'비논리성'에 대한 비판은 과학에 대한 관념의 '탈신비화'를 위한 작업이며, 가능성과 위험성을 함께 읽어 내는 데 힘이 될 것이다."

4부로 구성된 이 책은 여러 과학 기술 분과, 의료, 사회, 그리고 황우석 연구팀의 연구 및 유전자 등으로 나눠 관련 기사를 꼼꼼하게 따져 본다. 분석 대상은 주로 신문의 과학기사이되, 방송의 과학 뉴스도 더러 있다. 「적조」와 관련한 어느 기사문의 한 구절은 '기이할' 정도이고, 「바퀴벌레」 관련 기사의 번역과 해석은 제멋 대로다. 따라서 "독자는 외신을 전하는 신문이 늘 옳은 '번역'을 하고 있다고 믿어서도 안 된다." 또한 "기사는 길다고 해서 상세한 것도 더 정확해지는 것도 아니다." 그것이 '과학'임을 보장하는 것은 "무언가를 발견하였다는 것을 어떻게 증명해 보이는가"에 있다.

「고속철」에 대한 논리적 접근은 기가 찰 노릇이다. 정차하지 않고 내쳐 달리면, 시속 140킬로미터의 기존 열차로도 서울에서 부산까지 3시간 만에 주파할 수 있다니. 게다가 고속철 노선은 기존 노선보다 30여 킬로미터를 줄인 거라니. "곡선 주행 시에 속도를 줄이지 않아도 되는 '틸팅 열차'를 도입하는 방법도" 있었다는 대목에선 한 방 얻어맞은 느낌이다. 「환경 보고서」에 인용된 세계경제포럼WEF이 발표한 환경 지속성 지수ESI의 구체적 항목들에서 우리나라가 바닥을 기는 참담함은 논외로 하더라도, 지은이의 다음과 같은 지적은 가슴을 친다. "멸종 위기 동물이 개발 계획 지역에 살면 멸종 위기 동물이 아니게 되는 나라에서, 생물종의 다양성이 보장될 리 만무하다."

책의 말미에서 지은이는 과학기사를 제대로 읽는 요령을 환기하는데, 제목을 잊고, 숫자를 의심하고, 기사 후반부에도 주목하고, 돈 문제를 생각하고, 기사의 크기나 빈도에 현혹되지 말고, 한 종류 신문에 만족하지 말며, 과거의 기사를 무시하지 말란다. 가장 중요한 것은 "논리적 사고"와 "자신만의 시각을 구축"하는 것이다. 책이 나온 지 얼마 안 되었을 때, 이 책 발행인의 푸념을 들었다. 출간 직후 몇몇 언론이 책을 비중 있게 다뤘지만 독자 반응은 영 시원치 않다는 거였다. 그간

번역서만을 펴내다 처음으로 선보인 국내 저자의 책이라 기대가 컸는데 냉담한 반응에 꽤 실망한 듯싶었다. 발행인의 실망은 "유전자 조작 '콩'은 불안해하고 의심하던 국민"을 예상 독자로 여긴 탓은 아닐까. 그 국민들이 "광우병에 안 걸리는 소"는 낙관하고 믿어 주는 듯하니 이를 어쩐담.(『환경책, 우리 시대의 구명보트—시민에게 권하는 100권의 환경책 서평모음집』, 환경과생명, 2005)

쓸데 있는 '자기복제'의 마무리는, 3년이 흐른 지금, 세월의 변화를 실감하게 한다. "광우병에 안 걸리는 소"는 2008년 오뉴월의 서울시청 앞 광장 일대를 촛불로 밝히게 만든 광우병이 우려되는 미국 산 쇠고기와는 별로 관계가 없다. 그건 그해(2005년) 연말 허물어진 어떤 신화와 깊은 관련이 있다. 이충웅은 그 신화의 몰락을 예측이라도 한 것일까. 이때만 해도 그것은 현재진행형이었는데 말이다.

"황우석 신드롬"은 한국 사회가 '진실'보다는 '꿈'이 더 필요한 사회임을 "가슴 아프게" 보여 주고 있다. 황우석의 생가를 복원하고 명소로 꾸민다는 보도에 이르러, 신드롬을 넘어 '신화'의 탄생을 목격한다. 차라리, '그로테스크'라는 표현이 어울릴 듯한 상황이다. 과학을 건강하게 하는 것은 '열광'이 아니라 '성찰'이라고 이야기하는 사람은 너무나도 적었다.

그리고 "논리적 사고와 비판 없는 과학 대중화는 일종의 '우민화愚民化'일 뿐이다."

16

원소주기율표 I

프리모 레비의 『주기율표』

프리모 레비의 『주기율표』(이현경 옮김, 돌베개, 2007)를 재론하게 돼 기쁘다. 본격적으로 보다 자세히 언급할 수 있어 더할 나위없다. "이 호전적인 화학 이야기들"은 "화학에 관한 사건들"에 다름 아니다. 여기서 원소는 화학 반응을 통해 화학에 관한 사건을 촉발하는 하나의 시제詩題다. 프리모 레비의 『주기율표』를 구성하는 원소 21가지의 성격을 등장하는 순서대로 먼저 간략히 살피면, 「아르곤Argon」은 『신약』의 첫 장인 '예수 그리스도의 계보'(마태 1:1~17)를 연상시킨다. 「수소Idrogeno」는 열여섯 살 프리모 레비의 삽화다. 「아연Zinco」 「철Ferro」 「칼륨Potassio」은 대학 시절과 '인종법'에 의해 취업길이 막힌 시기를 다룬다. 이 가운데 「철」은, 「금Oro」에서 부연할 레지스탕스 활동의 운을 뗀다. 「니켈Nichel」과 「인Fosforo」에선 대학 졸업 후 불법 취업한 석면 광산 화학연구소와 제약 공장에서의 경험이 묻어난다. 「니켈」과 「인」 사이에 있는 「납Piombo」과 「수은Mercurio」은 일종의 판타지다. 한국어판의 '환상적 허구'는 본문 용지에 색을 입혀 '현실'과 경계를 지운다.

「금」은 프리모 레비의 레지스탕스 활동을 담았고, 「세륨Cerio」에선 화학자인 그가 겪었던 전혀 다른 경험을 말한다. 그건 아우슈비츠 강제수용소 생활이다. 「크롬Cromo」과 「황Zolfo」은 아우슈비츠에서 살아 돌아온 직후 그가 들어간 "호숫가에 있는 큰 공장"에서 있었던 일을 들려준다. "펠리체 판티노에게"로 시작하는 짧은 분량의 「티타늄 Titanio」은 그 정체가 궁금하다. 「비소Arsenico」 「질소Azoto」 「주석 Stagno」은 프리모 레비의 생애에서 비교적 짧은 기간과 관련된다. "두코를 그만둔다. 독립해 친구와 잠깐 사업을 하지만 쓰라린 경험만 한다."(작가 연보) 친구와 벌인 사업은 개인 '화학 실험 연구소'다. 하지만 하는 일은 거의 흥신소 수준이다. 두코는 "호숫가에 있는 큰 공장"을 말한다. 「우라늄Uranio」 「은Argento」 「바나듐Vanadio」은 니스 제조 공장 실험실의 안정된 일자리를 때려치우고 몇 달의 모험 끝에 정착한, 두코-몬테카티니와 동종 업체이나 소규모인 밀리탄차에 재직할 때의 사연이다. 프리모 레비의 연대기에서 상대적으로 가장 긴 시간에 해당하나, 낙수落穗를 모았다. 「바나듐」은 강제수용소를 회고하면서 무거운 주제를 거론하되, 「탄소Carbonio」는 피날레다.

프리모 레비의 『주기율표』에서 인접한 두세 개의 원소는 '원소 주기율표'상의 배열이나 연관성과는 상관없어 보인다. 그리고 프리모 레비가 책의 막바지에서 털어놓는 이 책의 성격에 대한 공공연한 비밀 또한 큰 의미는 없다. "여러분은 어느 순간부터 이것이 화학 논문이 아니라는 것을 눈치챘을 것이다."(「탄소」)

그러면 자서전? (뒤표지에선 "명상록과 회고록의 성격"을 지적한다.) "모든 글쓰기, 뿐만 아니라 인간의 모든 작품이 자서전이라고 할 수 있는 부분적이고 상징적인 의미가 아니라면, 그렇다고 자서전도 아니다. 하지만 어떻게 보면 역사라고 할 수 있다." 프리모 레비는 이 책이 작은 역사이길 바란다.

"어떤 직업과 그 직업에서의 실패와 성공, 불행의 역사며 자신이 평생 하던 일을 곧 끝내야 한다고 느낄 때, 기술을 더 이상 사용할 수 없을 때, 누구든 이야기하고 싶어 하는 그런 역사다. 화학자로서 삶의 이 지점에 이르렀을 때 주기율표나 바일슈타인과 란돌트의 기념비적인 흔적을 앞에 마주한다면, 어떤 화학자라도 거기서 자신의 직업의 과거가 남긴 슬픈 파편들이나 기념물들을 발견할 수 있지 않겠는가?"

한편, "모든 원소는, 젊은 시절 방문했던 계곡이나 해변처럼 각자에게 다른 것을 말하게 된다." 우리가 만났던 사람들 역시 그렇지 않을까? 젊은 시절뿐 아니라 어릴 적부터 말이다. 「아르곤」엔 이탈리아 북부 피에몬테 지역에 정착한 유대인들, 곧 프리모 레비의 가까운 조상과 이웃 친지, 그리고 아저씨들이 다수 거명된다. 이탈리아 여성 작가 나탈리아 긴즈부르그로부터 "초상화 박물관 같다"는 찬사를 받은 "프리모 레비가 묘사한 한두 세대 앞선 친척들의 초상화집"은 프랑스 파리의 호적부와 대적하겠다던 발자크의 호언과는 격이 다르다. (그러면서도 피에몬테의 거점 도시 토리노의 호적부와는 능히 겨뤄볼 만하다.) 바르바리쿠 아저씨의 약전略傳은 그 중 인상적이다. 더구나 바르바리쿠 아저씨는 "자신들의 처지에 만족하고 있어서 어떤 화학 반응에도 개입하지 않고 다른 원소와 결합하지도 않는" 아르곤과 같은 비활성 기체에 대한 비유가 딱 들어맞는 인물임에랴.

"그는 의학을 공부해 훌륭한 의사가 되었지만 세상을 좋아하지는 않았다. 다시 말해 사람, 특히 여자, 초원, 하늘을 좋아했지만 일, 자동차, 소음, 출세를 위한 음모, 일용할 양식을 얻기 위해 아옹다옹 사는 것, 의무, 일정과 마감을 싫어했다." 탈출하고 싶었지만 그리 하기엔 너무도 게을렀던 그는 친구들의 설득으로 대서양 횡단 증기선에 승선할 의사 선발 시험에 응시해 합격한다. 제노바-뉴욕 간의 왕복 여행은 그의 처음이자 마지막 여행이 되었다. 제노바로 돌아오는 길에 사직서를 냈는데 미국이 "너무 시끄럽다"는 게 그 이유다. 그후 바르바리쿠는 토리노에 정착한다. 몇 명의 여자가 그와 결혼함으로써 그를 구원하려 했지만 그는 결혼 생활도, 잘 차려진 병원과 일상적인 의사 활동도 큰 구속으로 여겼다. 또 "세례는 그가 늘 거부해온 일인데, 종교적 신념 때문이 아니라 새로운 일에 대한 의지와 관심이 없었기 때문이다." 바르바리쿠는 다양한 분야를 섭렵한 지칠 줄 모르는 독서가였고, 환자를 치료하고도 돈을 요구하지 않았다. "그는 거의 먹는 게 없었고 또 대개는 그러고 싶은 욕구도 없었다. 그는 분별력과 위엄을 지닌 채 아흔이 넘어서 세상을 떠났다."

프리모 레비에게 일반화학과 무기화학을 가르친 P교수가 레비의 호출의 받은 건, P교수의 반反파시즘 성향을 높이 산 때문은 아닐까. "P는 그저 회의적이고 냉소적인 노인일 뿐이었다. 그는 모든 형태의 수사학을 거부했으며(그렇기 때문에, 또 바로 그 점에 의해서만, 그는 반파시스트이기도 했다) 똑똑했고, 고집스럽고, 서글픈 위트가 넘치는 사람이었다."(「아연」) 프리모 레비는 그의 강의가 보여 주는 분명함과 엄격함이 마음에 들었고, 시험 볼 때, 규정된 복장인 파시스트 셔츠 대신 손바닥만 한 검정 턱받이를 걸치고 나와서 보여 준 그의 거침없는 쇼를 재미있어 했다. 레비는 거의 강박적일 만큼 명료하면서도 간결하며, 넓게는 인간 부류 전체를, 좁게는 게으르고 멍청한 학생들을 경멸하는 태도로 가득 찬 그가 쓴 교재 두 권을 높이 평가하기도 했다.

강의록에 따르면, "부드럽고 예민하며 산에 고분고분해서 한 입에 먹히는 아연도 불순물 없이 아주 순수한 경우에는 행동이 완전히 달라진다. 그럴 경우 아연은 어떤 결합도 완강히 거부한다." 여기서 이끌어낼 수 있는 서로 부딪히는 철학적 결론의 하나인 "악에서 지켜 주는 보호막 같은 순수함에 대한 찬미"가 프리모 레비에겐 속이 메스꺼울 정도다. 꾸물대긴 해도 레비의 생각은 "변화를 일으켜서 생명력을 불어넣어 주는 불순함에 대한 찬미"로 기운다. "바퀴가 돌아가고 삶을 이루기 위해서는 불순물이, 불순물 중의 불순물이 필요하다. 잘 알고 있듯이, 땅도 무엇을 키워내려면 그래야 한다. 불일치, 다양성, 소금과 겨자가 있어야 한다. 파시즘은 이러한 것들을 원하지 않을 뿐 아니라 금하기까지 한다. 그러니까 너는 파시스트가 아냐. 파시스트는 모두가 똑같기를 원하는데, 너는 그렇지가 않아. 얼룩 하나 없는 미덕이란 존재하지 않는다. 만일 그런 게 존재한다면 정말 혐오스러울 것이다."

카니는 타고난 첩자였다. 그는 유능하기까지 했다. 유격대에 가짜 신임장을 가지고 찾아가선 총격전을 대비한 훈련을 한다는 명분으로 유격대가 지니고 있던 탄약 대부분을 소모시킨다.(「금」) 프리모 레비의 친구 산드로 델마스트로와 알베르토는 카니와 '대척점'에 있는 인물이다. "나는 산드로가 의식적으로 나를 고생과 여행 속으로, 겉보기만 어리석어 보이는 여러 모험 속으로 인도해 준 데 대해 정말 고맙게 생각한다. 이 모든 것들이 훗날 내게 도움이 되었다고 확신한다."(「철」) 레비의 둘도 없는 친구는 레지스탕스 활동을 하다가 파시스트들에게 붙잡혀 목숨을 잃는다.

아우슈비츠 강제수용소에서 만난 알베르토는 레비를 나무랐다. "그는 포기, 비관주의, 절망을 혐오스러워했고 죄악시했다. 그는 수용소 세계를 용납하지 않았고 본능적으로 그리고 이성적으로 그것을 거부했으며 자신이 타락하는 것을 허용하지 않았다. 그는 열정적이고 강한 사람으로 기적적이라고 할 만큼 자유로운 상태를 유지했다. 그래서 그의 말과 행동은 늘 자유로웠다. 그는 결코 고개를 숙이지 않았으며 허리를 굽히는 일도 없었다. 그의 행동과 말, 미소는 자유의 미덕을 지니고 있었다. 그것들은 수용소라는 두꺼운 천 속에 뚫린 구멍 같은 것이었다."(「세륨」) 하지만 "알베르토는 돌아오지 않았다."(215쪽) 이어지는 에피소드는 유랑민의 낙천성이랄지. "그에 대한 흔적은 전혀 남아 있지 않다. 몽상가이기도 하고 사기꾼이기도 한 그의 고향 친구 하나는 알베르토의 어머니에게 위로가 될 만한 이야기를 들려주며 그 대가로 몇 년을 먹고살았다."(같은 쪽) 도서관에 들어가기 위해 치러야 하는 시련을 묘사한 대목은 또 어떤가.

도서관 행정처가 지혜로운 원리를 따르고 있었다는 점을 염두에 두어야 한다. 이 원리란 예술과 학문을 방해하는 것은 아주 의미 있는 일이라는 것이다. 즉 절대적인 필요성이나 저항할 수 없는 열정에 떠밀린 사람은, 책을 열람하기 위해 요구되는 희생적인 시련을 기꺼이 받아들이리라는 것이다. 열람 시간은 짧았고 비합리적이었다. 불빛은 흐렸다. 목록은 엉망이었다. 겨울에도 난방조차 되지 않았다. 의자도 등받이가 없는 불편하고 요란한 소리가 나는 철제뿐이었다. 마지막으로 사서는 무능력하고 거만하고 후안무치의 못생긴 촌뜨기로 출입구에 앉아 도서관에 들어가고 싶어 하는 사람들을, 그 외모와 포효로 공포에 질리게 했다.(「질소」)

다국적 농산물 업체가 주장하고 어느 나라의 식품의약국이 뒤받쳐 주는 유전자 조작 농산물의 '실질적 동등성'은 처음부터 말이 안 된다. "나는 더 세속적이고 구체적인 또 하나의 도덕률을 생각했는데, 전투를 좋아하는 화학자라면 누구나 그에 동의할 수 있을 것이다. 즉 거의 같은 것(나트륨은 칼륨과 거의 같다. 하지만 나트륨을 썼더라면 아무 일도 일어나지 않았을 것이다), 실질적으로 같은 것, 유사한 것, '혹은'이라는 말을 붙일 수 있는 것, 대용품, 미봉책은 믿지 말아야 한다는 것이다. 그 차이는 아주 작을지 몰라도 결과는 엄청나게 다를 수 있다. 마치 철로의 선로 변환기처럼 말이다. 화학자 일의 상당 부분은 바로 그러한 차이에 주의하고, 그것을 제대로 알고서 결과를 예상하는 것이다. 그리고 이것은 단지 화학자에게만 해당하는 일은 아니다."(「칼륨」)

상인이라는 직업에 대한 불신감은 냉정하기까지 하다. "사고파는 일을 직업으로 하는 사람은 쉽게 구별되었다. 그들의 시선은 빈틈이 없었고 얼굴은 긴장되어 있었으며, 사기를 당할까 두려워하거나 그에 대해 유념하고 있었으며, 해질녘의 고양이처럼 경계심을 늦추지 않았다. 그 직업은 인간의 영혼을 파괴하는 경향이 있었다. 궁정 철학자, 렌즈를 가는 철학자, 심지어 엔지니어이거나 전략가인 철학자도 있었지만, 내가 알기로 도매업자나 소매업을 하는 철학자는 없었다."(「비소」) 상인에겐 비수나 다름없는 표현이다.

그러나 언제 남의 손에 죽을지 모르는 사람에게 "왜 그렇게 불안해 하나?"라고 할 정도로 진짜 아무것도 모르거나 "과거의 극복" 운운하는 상투어보다는 낫다. 하지만 프리모 레비는 이를 덜 위선적인 것으로 받아들인다. "이렇게 진부한 문구 속에서 피난처를 찾는 것이 다른 독일인들의 미사여구로 치장된 무신경함보다는 훨씬 더 나았다. 과거를 극복하려는 그의 노력은 어색하고 약간 우스꽝스럽고 짜증나고 슬펐지만 그래도 무례하지 않았다. 그런데 그가 내게 신발 한 켤레를 얻을 수 있게 해준 건 아니었나?"(「바나듐」) 나는 독일과 일본의 전쟁 범죄에 당시 두 나라의 국민들은 큰 책임이 있다고 본다. 유럽의 여러 나라는 그들이 자행한 식민지 침탈의 과거를 뼈저리게 반성하고 참회해야 한다. 그렇지 않고서야 어찌 인류의 앞날이 밝다 할 수 있겠는가. 그러기 전, 나쁜 녀석들이 여전히 잘 먹고 잘사는 현실은 우리가 절망할 수밖에 없는 충분한 이유가 되고도 남는다.

프리모 레비는 토리노 대학 과학부 화학과를 최우등으로 졸업했다. 하지만 그가 자신의 전공 분야에서 과학적 업적을 남긴 것 같진 않다. 과학자를 꿈꿨지만 직장 생활을 하면서 "기술자로 만족해야 했"다. 프리모 레비가 화학자이기보다는 화학 기술자에 가까웠던 게 무에 그리 대수로운 일이랴! 그가 묘사한 탄소의 순환 여정은 한 편의 서사시다. 그리고 산뜻한 끝맺음. "… 이것은 나의 뇌, 글을 쓰고 있는 나의 뇌다. 문제가 된 세포, 그리고 그 속에 들어 있는 문제의 원자는, 아무도 묘사하지 않았던 엄청나게 섬세한 놀이인 내 글쓰기에 속해 있다. 지금 이 순간 미궁처럼 복잡한 줄거리를 벗어나 내 손으로 하여금 종이 위의 어떤 여정을 따라 달려가며 기호들의 소용돌이를 그리게 해주는 것이 바로 이 세포다: 위로, 아래로, 두 차원의 에너지 사이로 이중 도약을 한 이 세포는 내 손을 이끌어 종이 위에 점 하나를 찍게 만든다, 바로 이 마침표를."(「탄소」)

위대한 책이란 게 있다면, 바로 이런 책일 것이다.

17

원소 주기율표 II

필립 볼의 『자연의 재료들』과 이미하의 『멘델레예프가 들려주는 주기율표 이야기』

과학 작가이자 〈네이처〉 편집고문 필립 볼은 '원소 주기율표'에 대한 불편한 감정을 숨기지 않는다. 분자에 대한 개설서 "『보이지 않는 것들*Stories of the Invisible*』에서 나는 지금까지 알려진 모든 화학 원소를 담은 유명한 초상인 원소 주기율표에 대해 비교적 덜 정중한 태도를 취했었다. 특히, 나는 화학자들이 화학은 이 표와 함께 시작한다는 관념을 조장하는 일을 이제는 멈춰야 한다고 강조한 바 있었다. 분자과학에 대한 기본적 이해를 위해서라면 현재 주기율표상의 백여 개의 원자들 중 극히 일부만을 아는 것으로도 충분하기 때문이다." 화학은 화합물과 분자에 관한 것이지 원소에 관한 것은 아니라는 얘기다.

그는 원소에 대한 글쓰기의 유혹에서 벗어날 수 없다면서도 원소에 대한 개괄서가 반드시 주기율표 여행서가 될 필요는 없다고 덧붙인다. "원소들의 이야기란 (주기율표라는 개념이 탄생하기 이전의 것으로서) 물질과 우리의 관계에 대한 이야기다. 물질과의 친밀성은 규소, 인, 몰리브덴 등의 세세한 지식에 좌우되지 않는다. 그것은 은괴의 기분 좋은 밀도, 물의 차가운 달콤함, 잘 닦인 옥의 매끄러움 등에서 흘러나온다. 이 이야기는 우리가 던지는 근본적 물음인 '세상은 무엇으로 이루어져 있는가?'에 대한 것이다."

필립 볼은 원소 주기율표를 마뜩치 않게 여긴다. "주기율표가 최고의 과학적 업적에 속하기는 하지만, 그것이 곧 '만물의 재료는 무엇인가?'라는 질문에 대해 올바른 해답을 추구하도록 해주지는 않는다. 원자의 기초적 요소들이 실제로는 주기율표에 나타난 것보다 더 미묘하게 변한다는 사실은 잠시 옆으로 제쳐두자. 또 이런 원자가 근본적이고 불변인 것이 결코 아니며, 다른 요소들로 이루어진 구성물이라는 것도 잊자. 그리고 아직까지는 대부분의 사람들이 원소의 모습과 행동에 대해 가장 어렴풋한 개념밖에는 지니고 있지 않다는 점은 물론, 많은 원소들의 이름조차 들어본 적이 없다는 점에 대해서도 걱정하지 말자."

그러면서 그는 '현실론'을 제기한다. "생물 세계란 언뜻 봐도 원소들의 풍족한 성찬이라고 말하기는 어렵다. 원소들 중 단 네 개, 탄소, 질소, 산소, 수소만이 생명 분자들 속에서 끝없이 자신의 모습을 바꾼다. 인은 뼈에서만이 아니라 DNA 분자에서도 필수적이다. 황은 단백질의 중요한 요소로서, 단백질이 복잡한 형태를 유지할 수 있도록 해준다." 그렇다고 필립 볼이 이러한 핵심 원소들 이외에도 생명 활동에 필수적인 다른 원소들이 존재한다는 엄연한 사실을 부정하는 건 아니다. "그 다수가 금속이다."

각 원소와 관련한 일상 용어의 일부가 그것의 말밑으로부터 멀어지긴 했다. "오늘날 배관plumbing은 라틴어의 '납plumbum'으로 만들기보다는 플라스틱 파이프를 사용한다. 연필심lead in pencils에는 납이 없다. '카드뮴 레드Cadmium Red' 페인트에는 종종 카드뮴이 전혀 포함되어 있지 않다. 깡통 통조림tin can에는 엄청나게 얇은 금속 주석tin판이 있을 뿐이다. 미국 5센트짜리 동전nickle에는 니켈이 소량 포함되어 있을 뿐이다." 필립 볼은 프랑스 동전이 언제까지 순은으로 만들어졌는지 반문한다.

그럼에도 "원소 주기율표 그 자체"를 탐구하는 게 무의미하거나 부질없는 일은 아니다. "물질의 기초 성분에 대한 순차적 해명과 표의 작성"(『자연의 재료들』, 강윤재 옮김, 한승, 2007)은 적어도 중 · 고등학생에게는 큰 쓸모가 있다. 이미하 교사의 『멘델레예프가 들려주는 주기율표 이야기』(과학자들이 들려주는 과학이야기 55, 자음과모음, 2005)는 교육적이다. 원소기호로 이뤄진 "주기율표는 물질에 대한 많은 정보를 담고 있는 화학의 지도"다. 주기율표에 나타난 원소 관련 정보로는 원소기호, 원자번호, 평균 원자량, 원소 이름 등이 있다. 화학자들의 공용어라 할 수 있는 원소기호를 알파벳으로 표현하는 건 화학 연구가 서구에서 전승해 온 탓이다.

원소 이름은 대체로 라틴어, 그리스어, 영어, 독일어 등의 어원에서 유래한다. "Au(금, gold)는 라틴어 'aurum'으로부터, Fe(철, iron)는 라틴어 'ferrum'에서, Ag(은, silver)는 라틴어로 은을 뜻하는 'argentum'에서, Cu(구리, copper)는 옛날 구리의 주산지였던 키프로스 섬의 라틴어 이름 'Cuprum'에서, Ca(칼슘, calcium)는 석회를 뜻하는 라틴어 'calx'를 따서 명명되었"다. 헬륨He은 그리스 · 로마 신화의 태양신 'Helios'에서 가져온 이름이다. "'리튬Li'은 페탈라이트라는 광물에서 발견되어 돌을 의미하는 그리스어 'lithos'를 따서 'lithium'이라 명명되었"고, "'인P'은 어두운 곳에서 빛을 발하는 성질이 있어 'phosphorus'라고 불렸"다. 그리스어로 'phos'는 빛을, 'phorus'는 운반자를 뜻한다. 적색 스펙트럼선으로 검출된 루비듐Rb은 '붉다'는 뜻의 라틴어 'rubidus'에서 이름이 부쳐졌다. 요오드I와 염소Cl는 그리스어에서 왔다. 보라색 같다는 'iodes'와 황록색을 뜻하는 'chloros'가 그것이다.

18세기 이후 발견된 원소 중에는 합성된 이름이 더러 있다. 수소H는 그리스어가 섞여 영어가 되었다.('hydro물' + 'gennao생성하다' = 'hydrogen수소') 질소N는 라틴어와 그리스어가 합쳐져 한 단계를 더 거쳤다.('nitrum광물성' + 'gennao생성하다' = 'nitrogène' → 'nitrogen') 땅 이름과 사람 이름을 딴 것도 있다. 아메리슘Am과 유로퓸Eu은 아메리카 대륙과 유럽 대륙에서, 게르마늄Ge과 프랑슘Fr과 마그네슘Mg은 독일과 프랑스와 고대 소아시아 왕국 리디아의 도시 마그네시아에서 온 것이다. 플루토늄Pu은 지금은 태양계에서 퇴출된 명왕성Pluto에서 유래한다. '-윰' 자 돌림은 과학자의 이름을 가져다 붙인 원소기호명이다. 페르뮴Fm(페르미), 퀴륨Cm(퀴리), 아인시타이늄Es(아인슈타인), 노벨륨No(노벨), 로렌슘Lr(로렌스), 멘델레븀Md(멘델레예프) 등이 있다.

원소element는 '더 이상 분해되지 않는 순수한 기본 물질'을 말한다. 원자는 원소를 이루는 입자다. 원자들은 서로 결합하려는 성향이 강하다. "원자는 혼자 있지 않고 결합해서 분자를 이룹니다. 그런데 물질은 그 물질의 분자를 이루는 원자의 종류가 한 종류이면 원소, 분자를 이루는 원자의 종류가 두 개 이상이면 화합물이라고 하지요." 원자량은 실제 원자질량이 아니라 원자들의 질량비다. 원자량의 기준이 되는 원소는 수소에서 산소를 거쳐 지금은 탄소를 기준으로 한다.

멘델레예프가 현대적 원소 주기율표의 토대를 다졌다면, 모즐리는 오늘날의 주기율표를 만드는 데 결정적으로 기여했다. 멘델레예프의 주기율표는 특정한 세로줄에 어울리는 성질을 가진 원소가 없으면 그 자리를 비워 놓고 그것의 발견을 미리 예측한 것과, 원소의 주기율이 원자량이 아닌 다른 성질에 의해 나타날 수 있음을 시사한 것이 장점으로 꼽힌다. "특정 원소의 특성 X선마다 에너지의 제곱근이 원자번호에 비례한다"는 '모즐리의 법칙'은 원자물리학 발전에 결정적 기여를 한다. 또한 원소의 원자번호를 정확하게 결정하고 미발견 원소의 존재를 확인해주는 등 주기율표의 발전에도 크게 기여했다.

"현대의 주기율표는 원자의 전자 배치에 근거"한다. 처음에는 그것이 원자량, 다시 말해 원자의 상대적 질량 때문이라고 여겼다. 그러나 원자의 화학적 성질은 원자량이 아니라 원자번호라고 하는 원자핵의 전하량에 따라 달라진다는 것을 모즐리의 법칙을 통해 알게 되었다. "원자에서 가장 중요한 값이 원자번호인데 이것은 원자핵 속에 포함된 양성자 수"다. "우리가 주기율표에서 보는 원자량은 여러 가지 동위원소의 원자량을 평균한 값"이다. 동위원소는 화학적 성질은 같지만 원자량이 다른 원소다.

주기율표의 가로줄을 주기라고 하는데, 이는 그 주기에 속한 각 원자가 지닌 전자껍질의 수를 의미한다. 전자껍질은 원자핵으로부터의 거리에 따른 전자의 확률 분포가 큰 곳의 위치다. 주기율표의 세로줄은 족이라 한다. "족은 영어로는 'group'이지만, 한자로는 '族'이기 때문에 그 의미는 'family'에 더 가깝"다. 과거에는 1에서 18번까지 로마 숫자로 족을 표기했으나, 사람들이 어려워한 까닭에 이제는 아라비아 숫자를 쓴다. "주기율이란 원자번호 순서에 따라 반복되는 최외각전자 배치에 의해 원소들의 비슷한 성질이 되풀이되는 현상"이다. 원자 반지름에서 주기율이 나타난다. 원자의 반지름은 원자들의 핵 사이의 거리를 이용하여 '잰다.' 원자 반지름은 같은 주기에서는 원자번호가 클수록 작아지고, 같은 족에서는 원자번호의 크기에 비례한다.

"주기율표상에서 오른쪽 위로 갈수록 전기음성도가 커지고, 왼쪽 아래로 갈수록 작아지는 경향이 있어요. 같은 주기에서는 원자번호가 커질수록 전기음성도가 커지고, 같은 족에서는 원자번호가 커질수록 전기음성도가 작아지는 것도 확인할 수 있지요." 전기음성도란 결합하는 원자가전자를 욕심내는 정도를 말한다. 최외각전자라고도 하는 원자가전자는 원자의 화학적 가치를 나타내는 전자를 일컫는다. "양성자로 이루어진 원자핵의 인력과 전자들의 배치에 따라 원소의 성질이 주기적으로 변하는 것이 바로 주기율이고, 그것에 따라 배치한 표가 주기율표"다. "주기율표는 원소의 성질을 한눈에 파악할 수 있게 분류해 놓은 표"다.

『멘델레예프가 들려주는 주기율표 이야기』는 원소 주기율표의 기초와 변천과정, 주기율표의 구성 원리와 그것이 뜻하는 바를 중 · 고등학생과 일반 독자가 이해하기 쉽게 설명한다. 매우 유익하다. 다만, "1849년, 스웨덴의 셸레(Scheele, Karl Willhelm ; 1742~1786)는 안트로포프의 체계를 수정한 새로운 주기율표를 발표하였어요."(108쪽)가 14쇄를 찍는 동안 3년 가까이 방치된 것은 아쉽다. 1849년은 1949년의 오기誤記인 듯하다. 하지만 18세기에 활동한 스웨덴 화학자가 200년 후, 새로운 주기율표를 발표한 정황은 어찌된 영문인지 모르겠다. "오늘날 여러분이 사용하는 주기율표는 1992년, 원자의 전자 배치를 밝힌 보어에 의해 발표된 것과 가장 비슷해요."(110쪽)에서도 1992년은 1921년으로 추정된다. 닐스 보어는 1885년에 나서 1962년에 타계했다.

『재미있는 주기율표』(사이먼 바셔 그림, 에이드리언 딩글 지음, 고문주 옮김, 해나무, 2008)는 원소 주기율표에 있는 원소들의 간추린 '신상명세'다. 원소의 특성을 적시한 게 마치 프로야구의 스카우팅 리포트 같다. 장단점을 뚜렷하게 구분하고 있으나, 이름이 덜 알려진 일부 원소는 따로 설명하지 않는다. '주전급' 원소의 설명은 그림과 함께 코믹하다. "크기가 작지만 그렇다고 나를 얕보지 마세요. 나는 기운찬 주먹을 지닌 작은 꾸러미이고 충격을 받으면 불이 붙죠. 내가 1번이라는 것을 잊지 마세요."(「수소」에서)

원소 주기율표 '리그'에 속한 팀들에게 스카우팅 리포터는 짓궂은 해설자다. "말을 잘 듣지 않는 말썽꾼인 이 원소들은 반응성이 매우 크다는 이야기를 듣습니다."(1족 알칼리 금속) 이건 그래도 점잖은 편이다. 3족 붕소족 원소들은 팀워크가 형편없단다. "이 오합지졸 원소 무리는 주기율표의 고장난 가족입니다. 이들은 함께 행동하지 않으며 몇 명은 심지어 같은 유형의 물질도 아니에요." 모래알 가족이지만, 알루미늄 Al은 붕소족 원소를 대표하는 걸출한 '인물'이다. "나는 원래 가벼우면서도 소형 전함같이 단단해서 최우수 금속이 되었어요. … 세상에서 세 번째로 풍부한 원소이지만 여러분이 나를 찾기는 어려워요. 나는 광석인 보크사이트에 단단하게 결합되어 있어서, 나를 추출하려면 엄청난 양의 전기가 필요하거든요." 우리는 알루미늄 제련소 인근에 발전소가 있어야 한다고 배웠다. 지구에서 두 번째로 많은 원소는 규소Si다. 그러면 지구에 가장 많은 원소는?

주기율표를 이루는 원소의 이름과 기호, 그리고 주기율표의 모양새는 국제순수응용화학연맹IUPAC이라는 데서 관리한다. 우리나라에선 대한화학회가 주기율표 관련 업무를 주관한다. 『재미있는 주기율표』는 대한화학회에서 바꿔 쓰기를 권하는 원소의 새로운 이름을 괄호 안에 적어 놨다. 나트륨(소듐), 칼륨(포타슘), 티탄(타이타늄), 크롬(크로뮴), 망간(망가니즈), 몰리브덴(몰리브데넘), 규소(실리콘), 안티몬(안티모니), 셀렌(셀레늄), 텔루르(텔루늄), 플루오르(플루오린), 브롬(브로민), 요오드(아이오딘) 식으로 말이다.

필립 볼의 『자연의 재료들』은 '원소 주기율표 밖의 원소 여행'이다. "이 책에는 물, 공기, 염, 희박한 플로지스톤 등 여러분이 주기율표에서는 찾을 수 없는 '원소들'이 포함되어 있다. 현재에는 화학에서 그것들이 따로 떼어 내지거나 완전히 추방되어 버렸다는 것과는 상관없이, 그것들은 주기율표 전설의 일부이며 인류의 문화를 상징한다." 필립 볼은 18세기 후반까지 사람들이 만물의 근원적 성분에 대해 제대로 알지 못했다는 증거로 주기율표만을 들이대는 것은 불충분하다고 주장한다. "원소들을 추적하면서 우리는 단지 현재의 완성된 주기율표를 통해서만이 아니라, 그 원소들이 그 시대에 발견되었던 방식을 통해서 원소의 본질에 대해 많은 점을 배울 수 있다. 이런 이유로, 우리에게 가장 큰 도움을 주는 것은 목록이 아니라 탐구 여행이다."

필립 볼은 산소O와 금에 주목한다. "산소가 풍부한 행성의 삶에 대한 최적이나 이상적 조건은 존재하지 않는다. 그것은 단지 결과적으로 그렇게 드러난 것에 불과하다. 무엇보다도 산소는 대단히 풍부한 원소이다. 우주에서 세 번째로 풍부한 원소이고, 지구 표면에서 가장 풍부한 원소이다(전체 원소 중 약 47퍼센트를 차지한다)." 또한 "원소들 중에서 가장 오래되고 친숙한 것의 성질에 대해 우리가 확실하게 알고 있는 것은 아무것도 없다는 점일 것이다. 고대 이집트의 최고 제사장은 금이 특별하다는 것을 알고 있었지만, 왜 그런지를 이해하기까지는 무려 6,000년이나 걸렸다."

18

'팔로마 산 천문대 르포'

리처드 프레스턴의 『오레오 쿠키를 먹는 사람들』

저자 서문의 첫 문장을 통해 리처드 프레스턴Richard Preston은 자신의 책 『오레오 쿠키를 먹는 사람들』(제2판, 박병철 옮김, 영림카디널, 2004/초판, 1997)을 이렇게 규정한다. "이 책은 우주의 끝을 탐구하는 천문학자들의 실제 생활을 기록한 실화이다." 일부 비평가는 이 책에 대해 '고전 과학에 대한 컬트적인 작품'이라는 평가를 내렸다. 정작 프레스턴 본인은 이 책을 '과학 서적'이라 여기지 않는다. 이 프리랜서 기자는 그의 책을 "어린아이들이 친구를 대하는 것과 같은 마음으로 읽기를 바란다."

프레스턴이 꼼꼼하게 묘사한 천문학/천문학자/천문대의 '실상'은 우리의 '상식'을 여지없이 허문다. 우리말 제목부터 그러한데 천문대에서의 천체 관측과 연구 작업은 팔로마 산 천문학자들이 야간에 주로 먹는 다이어트용 과자처럼 바삭바삭하진 않다. 그렇게 낭만적이지 않다. 낭만적이기는커녕 아주 리얼하다. 이 책의 원제목 '첫 관측first light'은 "새로 제작한 망원경의 반사거울(또는 렌즈)에 처음으로 별빛이 도달하는 순간을 뜻하는 용어"다. "이 책에서는 무언가를 처음으로

보는 행위, 또는 초기 우주에서 방출된 최초의 빛이라는 뜻으로 사용되었다."(부록II 용어해설)

E. H. 카는 역사란 과거와 현재 사이의 끊임없는 대화라고 했지만, 천문학 또한 그렇다. 가장 오래된 학문인 천문학은 과거와 '대화'를 나눈다. 천문학은 첨단 학문이라기보다는 고고학에 가깝다. 천문학자는 망원경을 '타고' 머나먼 과거로 거슬러 오른다. "하나의 '사건'이 보인다는 것은 곧 정보를 담고 있는 광자가 사람의 눈이나 카메라의 필름에 도달했음을 의미한다. 1광년은 빛이 자유 공간을 1년 동안 진행하는 거리인데, 약 10조km 정도이다. 따라서 10억 광년 떨어져 있는 별에서 출발한 빛은 지구에 도달할 때까지 10억 년이 걸린다. 결국 망원경이 만들어낸 하늘의 사진은 현재가 아닌 과거의 모습이다." 그것도 별들의 거리에 따라 비동시적이고 뒤죽박죽인. 아무튼 "헤일 천체망원경은 일종의 타임머신이라고도 할 수 있다."

천문학자는 기계공이다. 어떤 장비가 반드시 필요하다면, 그걸 직접 만들어서 쓴다. 미국의 천문학자들이 일부 천문 관측 장비를 '자급자족'하는 것은, 그들과 거래하길 꺼려하는 미국 내 관련업체의 비협조적인 자세와도 관련 있다. "대다수의 큰 기업체들은 과학자들이 소량의 물건을 주문하는 것을 별로 달가워하지 않았다." 대부분의 천문학자는 대식가다. 망원경을 보호하기 위해 관측실 내부의 온도를 낮게 유지하기에 체온 저하를 막으려면 잘 먹어야 한다. 또한 "우주의 끝을 찾아내는 것은 거의 막노동"이나 다름없어서다. "'망원경과 더불어 며칠을 보내다'라는 뜻으로, 천문학자들은 흔히 '뛴다'는 단어를 사용하는데, 이것은 전혀 은유가 아니다. 말 그대로 뛰어다니는 것이 그들의 생활이다." 천문학에 종사하는 학자들은 세 가지 유형으로 나뉜다. "1.

망원경만 믿고 사는 관측자형, 2. 연필과 종이에 매달려 사는 이론가형, 3. 전선에 모든 것을 건 기능공형이 그것이다. 한 사람의 천문학자가 이 세 가지를 다 잘한다는 것은 어느 모로 보나 불가능에 가까운 일이다." 단, 프레스턴이 이 책의 주인공으로 내세우는 제임스 군James E. Gunn은 예외다. 그는 "세 가지 분야를 멋대로 넘나드는 3중의 강적"(짐 메리트)이다. 또 "(천문학자들은 건강 상태에 대한 개념이 거의 없기 때문에 수시로 체온을 재보는 것이 좋다.)"

천문대가 절간은 아니다. 물론 천문대와 사찰의 입지 조건은 비슷하다. 이 책의 주무대가 되는 팔로마 산 천문대는 해발 1707m의 초원에다 터를 닦았다. "비교적 오르기 쉽고 도시에서 멀리 떨어져 있으며, 초원의 지형적 특성으로 인해 상부의 대기가 안정되어 있어서 한 점으로 뭉쳐 있는 얌전한 별을 관측하는 데는 더없이 좋은 장소였다." 헤일 천체망원경이 설치된 돔의 내부 상태는 약간 의외다. 정갈하지가 못하다. 여기저기에 버려진 기계들이 방치돼 있고, 바닥은 망원경에서 흘러나온 윤활 기름으로 질퍽하며, "렌치와 펜치, 드라이버, 그리고 테이프 뭉치들로 난장판이 되어 있었다." 45.72cm 슈미트 망원경('작은 눈Little Eye')으로 소행성을 찾고 추적하는 팔로마 산 소행성 관측소의 사정도 다르지 않다. 1층 창고는 개미들이 들끓고, "조그만 돔 내부는 잡다한 과학 기계들로 가득 차 있었다." 팔로마 산 천문대는 칼텍, 그러니까 캘리포니아 공과대학 소유다. 팔로마 산 천문대의 망원경 네 개는 전부 칼텍의 것이다.

헤일 천체망원경은 없어선 안 되는 '무대 장치'다. 렌즈 구경 508 cm, 7층 건물 높이, 무게 14톤의 장대한 망원경은 "무시무시한 대포를 연상케 한다." 제작 기간은 1928년부터 1949년까지 21년을 들였다.

'거대한 눈Big Eye'이라고도 한다. 헤일 망원경은 성능을 높여 주는 기계 장치를 여러 개 장착하고 있는데, '4방사수'는 그 중 하나다. 4방사수4-shooter는 일종의 전자카메라로서 부품으로 들어간 CCD 감지기 칩은 헤일 망원경의 성능을 1백 배 향상시키는 효과를 가져왔다. 나는 이 책을 통해 입체 현미경이 천문학자의 필수품이라는 사실을 처음 안다. 망원경으로 천체를 찍은 필름이나 사진 검판을 입체 현미경으로 분석하기 때문이다.

태양천문학자 조지 엘러리 헤일George Ellery Hale의 제안으로 시작된 '거대한 눈'의 제작과 그걸 설치하는 과정은 한 편의 드라마다. 헤일은 '거대한 눈'이 설치된 팔로마 산 천문대 입지 선정에만 참여했을 뿐 초대형 망원경 제작에는 일절 관여하지 않았다. 하지만 망원경 이름은 그의 몫일 수밖에 없었다. 슈미트 망원경은 버나드 슈미트B. Voldemar Schmidt의 '작품'이다. 에스토니아 출신 광학자 버나드는 제1차 세계대전 중에 독일에서 첩자로 몰려 심한 고초를 겪었으나, 프레스턴은 그를 '진정한 평화주의자'라 평가하면서 버나드가 남긴 말을 인용한다. "사람은 혼자 있을 때 가장 평화롭다. 둘이 모이면 싸우고, 수백 명이 모이면 군중 심리에 휩쓸려 소란을 피운다. 그리고 수천 명이 한데 모이면 그들은 전쟁을 일으킬 것이다." 주요 등장 인물인 네덜란드 출신의 천문학자 마르텐 슈미트Maarten Schmidt는 1963년 퀘이사를 발견하여 명성을 얻는다. 퀘이사quasar는 엄청나게 밝은 빛을 내는 조그만 천체로서, 망원경으로 관측이 가능한 가장 먼 거리에 있다고 한다.

몇 가지 낙수거리가 흥미롭다. 소행성 이름은 발견자가 짓는 게 관례다. "그러나 칼 마르크스라는 이름이 소행성에 붙여지자 미국 측에서 강렬한 반대 의사를 표시했"단다. 쪼잔 하긴! "지금도 지구는 대기 중의 먼지를 싣고 떨어지는 빗방울로 인해 하루 평균 20t씩 무게가 증가하고 있다. 지구가 한창 자랄 무렵에는 매 초당 20억t씩 무게가 증가했다고 한다." 팔로마 산 천문대가 절간은 아니지만, 팔로마 산에서 천체 관측과 연구를 하는 천문학자들은 인근 수도원에서 숙식을 해결한다. "헤일 망원경은 후버 댐과 공통점을 갖고 있다. 이들은 모두 기계를 신뢰하는 인류의 완고한 의지를 상징적으로 표현하고 있다. 헤일 망원경에는 우주를 향한 인류의 열망과 두려움이 담겨 있는 것이다."

프레스턴의 익살과 재치가 빛난다. 안드로메다은하를 맨눈으로 본 밝기 정도는 되겠다. (실제 밝기는 태양의 약 1백억 배다.) "덕분에 존슨은 이런 독촉을 받으면서도 2년여 동안 느긋하게 유리를 연마하며 행복하게 살 수 있었다고 한다." "(천문학자들은 이 생김새를 놓고 서로 옥신각신하면서 보람찬 시간을 보내고 있다.)" 약간 썰렁한가? 프레스턴이 슈메이커 부부의 1일 야간 관측 보조원으로 시종일관 좌충우돌하는 장면은 웃음이 절로 난다.

"전 무엇이든 고장나 있는 꼴을 보지 못하는 성미입니다."(제임스 군) 나는 책의 내용이 앞뒤가 안 맞으면 참기 어렵다. 몹시 불편하다. 안 맞는 앞뒤를 꿰맞춰야 마음이 풀린다. 이번은 그리 하기가 쉽지 않았다. 2006년 3월 5일 2판 2쇄로 발행된 책을 읽었다. 저작권 표시면을 보면, 이 책의 원서는 1996년에 나왔다. 저자 서문의 작성 연도 또한 같은 해다. 그런데 서문에 나타난 시간의 흐름은 뒤죽박죽이다. 1996년판은 이 책 원서의 초판이 아닌 것 같다.

"실화를 바탕으로 글을 쓴다는 것은 확실히 쉬운 일이 아니다. 책이 완성된 다음에도 내용이 계속 진행되기 때문에 대체 책을 어디서 끝내야 할지 갈피를 잡을 수가 없다." 프레스턴의 고충 토로다. 마찬가지로 우리는 서문에서 그가 들려주는 등장 인물의 후일담을 종잡기 어렵다. "도널드 슈나이더는 **내 책**(강조, 필자)을 읽더니 자기가 결혼하고 싶어 한다는 것을 온 세상에 광고했다며 당혹스러움을 감추지 못했다." 이것은 프레스턴이 보충 취재를 하는 과정에서 슈나이더 어머니의 부탁을 받아들인 결과다. 그런데 도널드 슈나이더Donald Schneider는 '돈Don이 아직도 총각이며 결혼을 원하고 있다'는 요지의 문구가 계기가 되어 실제로 결혼을 하게 된다. "어느 날 도널드는 네덜란드로 날아가 그녀에게 청혼을 했다. 지금 그들은 결혼하여 두 아이와 함께 펜실베이니아에서 행복하게 살고 있다." 도널드의 두 아이가 쌍둥이가 아니라면, '개정판'은 초판과 적어도 2년의 간격이 있을 것이다. 반면, 유진 슈메이커와 캐롤라인 슈메이커Eugene & Carolyn Shoemaker 부부가 저명인사가 되어있는 "이 책이 완성되던 무렵"은 논란을 부른다. "이 혜성들은 목성 주변을 공전하던 1994년 여름에 집단으로 목성과 충돌했으며 '슈메이커-레비' 혜성이라는 이름이 붙여졌다."

헌책방에서 구입한 1997년 12월 처음 나온 번역서 초판이 문제 해결의 실마리가 될 수도 있겠지만 어디다 뒀는지 모르겠다. 아마존 닷컴에서도 1996년판 원서만 검색된다. 하지만 아무래도 『*First Light*』는 그 이전에 선보였을 가능성이 짙다. 잡지 〈뉴요커New Yorker〉에 먼저 실린 거 말고 단행본으로 말이다. 번역서 말미의 '감사의 글'에서 내 심증을 굳히는 실마리를 겨우 찾는다. 랜덤하우스 사의 아무개는 "이 책의 신판을 내는 데 도움을 주었고, …." 그러면 이 책의 구판은 언제 나왔을까? 1986년에서 1995년까지 10년간의 어느 한 해로 추정된다. 서문의 헛갈리는 후일담에 근거하면, 초판은 1994년 나온 것으로 보인다. 하지만 나는 그 이전이 아닐까 생각한다. 슈메이커 부부는 좀더 앞서 "저명인사가 되었"을 것이고, 이 책 본문의 '현재'가 1985년과 1986년 무렵이어서다. "1930년에 스미스는 로스앤젤레스에서 라디오 수리점을 개업했다"에서 '1930년'은 좀 이르지 않나 싶다. 칼텍의 천재 엔지니어 4인방의 한 사람인 드베어 스미스가 4방사수 제작에 참여한 것은 1979년이다. 스미스가 약관에 라디오 수리점을 열었어도 환갑을 바라보는 나이다. "훤칠한 키에 흰머리"는 그의 연배를 가늠하는 정보로 한계가 있다.

한편, 팔로마 산 천문대 야간 관측 보조원 후안 카라스코Juan Carrasco는 책 내용이 전개되는 것과 더불어 나이를 먹는다. 가장 먼저 등장하는 후안은 "지난 15년 동안 망원경의 이곳저곳을 오르내리면서 걸레로 먼지를 닦아냈고, 또 망원경 내부에 설치된 여러 개의 관측실 중에 안 들어가 본 곳이 없"었다.(28쪽) 책의 후반부에서 "후안은 지난 20년간 헤일 망원경의 모든 것을 지켜보았고 또 직접 수리까지 해왔기 때문에, 이제는 망원경을 하나의 인격체로 보고 있는 것 같았다."(324쪽) 책의 도입부에서 후안은 '비인간적이지 않느냐'는 오해를 산다. "사람은 없어도 되지만 망원경만은 꼭 필요하지." 그건 그의 생각이 '절미截尾된' 탓이었다. "사람은 없어도 되지만 망원경만은 반드시 있어야 한다. 내가 만일 거울 위로 떨어지면 나는 그날로 끝장이다." 후안 카라스코의 '배역'은 천문학자들 못잖게 비중이 높다.

"야간 관측 보조원의 임무는 천문학자가 원하는 대로 망원경을 조종하는 것이다. 이 일을 천문학자가 직접 하지 않는 것은 작업 효율을 높이기 위한 것이기도 하지만, 그보다 먼저 망원경을 보호하기 위해서이다. 약간의 기회만 주어져도 천문학자들은 어김없이 망원경을 망가

뜨린다. 이런 이유 때문에 팔로마 산 천문대의 야간 관측 보조원들은 여러 가지 면에서 천문학자보다 강력한 결정권을 갖고 있다. 특히 돔을 열고 닫는 문제는 전적으로 보조원의 지시에 따라야 한다. 이것은 매우 중요한 사안이다. 예를 들어 한 천문학자가 별이 보고 싶다는 이유로 춥고 습기 찬 날에 헤일 망원경의 돔을 열어젖힌다면, 반사거울에는 당장 이슬이 맺히게 된다. 그리고 이슬은 거울 위에 앉아 있던 먼지와 섞여서 산성화되어 거울을 부식시킨다. 즉 단 몇 시간 만에 주반사거울은 무용지물이 되고 마는 것이다."

『오레오 쿠키를 먹는 사람들』은 수미상관首尾相關하다. 천문대 돔을 여닫는 권한이 있는 후안은 이 책의 '개폐' 또한 책임진다. "그는 현관에 있는 출퇴근 기록기에 카드를 밀어 넣었다. 오늘 그의 근무 시간은 열한 시간으로 기록되었다. …그는 문을 닫고 주차장 쪽으로 걸어갔다. 동쪽 계곡에는 안개가 깔려 있었고 아직도 하늘에는 몇 개의 별들이 희미한 빛을 발하며 서서히 사라져가고 있었다. …맑은 공기를 들이마시면서, 그는 팔로마 산에서 같이 밤을 새운 보조원들과 천문학자들을 떠올렸다. 모두가 자신의 일에 최선을 다하는 훌륭한 삶들이었다. 그는 헬멧을 어루만지며 돔 쪽을 돌아보았다. 고대의 성당처럼 생긴 흰색의 둥근 지붕—그것은 과학의 사원이었다. 후안은 한동안 그 자세로 서서 과학의 사원에 경의를 표하고 있었다."

뱀꼬리 이 책에서 천문대 관측자들이 과자를 먹는 장면은 서너 컷에 불과하다. 내가 보기엔 없어도 그만이다. 하지만 지금보다 더 나은 번역서 제목은 없을 것 같다. 서양 고전 음악을 많이 듣는다고 '클래식을 듣는 사람들'이라 하는 건 좀 그렇잖은가.

19

우주망원경 그림자 뒤쫓기

제프 캐나이프의 『허블의 그림자—우주의 끝을 찾아서』

이 "망원경은 거대한 양철통처럼 생겼는데, 이것은 지상 482.79km 높이의 궤도를 운행하고 있다." 리처드 프레스턴의 허블 망원경에 대한 묘사다. "허블 우주망원경은 하나의 완전한 위성 실험실이라고 할 수 있다. 그 안에는 크게 다섯 가지 시설이 탑재되어 있다. 4층 건물 높이에 무게가 15.57t이나 되는 이 거대한 망원경을 만드는 데 25억 달러가 투자되었다. 약 28g당 1천 달러가 들어간 셈이다. 똑같은 크기의 금덩이보다도 열여섯 배나 비싼 가격이다. 허블 망원경에 장착된 렌즈의 지름은 238.76cm밖에 안 된다. 그러나 망원경 자체가 대기권 밖에 설치되어 있기 때문에 기상 상태에 관계없이 항상 깨끗한 사진을 찍을 수 있다."(『오레오 쿠키를 먹는 사람들』, 279쪽)

천문학과 우주론 분야 전문작가 제프 캐나이프의 『허블의 그림자—우주의 끝을 찾아서*Chasing Hubble's Shadows: The Search for Galaxies at the Edge of Time*』(심재관 옮김, 지호, 2007)는 내 예상을 벗어난다. 『오레오 쿠키를 먹는 사람들』의 짝패일 거라는 기대를 저버린다. 『허블의 그림자』는 『오레오 쿠키를 먹는 사람들』에 비해 읽는 재미가 덜하다. 평이

한 서술에다 분량은 절반 남짓인데도 읽는 속도가 쉽게 붙지 않았다. 상대적으로 서사력은 딸리지만, 부족한 이야기성을 보완하는 다소 전문적인 수준이 외려 쉬운 접근을 막는다.

『허블의 그림자』는 무작정 시작되는 느낌마저 있다. 머리말 없이 바로 본론에 들어간다. 1장에서도 책의 개요를 간추리지 않는다. 다만, 다루지 않을 것은 확실히 못박는다. "하지만 이 책은 그 문제를 다루기 위한 책이 아니므로 더 이상 언급하지 않기로 한다." 책의 3분의 1지점에서 또한 인플레이션(급팽창) 모델의 "상세한 내용은 이 책의 관심사가 아니므로 다루지 않기로 한다." 3분의 2지점을 넘어서야 "이 책의 관심사"를 분명히 밝힌다. "초기 우주에 등장한 최초 항성과 은하에 관해 천문학자들이 무엇을 알게 되었는가."

용어 설명에도 인색한 면이 있다. 은하 헤일로 같은 것은 나처럼 무식한 독자를 위해 설명을 해줘야 하지 않을까. "은하 헤일로galactic halo 우리 은하와 같은 나선은하를 둘러싸며 엷게 흩어져 있는 별, 구상성단, 희박한 가스 등으로 된 구형球形에 가까운 영역. 우리 은하의 구형의 헤일로는 반지름이 약 5만 광년 정도로 추정되며, 이곳의 가스는 21cm 파장의 전파방출원이다."(브리태니커백과사전, 인터넷 검색) 백과사전 풀이도 암중모색이긴 하다. 헤일로halo는 해무리와 달무리를 말한다.

캐나이프는 고성능 천체망원경 관측을 바탕으로 한 최신 우주론에 초점을 맞춘다. "북두칠성의 국자 부분에만 4백 개 이상의 은하가 담겨 있습니다." 그러고는 플라네타륨Planetarium 담당자는 붉은색 지시봉으로 북극성 주변에 동그라미를 그리며 힘주어 말했다. "이렇게 작은 영역에 그토록 많은 은하가 있다면 하늘 전체에는 수억 개의 은하가 있다는 결론이 나옵니다. 그리고 은하마다 수백억 개의 항성이 들어 있습니다." 1968년 늦은 여름 캐나이프는 "천구天球에서의 천체의 운행을 설명하기 위한 장치"(국어사전)에 나타난 위풍당당한 별들의 행진이 놀라워 입을 다물지 못한다.

36년 후, 허블 울트라 딥 필드HUDF가 공개되자 이번에도 역시 캐나이프는 입을 못 다문다. 볼티모어 우주망원경 과학연구소STSI의 천문학자들은 북두칠성 국자 부분의 1천분의 1에 해당하는 영역에 최소한 1만 개의 은하가 분포한다고 발표했다. 이는 북두칠성 국자 부분에 1억 9천만 개가 넘는 은하가 있다는 얘기다. "이 수치를 관측 가능한 은하 개수로 환산하면 **1,270억** 개라는 어마어마한 숫자가 나온다. 물론 현재의 망원경으로 관측되지 않는 것까지 포함하면 그 수치는 엄청나게 불어날 것이다."

퀘이사를 발견한 천문학자 마(르)텐 슈미트, 3차원 우주 전자지도를 작성하는 '슬론 디지털 우주탐사계획SDSS', CCD 감지기 등이 겹칠 뿐, 『허블의 그림자』는 『오레오 쿠키를 먹는 사람들』과 구성 요소가 다르다. 그래도 주된 관측 도구로 사용되는 망원경의 시야가 바늘구멍만 하다는 점은 같다. 헤일 천체망원경과 허블 우주망원경은 극히 좁은 구역을 깊게 관측한다. 헤일 망원경의 가시 영역은 햄버거 빵에 박혀 있는 작은 양귀비씨 하나를 엄지와 집게손가락 사이에 끼고 손을 뻗을 때 씨에 의해 가려지는 부분이다.

"허블 울트라 딥 필드가 엄청난 거리를 꿰뚫고 있지만 그 관측의 폭은 매우 좁다. 그 각도가 대략 9제곱 분square arcminute에 불과하다. 그러한 심우주 탐사를 일러 연필심 조사라고 한다. 천구는 연필심 조사가 커버하는 영역보다 무려 1,270만 배 더 넓다. 천문학자들은 천구 전체에 걸쳐 심우주 탐사를 하기 원하지만 HUDF의 관측 폭과 노출 시간을 생각할 때 그러한 조사를 끝마치려면 거의 백만 년이나 소요된다."

HUDF에 앞서 허블 딥 필드HDF가 있었다. 1996년 공개된 HDF는 1995년 12월 18일에서 28일까지 열흘간 큰곰자리의 어느 지점에 허블 망원경의 초점을 맞춘 결과다. "15분에서 40분 사이의 노출로 모두 342회에 걸쳐 촬영을 했으며 자외선, 가시광선, 적외선을 모두 포착했다." 여러 번 촬영한 까닭은 우주 가장자리에 얼마나 많은 은하가 몰려 있는지 알아보기 위해서였다. 수십 개 내지 수백 개 정도의 은하만 나타날 거라는 예측을 뒤엎고 2천 개의 은하가 빛나고 있었다.

2.4m×3m 크기의 HDF 사진을 받아든 캐나이프는 돋보기로 사진을 찬찬히 살피다가 이곳저곳을 정신없이 훑어본다. 그러던 중 정중앙 왼편의 밝은 항성 하나가 눈에 들어왔다. 그는 다시 돋보기를 사용해 항성 주변에 흩어져 있는 근 20개에 달하는 밝은 은하들과 그보다 희미하지만 식별이 가능한 '블로브젝트blobject' 사이의 공간을 살핀다. "그곳은 얼룩덜룩하게 보였는데 아마도 저 멀리에 은하가 있다는 뜻일 것이다. 빛이 있기는 하지만 너무도 미약해 어둠을 힘겹게 밀어내고 얼룩덜룩한 모습으로 겨우 그 존재를 드러내고 있을 뿐이다. 나는 그런 부분을 **허블의 그림자**라고 부른다." 천구에서 허블의 그림자 크기는 바늘구멍만하지만 그것의 깊이는 실로 어마어마하다. 좁디좁은 영역 안에 들어 있는 가장 크고 밝은 은하는 70억 광년에서 80억 광년 떨어져 있다. 일부 은하는 120억 년 전의 빛을 발한다. "이렇게 극도로 좁은 시야를 따라 수십억 광년에 걸쳐 최소한 2천 5백 개의 은하가 존재한다."

우주론 원리cosmological principle란 아인슈타인을 비롯한 20세기 초반 상대성 이론가들의 거대이론을 일컫는다. "철학적 견지에서 보자면 우주론 원리는 인류를 우주의 중심에 두는 전통적 세계관에 최후의 일격을 가한 것이라고 할 수 있다. 우주론 원리는 엄청난 크기의 캔버스 위에 우주를 그렸고 그 동질적 공간 안에서 우리가 살고 있는 은하는 눈에 띄지도 않는 작은 일부분으로 밀려났다." 하지만 "인간은 우주에서 단순한 피동적 관측자가 아니라 보다 중요한 역할을 하는 존재라는 주장도 있다." 이러한 인간 원리에 반대하는 사람들은 우주가 관측하는 존재에게 의존해야 할 이유가 뭐냐고 반문한다. 한편, 우주론 원리에는 우주 창조주의 그늘이 드리워져 있는 것도 같다. "하느님이 물리학자들의 제한된 계산 능력을 염두에 두고 우주를 창조했다는 주장을 받아들이지 않는다면 우주의 단순성을 설명하기가 곤란하다."(B. J. 카)

적색편이는 끝 간 데 없는 우주의 규모를 가늠하는 척도다. 다시 말해 우주의 시간과 공간을 파악하는 기준이다. "적색편이는 우주가 팽창하고 있기 때문에 빛이 방출되는 지점이 멀면 멀수록 엿가락이 늘어나듯 파장이 늘어져 더욱 붉어지는 현상이다. 적색편이가 크면 클수록 그 대상물은 그만큼 멀리 떨어져 있고 따라서 시간도 그만큼 먼 과거로 거슬러 올라간다는 뜻이 된다." 적색편이는 거슬러 오르는 시간인 룩백 타임lookback time(단위, 광년)과 비례하고, 우주의 나이(단위, 년)와는 반비례한다.(79쪽 표 참조) 그런데 적색편이가 매우 높은 은하들 사이에선 시간적 차이가 그리 크지 않다고 한다. "팽창 속도가 완만한 때인 적색편이 0.5와 0.7에서는 그 차이는 10억 년 정도이다. 하지만 팽창 속도가 매우 높은 때인 적색편이 8과 10에서는 그 차이가 1천 7백만 년이다. 적색편이 10과 20의 차이는 고작 3백만 년에 불과하다."

또한 우주는 "적색편이 6에서는 현재 크기의 3백분의 1에도 미치지 못했으며 적색편이 10에서는 천분의 1에 불과했다." 우주의 역사에서 수백만 년은 '겨우'이고 '지나지 않는다.'

"항성 이론가이자 열렬한 야구팬인 텀린슨은 턱수염을 기르고 있지만 어떤 분야의 이론가라고 하기에는 너무 젊어 보인다. 하지만 이미 멀어진 내 젊음을 뒤돌아볼 때 일종의 적색편이 현상이 발생해 다른 젊은이의 나이를 가늠하는 내 능력에 문제가 생긴 것인지도 모른다." 내가 갖고 있는 『허블의 그림자』는 '텀린슨의 적색편이'와는 정반대 현상이 나타난다. 책배가 누렇게 변색되어 실제보다 더 낡은 책 같다. 지난 1년 동안 햇볕에 책배를 노출시킨 탓이다. 캐나이프의 또 다른 비유는 요즘 경제 상황에 비춰 꽤나 설득력 있다. "월스트리트 붕괴와는 달리 학설이 붕괴된다고 해서 천체물리학자들이 천문대 꼭대기에서 몸을 던지는 일은 없다." 그러나 "만일 암흑 물질이 가속기나 중성미자 탐지기에 나타나지 않는다면 우주론 분야를 경제에 비유할 때 월스트리트 폭락 사태, 아니 그 이상의 심각한 사태가 초래될 것"이다. 그것은 맥스 테그마크가 말하는 것과 같은 끔찍한 악몽이 아닐 수 없다. 우주론 학자인 테그마크는 세 가지 악몽을 이야기한다.

악몽 1 천체물리학자들이 암흑 물질에 대한 단서를 더 이상 발견하지 못하는 악몽이다. "직접적인 탐지 결과도 나오지 않고 선형가속기에서도 암흑 물질을 만들어내지 못하고 천체물리학적 증거도 찾아내지 못하는 상황입니다."

악몽 2 인플레이션에 대한 추가의 단서와 원시 중력파에 대한 추가의 단서가 나오지 않는 악몽이다.

악몽 3 암흑 에너지에 대한 단서가 더 이상 나오지 않는 악몽이다.

"암흑 에너지 관측 연구는 끝장이 나겠지요. 암흑 에너지의 속성에 관한 정량적 단서는 더 이상 나오지 않게 됩니다."

암흑 물질dark matter은 정체가 불명하다. "우주의 사분의 일 가까이가 암흑 물질로 채워져 있지만 아직까지도 직접적으로 탐지하지 못하고 있다." 아는 거라곤 암흑 물질의 밀도뿐이다. 정체불명이기는 암흑 에너지 또한 마찬가지다. "암흑 에너지가 무엇인지는 아무도 모릅니다. 암흑 에너지는 전적으로 다른 물리학 원리일 수도 있고 혹은 우리가 거시적으로 중력이 작용하는 방식에 대해 제대로 이해하지 못한다는 의미일 수도 있습니다."(애덤 리스) 천문학자들은 이러한 미지의 존재들을 도대체 어디다 써먹을까? "암흑 에너지처럼 암흑물질 역시 고약하지만 효과는 그만이다. 무엇으로 이루어져 있는지 어느 누구도 알지 못한다는 점에서 암흑 물질은 고약하지만 모든 문제를 속 시원하게 해결하기 때문에 효과는 그만이다. 암흑 물질을 도입하면 나선은하의 회전이 가장 바깥쪽 원반에서 일정한 이유와 은하단이 흩어지지 않고 유지되는 이유가 설명된다."

이 책은 우주의 역사를 137억 년으로 헤아린다. "빅뱅 이론을 가장 간단히 말하자면, 이 문장 끝에 있는 마침표보다 더 작은 공간에서 갑작스러운 폭발과 더불어 우주가 튀어나왔다는 것이다." 그리고 "폭발과 함께 생겨난 우주는 이후로 최소한 137억 년 동안 단조로이 팽창을 계속해 오고 있다." 허블 망원경은 1990년 4월, 우주왕복선 디스커버리호가 우주 공간에 띄워 놓았다. 이달 우주왕복선 아틀란티스호를 이용해 허블 망원경의 고장난 부분을 수리할 예정이란다. 에드윈 허블(Edwin Powell Hubble, 1889~1953)은 외부 은하 연구의 선구자로 "은하계까지의 거리와 은하계가 바깥 방향으로 멀어져 가는 속도는 비례한다는 '허블의 법칙'을 발견(1929)"했다.(『과학 인명사전』, 〈Newton〉 1995년 5월호 별책부록, 계몽사) 허블은 『성운의 왕국』에서 "천문학의 역사는 멀리 후퇴하는 지평의 역사"라고 했다. "우리는 가까운 우주는 비교적 소상하게 알고 있다. 하지만 거리가 늘어날수록 우리 지식은 점점 줄어든다. 그것도 매우 급속히 줄어든다." 캐나이프는 첨단 망원경과 정교한 광자 탐자기, 그리고 컴퓨터 모델 덕분에 그 거리가 가까워진 오늘, 허블이 상상만 하던 우주의 전경을 목도한다면 놀라움을 감추지 못할 거라고 덧붙인다.

캐나이프가 그의 아내와 함께 현지 답사한 하와이 마우나케아 산에 있는 천문대의 분위기는 팔로마 산 천문대와 사뭇 다르다. 마우나케아는 해발 4205m의 휴화산이다. 천문대가 위치한 마우나케아 정상 부근은 공기가 희박하고 차다. "위쪽에 올라와서 보니 청명한 하늘은 말로 표현할 수 없을 만큼 아름다웠다. 하지만 가장 인상 깊었던 것은 절대 고요였다. 바람소리나 목소리, 자갈소리, 웃옷이 펄럭이는 소리가 정적 속에서 크게 증폭되는 듯했다. 산 정상처럼 고요한 장소로 오기 전까지는 얼마나 많은 소음이 세상을 채우고 있는지 미처 깨닫지 못했다." 천문학자들이 지내기에는 열악한 환경일 수밖에 없다. 그러나 천문학자들은 마우나케아 정상은 물론이고 해발 2700m 지점의 베이스캠프 헤일 포하쿠까지 굳이 안 와도 된다. "사실상 대다수 천문학자들은 1996년에 와이미아에 원거리 관측 시설이 설립된 이후로 산 정상에서 관측을 해야만 할 필요가 없어졌다."

20

'우주의 기원에 관한 현대적 견해'

스티븐 와인버그의 『최초의 3분』

2007년 말 발췌독을 할 적엔 잘 몰랐는데(《기획회의》 통권 214호. 2007. 12. 20, 80쪽 참조), 이번에 정독을 하면서 이 책의 진가를 좀 알게 되었다. 아직도 쉽지만은 않다. 결론부터 말하면 한마디로 대단한 책이다. 책의 몸피가 경량급에 속한다는 점에서 더욱 그렇다. 역자 서문 「최신판이나 다름없는 과학교양의 고전」에 기대어 미국 핵물리학자 스티븐 와인버그Steven Weinberg의 『최초의 3분*The First Three Minutes*』(신상진 옮김, 양문, 2005)이 지닌 가치와 개요를 먼저 살핀다.

이 책은 일반 대중을 위해 씌어졌지만 일반 독자보다는 전문가들에게 더 많은 영향을 미쳤다고 한다. "당시 소립자물리학계에서 큰 영향력을 가지고 있던 와인버그가 이 책을 집필함으로써 우주론은 많은 소립자물리학자들의 연구주제로 고려되었다. 따라서 이 책의 출판은 그때까지만 해도 비교적 소수의 사람들에 의해 연구되었던 초기 우주론이 입자물리학의 주요 주제로 부상하게 되는 중요한 계기가 되었다." 이 책의 대중적 성공은 세계적 베스트셀러인 스티븐 호킹Stephen W. Hawking의 『시간의 역사*A Brief History of Time*』(현정준 옮김, 삼성출판사,

1990)에 못 미쳤으나 물리학계에 끼친 영향력은 월등하다는 게 번역자의 지적이다. 대중 독자인 필자 또한 『시간의 역사』의 국제적 유명세에 굴복하여 책을 읽어서 그런지 뚜렷한 인상은 남아 있지 않다.

"이 책의 내용은 뉴트리노[1]마저도 열평형[2] 상태에 있었던 순간부터 헬륨 핵합성이 이루어지는 시기까지의 빅뱅 이후 최초의 3분을 입자물리학과 우주론의 지식으로 그려낸 것이다. 상당히 세부적인 내용에 대해서도 개념적으로 정확한 설명을 하고 있고, 7장 '최초의 100분의 1초'에는 오늘날 초끈이론가의 입장에서 읽어도 영감을 얻을 수 있는 내용들이 기술되어 있다."

번역자는 현대의 고전으로 전혀 손색없는 『최초의 3분』 한국어판은 앞서 두 차례 나온 바 있다고 덧붙인다. "하지만 지금은 어떤 이유로 모두 절판되어 학생들이 구하기 힘들 뿐 아니라 더구나 1994년의 개정 증보판은 번역된 것이 없다. 그래서 이를 다시 재번역 출간하는 작업은 의미 있는 일이다. 지난 두 버전보다 새 번역이 조금이라도 나은 점이 혹 있다면 그것은 뉴턴의 말처럼 후자가 전자의 어깨 위에서 출발했기 때문일 것이다."

저자 서문에 드러난 스티븐 와인버그는 친절하다. "이 책이 어떤 독자를 위해 씌어졌는지 이야기해 두는 것이 좋겠다. 나는 좀더 복잡한 논의를 수용할 용의는 있지만 수학이나 물리학에 정통하지 않은 독자를 염두에 두었다. 비록 좀 복잡한 과학적 개념들이 도입되었지만 산

---

1 뉴트리노neutrino: 전기적으로 중성인 무질량의 입자이며 약작용과 중력적 상호작용만을 한다.

2 열평형thermal equilibrium: 입자들이 어떤 주어진 속도, 스핀 등의 범위에 들어가는 비율이 이 범위를 벗어나는 비율을 정확히 상쇄하는 상태.

술 이상의 어떤 수학도 이 책의 본문에서는 사용하지 않았고, 물리학이나 천문학의 어떤 예비지식도 가정하지 않았다. 과학 용어가 처음 나올 때마다 이를 정의하는 데 신중을 기했으며, 또한 부록에 물리학과 천문학 용어집을 실었다."

평범한 독자에게 이 책의 난이도가 그리 수월하진 않다. "본문의 논의를 따라가기 위해 주석(=수학적 보충)을 따로 공부할 필요는 없다." 하지만 아무런 노력 없이 소화할 수 있는 수준으로 얕봤다간, 설마 그럴 리야 없겠지만 자기 손은 내버려둔 채 남의 손으로 제 코를 풀려다간 큰코다친다. "그러나 이것은 내가 쉬운 책을 쓰려고 노력했다는 뜻은 아니다. 어떤 법률가가 대중을 위해 글을 쓸 때 그는 일반 독자들이 프랑스법이나 영구재산금지법을 모른다고 가정하겠지만, 그렇다고 그들을 과소평가하거나 우쭐대지는 않는다. 그런 태도에 칭찬을 보내고 싶다. 나는 전문 용어에 익숙하지는 않지만 자신의 견해를 내세우기 전에 타인의 설득력 있는 논의에 귀를 기울이려는 노련한 변호사 같은 독자를 상상한다." 나는 저자로서 와인버그의 이러한 자세와 독자에 대한 은근한 요구 사항이 꽤 맘에 든다.

또한 서문을 통해 스티븐 와인버그는 이 책의 주제를 분명히 밝힌다. "이 책은 초기 우주, 그것도 특히 1965년에 우주배경복사의 발견에서 야기된 초기 우주의 새로운 이해에 관한 것이다." 태초에 하나의 폭발이 있었다. 그것은 "어디서나 동시에 일어나서 처음부터 전 공간을 채우고, 물질의 모든 입자가 다른 모든 입자들로부터 서로 멀어져 가는 폭발이었다. 여기서 말한 '전 공간'이란 무한한 우주를 의미할 수도 있고, 또는 한 구球의 표면과 같은 유한한 우주를 의미할 수도 있다. 둘 중 어느 가능성도 이해하기 쉽지 않지만 이것에 구애받을 필요는 없다. 초기 우주의 논의에서 공간이 유한한가 무한한가는 거의 문제가 되지 않기 때문이다."

물리학자와 천문학자들이 어느 정도 자신 있게 말할 수 있는 가장 이른 시점은 100분의 1초 무렵이다. 이때 우주의 온도는 약 1000억 도였다. "전자, 양전자, 뉴트리노, 광자[3]는 순수 에너지로부터 끊임없이 만들어졌다가 곧 짧은 수명을 마치고 소멸되고 있었다. 따라서 이들의 수는 미리 정해졌던 것이 아니라 생성과 소멸의 과정 사이의 평형에 의해 고정되어 있었다." 여기에다 더 무거운 입자인 양성자와 중성자들이 미량 포함돼 있었다. "그 구성 비율은 대략 10억 개의 전자나 양전자, 뉴트리노 또는 광자에 대해 한 개의 양성자와 한 개의 중성자 꼴이었다. 한 개의 핵자[4]당 10억 개의 광자라는 이 숫자는 우주의 표준 모델을 만들기 위해 관측사실로부터 얻어야 하는 핵심적인 양이다." 우주배경복사cosmic radiation background[5]의 발견은 결과적으로 이 숫자의 측정인 셈이다.

폭발이 계속되면서 온도는 '내려간다.' 약 10분의 1초 후에는 300억 도가 되었고, 약 1초 후에는 100억 도가 되었으며, 약 14초 후에는 30억 도가 되었다. "온도는 계속 떨어져서 최초 3분간의 마지막에는 마침내 10억 도에 이르렀다." 우주가 충분히 '식은' 이때부터 중수소deuterium의 핵을 비롯해 복잡한 핵들을 구성하기 시작한다. 최초 3분간의 마지막에 우주의 내용물을 주로 빛, 뉴트리노, 반뉴트리노

---

3 광자photon: 복사의 양자론에서 광파에 결부된 입자.

4 핵자nuclear particles: 보통원자의 핵 안에 있는 입자들. 양성자, 중성자. 흔히 핵자nucleons로 약칭.

5 복사radiation: 모든 파장의 전자기파를 총괄하는 일반적인 용어.

antineutrino 형태였다. "훨씬 뒤, 수십만 년 후에 우주는 전자와 핵이 결합해서 수소와 헬륨의 원자를 이루기에 충분하도록 식었다. 이렇게 생긴 기체는 중력의 영향으로 덩어리를 이루기 시작했고, 이 덩어리들은 궁극적으로는 응축해서 현재 우주의 은하와 별들을 형성했다. 별들이 그들의 생애를 시작한 재료들은 바로 최초 3분 동안에 마련된 것들이었다."

큰 의미는 없지만 우주를 구성하는 재료들이 갖춰지는 데 3분보다 약간 더 걸렸는지도 모른다. "핵자당 10억 개의 광자들이 있다면 핵합성nucleosynthesis은 9억K의 온도에서 시작될 것이다. 이때는 첫 번째 화면으로부터 3분 46초가 지난 뒤이다."(내가 이 책의 제목에 '최초의 3분'이라는 부정확한 이름을 붙인 것을 용서하기 바란다. 그 편이 '최초의 3분 45초'보다는 듣기에 좋았다.) 와인버그는 더러 유보적인 자세를 취한다. "항상 감안해야 할 것은 우리의 단순한 우주 모델들이 우주의 작은 한 부분 그리고 우주 역사의 제한된 기간만을 기술하는 것인지도 모른다는 사실이다." 또한 "표준 모델이 우주의 기원에 대해서 상상할 수 있는 가장 만족스러운 이론은 아니다."

이러한 와인버그의 겸양된 태도는 오히려 그를 한층 더 미덥게 만들고 표준 모델의 현재적 당위성을 고무하는 효과를 발휘한다. 그러면 과학자들은 어떤 경로를 거쳐 표준 모델에 이르게 되었고, 표준 모델이 어떻게 정상우주론[6] 같은 다른 이론들을 밀어낼 수 있었을까? "표준 모델로 의견이 일치된 것은 철학적인 유행이나 천체물리학의 영향

---

[6] 정상우주론steady-state theory: 우주의 평균 성질들이 결코 시간과 함께 변하지 않는다는 본디, 골드, 호일에 의해 발전된 우주론. 우주가 팽창함에 따라 밀도를 상수로 유지하기 위해서는 끊임없이 새로운 물질이 생성되어야 한다.

때문이 아니라 실험 데이터의 압력에 의해서이다. 이것은 현대 천체물리학에 필요불가결한 객관성 때문이다." 한편으로 와인버그는 표준 모델의 불확실성에 대해 조심스러워하면서도 군건하다.

"때로 우리는 의심을 접어두고 우리를 어디로 끌고 가든 간에 우리의 가정이 그 귀결을 쫓아야 할 필요가 있다. 중요한 것은 이론적 편견에서 해방되는 것이 아니라 올바른 이론적 편견을 갖는 것이다. … 이것이 표준 모델이 진실이라는 의미는 아니나 표준 모델이 신중하게 다루어질 가치를 가지고 있음을 뜻하기엔 충분하다. … 나의 견해로는 이러한 불확실성에 대한 적합한 반응은 표준 모델을 내동댕이치기보다는(어떤 우주론자들은 그렇게 하고 싶겠지만) 이 모델을 아주 심각하게 고려하여 그 결과를 철저하게 조사하는 것이다. 그 결과가 관측과 모순을 보이는 것을 찾겠다는 희망에서라도 말이다."

여기서 살짝 우주론 상식 두 가지로 눈길을 돌린다. 우리 은하에서 가장 가까운 은하인 안드로메다성운을 M31이라고도 한다. 1781년 샤를 메시에Charles Messier는 '성운과 성단Nebulae and Star Clusters'이라는 메시에 목록을 작성하여 발표했는데, "아직도 천문학자들은 이 목록에 있는 103개의 물체들을 메시에 번호Messier number로 부르고 있다." 메시에 번호는 M자 돌림이다. 플레이아데스성운은 M45다. "이 성운의 어떤 것들이 우리 은하와 같은 은하라는 견해를 처음으로 제안한 사람은 임마누엘 칸트Immanuel Kant인 것으로 보인다. 1755년 칸트는 『천계天界의 일반자연사와 이론*Universal Natural History and Theory of the Heavens*』에서 라이트의 은하수설을 거론하면서 성운 '혹은 그보다는 성운의 일종'이 우리 은하와 대략 같은 크기와 모양을 가진 원반들이라고 주장했다."

스티븐 와인버그는 1965년 있은 천문학자 아르노 펜지어스Arno A. Penzias와 로버트 윌슨Robert W. Wilson의 우주 초단파 배경복사 검출을 20세기의 가장 중요한 발견 가운데 하나로 손꼽는다. "펜지어스와 윌슨은 그들이 수신한 전파잡음의 등가온도가 약 3.5K(더 정확히 말해서 2.5K와 4.5K 사이)라는 것을 발견했다. 섭씨온도 척도로 측정되나 얼음의 어는점이 아니고 절대 0도를 기준으로 측정된 온도는 '켈빈(Kelvin=K)'으로 표시된다. 따라서 펜지어스와 윌슨이 관측한 전파 잡음은 3.5켈빈, 또는 줄여서 3.5K의 등가온도를 갖는다고 표현된다." 그런데 "왜 이것이 우연히 발견되어야 했던가? 다시 말해서 왜 1965년 이전에는 이 복사에 대한 체계적 연구가 없었던 것일까?" 와인버그는 1950년대와 1960년대 초기에 전파천문학자들이 초단파 배경복사 탐색의 중요성을 간과한 이유로 세 가지를 든다.

첫째, 조지 가모브George Gamov를 위시한 빅뱅Big Bang 이론 주창자들이 하나의 보다 광범위한 우주진화론의 맥락에서 연구를 진행했다는 점을 이해해야 한다는 것이다. "그들은 대폭발이론에서는 비단 헬륨뿐만 아니라 본질적으로 모든 복잡한 핵들이 초기 우주에서 급속한 중성자 추가 과정에 의해 만들어졌다고 생각했다. 그러나 어떤 중원소들의 존재비는 정확히 예언했지만, 중원소들이 도대체 왜 존재하는가를 설명하는 데는 난관에 부딪쳤다." 둘째, 이것은 실험가와 이론가들 사이의 교신에 파국이 일어난 하나의 고전적 사례로서 대부분의 이론가들은 등방성[7] 배경복사가 검출될 수 있으리라고는 생각하지 못했다

[7] 등방성isotropy: 전형적인 관측자에게 우주가 모든 방향으로 똑같아 보인다고 가정된 우주의 성질.

는 것이다.

"셋째, 내 생각에는 이것이 가장 중요한데, 대폭발이론이 초단파 배경복사의 탐색을 이끌지 못한 이유는 초기 우주의 어떤 이론이건 간에 이것을 심각하게 취급하기가 물리학자들에게는 비범하게 어려운 일이었기 때문이다." 이어지는 내용은 이 책의 핵심이랄지 백미랄지 최고조랄지 굉장히 중요하다. 적어도 나는 그렇게 본다. "최초의 3분은 우리와 시간적으로 너무 멀리 떨어져 있고 온도와 밀도의 조건들이 너무 동떨어져 있었기 때문에 물리학자들이 통상의 통계역학과 핵물리학을 적용하는 데 불편을 느꼈던 것이다." 와인버그는 물리학에서 이런 일은 드물지 않다고 하면서도 늦은 발견이 주는 교훈과 그것의 과학적 기여를 강조한다.

"우리의 과오는 우리가 이론을 너무 심각하게 생각하는 데 있는 것이 아니라 충분히 심각하게 생각하지 않는 데 있다. …궁극적으로 1965년에 3K 배경복사의 발견이 이룩한 가장 중요한 공로는 우리 모두에게 초기우주가 있었다는 것을 진지하게 생각하도록 강요했다는 것이다." 다시금 와인버그는 그것이 과학사의 경과에 관한 가장 계몽적인 사례라 여겨지기에 그 잃어버린 기회에 관해서 스스로 장황하게 이야기한다는 단서를 붙이며 말을 이어간다. 그러나 그는 결코 장황하지 않다. "스티븐 와인버그는 우주의 기원에 대해 과학적 정확성을 견지하면서도 가장 아름답고 쉬운 언어로 이 책을 썼다."(책 커버 뒤표지 글) 나는 와인버그의 문체미학을 만끽하긴 어려웠으나 그의 문투가 간명하다는 것은 알겠다.

여하튼 우주론 연구의 짧은 역사를 되짚은 6장의 끝 단락은 그가 정말 하고픈 말이 아닌가싶다. "너무나도 많은 과학사료들이 성공 사실들, 예기치 못한 발견들, 재기 넘치는 증명들, 또는 뉴턴이나 아인슈타인 같은 사람들이 이룩한 마술 같은 비약들을 취급하는 것은 이해할 수 있다. **그러나 나는 그것이 얼마나 어려운가를, 얼마나 미궁에 빠지기 쉬운가를, 다음에 할 일이 무엇인가를 알기가 얼마나 어려운가를 이해하지 않고 과학의 성공들을 진정으로 이해하는 것은 불가능하다고 생각한다.**"

21

배에 담긴 과학 원리

유병용의 『과학으로 만드는 배』

약간 소프트한 과학책을 찾았다. 유병용의 『과학으로 만드는 배』(지성사, 2005)는 '쉽게 풀어 쓴 물과 배, 그리고 유체역학 이야기'를 표방한다. 유체역학이 다소 걸렸지만 이거다 싶었다. 그러나 웬걸, 나는 잘못 걸려들었다. 배가 물에 뜨는 부력의 원리를 설명한 대목, 장난 아니다. 뉴턴의 운동 법칙부터 '물살을 가르는 과학'은 한결 수월하다. 이 책의 지은이는 대학에서 조선공학을 공부했다. 조선공학 석 · 박사 과정을 이수하고, 3년간 해군 조함장교로 있으면서 해군사관학교 기계공학과 교수 요원으로 복무했다. "그에게 지금까지 인생에서 화양연화(花樣年華: 인생에서 가장 아름다웠던 순간)를 꼽으라면, 해군사관학교에서 생도들을 가르치던 시절이라고 주저 없이 말한다. 그는 해안선을 따라 달리며 노을에 비친 군함의 아름다운 곡선을 보고 가슴 벅차 하던 기억을 지울 수 없다고, 그 멋진 배를 만드는 조선공학이 딱딱하고 어렵게만 여겨지는 것이 안타깝다고, 그래서 이 책을 쓰기 시작했다고 말한다."(앞표지 날개 저자 소개글) 이 책이 출간된 2005년 9월 현재 그는 조선소에서 일하고 있다.

이 책은 배에 담긴 과학 원리를 이야기하기에 앞서 유체역학의 기초 지식을 살핀다. "유체역학은 '물(유체) 속에서(혹은 물로부터) 어떤 물체가 받는 힘에 대해서 다루는 학문'"이다. 기체도 유체에 속하지만 여기서는 배와 불가분의 관계인 물의 유체역학으로 범위를 좁힌다. 유체역학은 꽤나 어려운 학문인데다 먼 옛날엔 난제 중의 난제였다며, 그 보기로 『구약성경』「잠언」의 한 대목을 든다. "내가 심히 기이히 여기고도 깨닫지 못하는 것 서넛이 있나니, 곧 공중에서 독수리가 나는 법과, 반석 위에서 뱀이 기어 다니는 법과, 바다 한가운데 배가 떠 있는 법과, 남자가 여자와 함께하는 법이며"(잠언 30:18~19) 독수리가 나는 법과 배가 물 위에 뜨는 이치는 유체역학과 관련돼 있다.

유체역학의 기초 지식을 살피기 위해 과학자 세 사람을 호출한다. 파스칼, 아르키메데스, 다니엘 베르누이가 그들이다. 압력의 정체를 규명한 파스칼(Blaise Pascal, 1623~1662)에게 따라오는 과학자 직함은 낯설 수도 있다. 하지만 파스칼은 엄연한 과학자다. 1653년 그는 "유체의 한 부분에 압력을 가하면 유체 안의 모든 부분에 균등하게 전달된다"는 '파스칼의 원리'를 발견했다. 파스칼은 수학자이자 물리학자이며 철학자다. 그는 세계 최초로 계산기를 발명했다. '파스칼의 원리'는 토리첼리의 실험에 대한 궁금증이 발견의 계기가 되었다. 이탈리아의 물리학자이자 수학자인 토리첼리가 한 실험은 이렇다.

"수은을 가득 채운 1m 길이의 유리관 한 끝을 막고 수은을 담은 그릇에 거꾸로 세우면, 가득 차 있던 유리관 속의 수은이 내려오긴 하지만 전부가 쏟아지지는 않고 대략 76cm 높이에서 멎는다. 이 사실을 발견한 토리첼리는 여기서 더 나아가 유리관 속의 수은이 쏟아지지 않게 위로 올리는 힘은 바로 그릇에 담긴 수은의 표면을 누르고 있는 대기의 압력이라고 생각하였다."

하지만 토리첼리는 대기압이 어떻게 유리관 속 수은을 떠받치는지는 몰랐다. 파스칼은 이에 대한 연구를 시작하여 의문을 풀었다. 『팡세』는 파스칼이 남긴 철학 고전이고, "인간은 생각하는 갈대"는 그의 핵심어구나 다름없다. 어떤 경구나 격언은 외따로 떨어져 나온 것이다. 그런 경구나 격언은 앞뒤 맥락 속에 있을 때 더욱 의미가 살아난다. 이 책은 "인간은 생각하는 갈대"가 포함된 『팡세』의 한 구절을 서비스한다.

"인간은 하나의 갈대에 지나지 않으며 자연 가운데서 가장 약한 존재이다. 그러나 인간은 생각하는 갈대이다. 그를 죽이는 데 우주 전체가 무장할 필요는 없다. 하나의 증기, 하나의 물방울만으로도 능히 그를 죽일 수 있다. 그러나 우주가 그를 죽일 경우에도 인간은 우주보다 훨씬 존귀할 것이다. 왜냐하면 그는 자기가 죽는다는 것, 우주가 자기보다 우월하다는 것을 알고 있지만, 우주는 전혀 모르기 때문이다."

배가 물 위에 뜨는 현상을 최초로 해명한 사람은 고대 그리스의 수학자이자 물리학자 아르키메데스(Archimedes, B.C. 287~212)다. 아르키메데스가 발견한 '부력의 원리'는 다음과 같다. "유체에 잠긴 물체는 잠긴 부분의 부피에 해당하는 유체의 무게만큼 부력을 받는다." 이처럼 "유체 속에서 물체를 위로 뜨게 하는 힘이 아르키메데스가 발견한 부력이다. 아르키메데스는 부력의 크기를 구하는 방법을 발견하였는데, 그 크기는 방금 말한 바와 같이 물속에 잠긴 부분의 부피에 해당하는 유체의 무게이다."

배가 물속으로 가라앉지 않고 물 위에 뜨는 비결은 부력에 있다. "배를 아래로 당기는 중력과 위로 띄우는 부력의 크기가 같으면 힘의 평형이 이루어져서 배는 가라앉지 않고 가만히 물 위에 떠 있게 된다." 배가 물 위에 떠 있는 상태는 중력과 부력이 평형을 이룬 상태다. 이 상태에서 배에 짐을 더 실으면 어떻게 될까? "화물을 실으면 당연히 배의 무게(중력)가 증가하고 '(중력)=(부력)'이라는 평형 방정식이 깨지게 되니까 배가 물에 잠기지 않을까? 하지만 배가 침몰될까봐 가슴 졸일 필요는 없다. 배의 무게(중력)가 증가한 만큼 부력이 증가하므로 새로운 평형을 찾기 때문이다." 배는 물에 더 깊게 잠겨 새로운 평형 상태를 이룬다. 다시 말해 흘수가 증가하게 된다. 흘수는 배가 물에 잠긴 부분의 깊이를 말한다. 물론 데드웨이트Dead Weight를 초과하면 배는 가라앉는다. 중력과 부력의 평형이 깨지면 배는 심각한 위험에 빠진다. 거센 파도와 폭풍우를 만나면 배가 두 동강날 수 있다는 말이다. 초대형 선박도 예외는 아니다.(105쪽) "그림과 같이 파도의 봉우리 부분은 배가 물에 잠기는 부분이 더 많으므로 부력이 크게 작용하고, 파도의 골짜기 부분은 상대적으로 물에 잠기는 부분이 적으므로 부력이 작게 작용한다. 이러한 파도의 영향이 가장 큰 경우는 그림 (가)와 같이 파도의 봉우리가 양 끝에 있고 골짜기가 가운데에 있는 경우이거나, 그림 (나)와 같이 파도의 봉우리가 가운데에 있고 골짜기가 양 끝에 있는 경우이다. 그림 (가)의 경우 양 끝에서는 물에 잠긴 부분이 가운데보다 많으므로 이 양쪽 끝의 부력이 가운데보다 더 클 것이다."

곧 "전체 중력과 부력의 합은 같지만, 부분적으로 보면 양 끝에서는 부력이 중력보다 더 크고, 가운데 부분에서는 중력이 부력보다 더 크게 작용한다. 따라서 양 끝에는 위로 작용하는 힘이, 가운데는 아래로 작용하는 힘이 더 커져서 배를 활처럼 휘게 만든다. 그리고 배가 이 휘는 정도를 견디는 한계를 넘어서면 가운데 부분이 부러지고 만다." 한편, 배 무게의 변화 없이도 흘수가 바뀐다. 다른 조건이 일정하다면, 바닷물의 밀도가 강물의 밀도보다 더 크기 때문에 강에서 흘수가 더 커진다.

이 책에는 각종 수식이 생각보다 많이 나온다. 유체역학의 기본적인 정리와 이를 증명하는 방정식에 지레 겁을 먹었던 것 같다. 그렇다고 내가 이 책의 논증을 완벽하게 이해한 것은 아니다. 수식의 증명은 살짝 건너뛰었다고 하는 게 옳겠다. 하여 '베르누이의 정리'보다는 그것에 얽힌 일화가 더 솔깃하다. 유능한 수학자와 과학자를 여럿 배출한 스위스의 베르누이 집안의 가족사는 시기와 질투로 얼룩졌다. '베르누이의 정리'를 발견한 다니엘 베르누이(Daniel Bernoulli, 1700~1782)는 그 최대 피해자다.

다니엘의 아버지 요한과 야곱 형제는 아버지의 반대를 무릅쓰고 수학 공부에 몰두한다. 요한의 형 야곱은 바젤 대학의 교수가 되었고, 요한은 미적분학을 가르치러 프랑스로 떠난다. 하지만 요한은 프랑스에서 철저한 배신을 겪는다. 다행히 요한은 수학에 관심 많은 로피탈 후작을 만나 프랑스에서도 수학 연구를 계속한다. 그런데 로피탈 후작의 후원에는 이해 못할 부분이 있었다. "로피탈이 요한에게 300파운드를 주면서 제안하기를, 어떤 문제들을 풀어보되 다른 사람에게는 절대 말하지 말고 그 답을 자기에게만 알려달라는 것이었다." 결국 로피탈 후작은 요한 베르누이가 푼 문제를 마치 자기가 한 것인 양 발표하기까지 한다. '로피탈의 정리'는 요한이 로피탈에게 빼앗긴 가장 대표적인 업적이다. 분수꼴의 극한 계산에 쓰이는 "로피탈의 정리에 들어 있는 이름인 로피탈이 바로 우리가 지금 얘기하고 있는 파렴치한 로피탈 후작이다. 이 로피탈의 정리는 결국 요한 베르누이의 업적인 것이다."

고향으로 돌아온 요한은 형 야곱이 교수로 있는 바젤 대학 교수직에 지원했으나, 동생을 시기하는 형의 반대로 탈락한다. 요한은 야곱이 세상을 떠나고 나서야 형의 자리를 이어받는다. 하면, 야곱 베르누이는 당하기만 했던 억울한 인생일까? 전혀 아니다. 요한이 그의 제자이며 뛰어난 수학자인 오일러와 짜고 아들의 연구 업적을 가로챈 것은 가증스러울 정도다. "베르누이의 정리는 유체역학을 동역학 시대로 이끈 가장 중요한 공식 중의 하나이다. 불쌍한 다니엘 베르누이를 위로하는 마음에서라도 베르누이의 정리는 요한 베르누이가 아닌 다니엘 베르누이의 정리임을 기억해두자." 아무튼 "베르누이의 정리는 정압력靜壓力과 동압력動壓力의 합이 항상 일정하다는 것이 그 내용이고, 또한 정압력과 동압력의 관계를 보여 준다는 데 그 의미가 있다."

'베르누이의 정리'를 응용한 사례로 비행기 날개가 양력揚力을 발생시키는 원리와 투수의 변화구가 구사되는 방법을 들고 있다. 그런데 "야구 선수 박찬호가 2000년 꿈의 무대로 불리는 메이저리그에 입성한 이후 투타에 걸쳐 김병현, 최희섭, 서재응 같은 선수들이 빅리그에서 맹활약을 펼치면서 야구에 대한 관심이 다시 높아졌다"에서 박찬호 선수의 메이저리그 입성 연도가 틀린 것은 사소한 실수이지만 적잖이 아쉽다. 엄밀하게 말하면 박찬호 선수의 메이저리그 데뷔 연도는 마이너리그를 거치지 않고 메이저리그에 직행하여 두 게임을 뛴 1994년이다. 2년간 마이너리그 생활을 거쳐 메이저리그에 안착한 1996년을 박찬호 선수의 메이저리그 입성 연도로 봐도 큰 무리는 없다. 박찬호 선수가 메이저리그 첫 승을 올린 1996년 4월 7일은 내게도 뜻 깊은 날이다. 이날 나는 대학 졸업 후 3년간의 백수 생활을 청산하는 구두

면접시험을 무난히 치렀다. 또한 인용문의 "투타에 걸쳐"는 어색한 표현이다. 여기선 '투수와 타자'라고 해야 한다. '투타에 걸쳐'는 특정 팀이나 특정 선수가 투수(구)력과 타(격)력을 겸비했다는 의미로 주로 쓰인다.

배가 움직이는 데에도 뉴턴의 운동 법칙 세 가지는 기본적으로 작용한다. "처음 정지 상태에서 움직이기 위해서는 가속도가 생겨야 한다." 힘 F가 배에 주어진다면 뉴턴의 제2법칙인 '가속도의 법칙', $F=ma$에 따라 일정한 질량m이 있는 물체인 배는 a라는 가속도가 생겨서 움직일 것이다. 제3법칙 '작용 반작용의 법칙'을 이용하여 배를 움직일 수도 있다. 한때 스크루라고 했던 배에 달린 "프로펠러가 내는 힘인 추력이 물을 밀어 주면(작용) 다시 물이 배를 밀어 주어(반작용) 배를 앞으로 나아가게 해준다." 뉴턴의 제1법칙 '관성의 법칙'은 외부로부터 힘이 작용하지 않으면 물체의 운동 상태는 변하지 않는다는 법칙이다. 멈춰 있는 물체는 계속 멈춰 있으려 하고, 움직이는 물체는 계속 움직이려고 한다. 프로펠러에서 발생한 추력이 배의 운동을 방해하는 외력(저항)보다 크거나 같아야 배는 앞으로 계속 나아갈 수 있다.

물살을 가르는 과학은 배의 겉모습을 특이하게 만든다. 어떤 선체의 앞부분 아래쪽에는 볼록 튀어나온 부분이 있는데 이것을 구상선수라고 한다. 구상선수는 조파저항과 관련이 있다. "조파저항은 배가 움직이면서 파도를 일으키기 때문에 생기는 저항이다." 구상선수는 조파저항을 줄일 목적으로 설치한 것이다. "구상선수는 배로 인해 생기는 파도의 크기를 줄여 줌으로써 조파저항을 줄여 주는 역할을 한다." 배의 흔들림을 방지하기 위한 장치인 빌지킬Bilge Keel은 그리 유난스럽지 않은 생김새에다 작동원리는 아주 간단하다. "배의 측면과 바닥이 연결되는 굽은 부분에 얇은 판을 길게 붙이기만 하면" 된다. 물고기 배지느러미 형태의 "빌지킬은 배가 흔들리려 할 때 물을 밀어 주고 와류(소용돌이)를 발생시키기 때문에 그만큼 회전에 대한 마찰저항이나 조와저항이 증가하여 배의 흔들림을 막아 준다." 핀Fin 안정기는 능동적인 흔들림 방지 장치로 가슴지느러미와 비슷한 기능을 한다.

책의 후반부에선 다양한 종류의 배를 소개한다. 위그선(WIG, Wing-In-Ground)은 날아다니는 배다. "수중익선처럼 물속에 배 일부분이 잠긴 상태로 살짝 떠오르거나 호버크라프트처럼 물 위에 접해서 움직이는 것이 아니고 완전히 물에서 떨어져 날아다니는 배다." 위그선의 정체성을 둘러싼 논란이 빚어진 것은 당연하다. 배냐? 아니면 비행기냐? 1990년대 후반 국제해사기구IMO가 고도 150m 이하로 움직이는 운송체를 배로 분류함으로써 '위그기'가 아니라 '위그선'이 되었다. 그러면 책에 걸맞은 두께는? 49쪽이다. 유네스코UNESCO는 49쪽 이상의 출판물을 책으로 규정했다.

부록 「모멘트 알아보기」는 모멘트Moment의 이모저모를 다룬다. 모멘트란 "물체에 회전 효과를 일으키는 물리량"을 말한다. 직선운동의 원인이 힘에 있다면, 회전운동은 모멘트에 있다. 모멘트는 일상 생활에서 흔히 쓰이는데 지렛대의 원리, 드라이버 손잡이를 감싸는 별도의 손잡이, 굴대에서 멀리 떨어져 있는 여닫이문의 손잡이가 그것이다. "꽁꽁 닫혀서 잘 열리지 않는 뚜껑에 다른 헝겊 등을 감싸 여는 것도 마찬가지로 모멘트를 응용한 것이다." 뚜껑 주위를 테이프나 헝겊 등으로 감싸면 모멘트 거리를 늘일 수 있다.

22

수학에 대한 역사적 접근

토비아스 단치히의 『수, 과학의 언어』와 모리스 클라인의 『수학, 문명을 지배하다』

한국어판 『수, 과학의 언어*Number: The Language of Science*』(권혜승 옮김, 한승, 2008)는 앞표지와 책등에서 "아인슈타인이 극찬한 책"이라는 점을 내세운다. 뒤표지에는 아인슈타인의 이 책에 대한 '칭찬'을 인용한다. "이 책은 의심의 여지없이 내가 이제까지 읽어본 수학의 발전에 관한 책 중에서 가장 흥미롭다. 만약 사람들이 진짜 좋은 것을 어떻게 소중히 간직해야 하는지 안다면, 이 책은 세계 문학에서 영원히 남아 있을 책이다. 여기 수학적 사고가 태고 적부터 가장 최근까지 어떻게 발전해 왔는지가 감탄할 만한 일관성과 독창성을 가지고 생생하게 그려져 있다."

『수, 과학의 언어』는 아인슈타인의 상찬에 값하는 현대의 고전이다. 고전적 저작은 대체로 부속 텍스트가 풍성하다. 『수, 과학의 언어』에도 곁텍스트가 줄줄이 달려 있다. 책의 맨 앞에 놓여 있는 것은 우리나라 대학 수학 교수의 '추천사'다. "토비아스 단치히의 책은 수학에 관해, 그 가장 중심이 되는 개념인 수의 역사를 통해 이야기하고 있다." 그리고 "이 책의 본문은 열두 장으로 이루어져 있다. 뚜렷한 흔적, 빈칸, 수에 관한 이야기, 마지막 수, 기호, 입 밖에 낼 수 없는 것, 흐르는 세상, 생성의 예술, 빈틈 메우기, 수 집합, 무한에 관한 분석, 두 가지 현실 등이 그것이다. 제목들이 보여 주는 것처럼, 이 책은 철학적 질문에 관한 논의에 많은 부분을 할애하고 있고 넓은 범위의 아이디어에 관해 다루고 있다. 또한 수학의 문화적 측면을 강조한다."

하버드대 수학자 배리 마주르의 '서문'이 이어진다. 배리 마주르는 이 책을 엮은 조지프 마주르의 친형이다. 조지프 마주르는 이 책의 2005년판을 엮은 것으로 짐작된다. "지금 읽고 있는 이 책은 많은 이야기들을 엮어 놓은 수에 관한 명상이자 수학의 아름다움에 관한 시이다. 이 고전은 수 개념의 진화에 관한 것이다. 그렇다. 수는 계속 진화해 왔고, 계속 진화할 것이다." 서문의 말미에서 배리 마주르는 고등학교 때까지만 수학을 배운 그의 아버지에게 이 책을 선물한 사연을 전한다. 칠순에 이른 배리와 조지프 마주르 형제의 부친은 이 책에 흠뻑 빠졌다. "이 책은 모든 사람이 이해할 수 있는 몇 권 안 되는 수학에 관한 대중서이다."

'편집자의 글'을 넘어서야 우리는 토비아스 단치히(Tobias Dantzig, 1884~1956)의 글을 접하게 된다. 4판(1953) 머리말보다는 초판 머리말이 유의미하다. "이 책은 아이디어를 다루고 있지 방법을 다루고 있지는 않다." 독자에게 수학적 배경 지식을 요구하진 않지만, 그보다 더한 기대감을 품고 있기는 하다. 그건 다름 아닌 "아이디어를 흡수하고 감상하는 능력"이다. 단치히는 "이 책이 주제에 관한 기술적인 측면을 피하고 있기는 하지만, 기호에 대해 구제 불능일 정도로 두려움에 떠는 사람들이나 선천적으로 형식적인 것을 이해하지 못하는 사람을 위해 쓰여지지는 않았다"며, "이 책은 수학에 관한 책"임을 확실히 한다.

이 책은 기호와 형식, 기호나 형식 뒤에 있는 아이디어를 다룬다. 단치히가 워싱턴 D.C.에서 1930년 5월 3일 날 작성한 머리말을 좀더 듣는다.

"나는 학교 교과 과정이, 수학에서 그 문화적 내용은 제거해 버리고 기술적인 것의 앙상한 뼈대만 남겨 놓아, 많은 우수한 사람들을 쫓아버렸다고 생각한다. 이 책의 목표는 그 문화적 내용을 복구하고 수의 진화를 심원한 인간의 이야기로 나타내는 것이다. 실제로 수의 진화는 인간의 이야기다.

하지만 이 책은 수의 역사에 관한 책은 아니다. 그러나 직관이 수학적 개념의 진화에서 어떤 역할을 했는지 보여 주기 위해 역사적인 방법을 자유롭게 사용했다. 그러므로 여기에서 수에 대한 이야기는 아이디어를 만들어낸 사람들을, 그들을 만들어낸 시대와 관련지어, 아이디어에 대한 역사적인 장관으로 펼쳐질 것이다."

우리에게 수학적 아이디어의 역사적 장관을 펼쳐 보이는 토비아스 단치히는 라트비아에서 태어났다. 반反차르 유인물을 배포하다 붙잡히자 프랑스 파리로 줄행랑을 놓았다. 앙리 푸앵카레 밑에서 공부하다 미국으로 건너가 벌목꾼으로 일한다. 단치히는 인디애나 대학에서 수학박사학위를 취득하고, 몇 군데 대학에서 수학을 가르쳤다.

『수, 과학의 언어』의 초반부는 '이항 결합적이다.' 서로 맞서는 두 개의 요소가 대립하기보다는 보완 관계에 있다. **수 감각**number sense과 **수 세기**counting부터 그렇다. 수 감각 "능력은 직접 알지 못하는 상태에서 어떤 작은 집합에 무언가가 하나 더해지거나 없어지는 경우 그 집합에 어떤 변화가 생겼음을 인지하도록 한다." 수 세기는 수 감각보다 더 복잡한 정신과정과 연관된 인간만이 지닌 남다른 특성이다. "일련의 놀라운 상황 속에서 인간은 극히 제한된 수 인식을 미래의 삶에 엄청난 영향을 끼치도록 운명 지어진 수단의 도움을 받아 확대시킬 수 있었다. 이것이 바로 수 세기이다. 수를 이용해 우주를 표현하는 대단한 진보가 바로 이 수 세기 덕분이다." 그래도 초보적인 수 감각에서 수 개념이 자라난 사실을 잊으면 곤란하다.

대응 원리에 의존하는 **기수**cardinal number는 수 세기와는 무관하다. "수 세기를 위해서 잡다한 일련의 모델을 가지는 것으로는 충분하지 않다." 우리는 **수 체계**number system를 만들어야 한다. "일단 이 체계가 만들어지면 어떤 집합을 세는 것은 그 집합의 원소를 다 쓸 때까지 자연수 수열의 각 항을 순서에 따라 집합의 각 원소에 차례대로 대응시키는 것을 의미한다. 집합의 마지막 원소에 대응된 자연수 수열의 항을 그 집합의 **서수**ordinal number라고 한다." 산술학의 연산은 **항상 어떤 숫자에서 그 다음 숫자로 넘어갈 수 있다**는 암묵적 가정에 바탕을 두고 있다. 이것이 서수 개념의 핵심이라고 할 수 있다.

"대응correspondence와 연속succession이라는 모든 수학—아니, 오히려 모든 생각의 영역—에 널리 퍼져 있는 이 두 가지 원리가 수 체계라는 구조를 이룬다." 그러면 기수와 서수 간의 미묘한 차이가 수 개념의 초기 역사에서 어떤 역할을 했을까? "오로지 짝짓기에만 기초를 둔 기수가 짝짓기와 순서 매기기 둘 다를 요구하는 서수보다 앞서는 게 아닌가 하고 생각하도록 우리를 유혹한다. 하지만 원시 문화와 철학을 아무리 주의 깊게 살펴보아도 이런 선행을 밝혀낼 수 없다. 수에 관한 기술이 조금이라도 존재하는 곳이라면 어디에서나 수의 두 가지 측면이 모두 발견된다."

기수와 서수의 우열은? **일대일 대응**one-to-one correspondence[1]과 순서

매기기를 모두 요구하는 서수가 상대적으로 '단순한' 기수보다 약간 앞서지 않을까? "고대인의 수 표기법의 진화는 그리스의 서수 체계와 로마의 기수 체계에서 그 마지막 단계가 드러난다. 둘 중 어느 것이 더 나은가? 수 표기법이 오로지 양을 간결하게 기록하기 위함이라면 이는 중요한 질문이다. 그러나 주된 관심사는 아니다. 훨씬 더 중요한 질문이 있다. 그 체계가 산술적 연산에 얼마나 적합한가? 그리고 계산을 얼마나 쉽게 만드는가?가 그것이다. 이런 관점에서 두 방법 중 어느 것도 선택하기 어렵다. 평범한 사람이라면 둘 중 어느 것을 사용해도 산술학을 만들어낼 수 없다." 우열을 가리기 어렵기는 홀수와 짝수 또한 마찬가지다. 피타고라스학파는 "짝수를 녹는, 그러므로 덧없는, 여성적인, 지상에 속하는 것으로 간주했고, 홀수는 영속적인, 남성적인 천상에 속하는 것으로 간주했다"지만 말이다.

"수학의 어떤 두 분야도 산술학Arithmetic과 정수론Theory of Numbers보다 더 대조적이지는 않다." 이 두 분야가 어떻게, 얼마나 다르기에. 산술학 규칙이 일반적이고 단순한 데 비해 정수론은 수학의 가장 어려운 분야로 여겨진다. "산술학은 순수 수학과 응용 수학을 포함한 모든 수학의 토대이다. 이것은 과학 중에서 가장 유용하고, 아마도 이보다 더 대중에게 널리 퍼져 있는 지식 분야는 없을 것이다. 한편, 정수론은 가장 응용력이 적은 수학 분야이다. 이것은 지금까지 기술적인 진보에 어떤 도움도 되지 않고 남아 있을 뿐만 아니라, 순수 수학 분야에서조차도 멀리 떨어져 있으면서 일반 과학 분야와도 아주 느슨하게 연결되

---

1 "일대일 대응이란 한 집합 혹은 두 집합 전체의 원소가 모두 다 없어질 때까지, 한 집합의 각 원소에 다른 원소를 하나씩 대응시키는 과정이다."

어 있다."

실용주의적 문화사 해석의 선호자는 산술학이 정수론을 앞선다는 결론을 내리고 싶어 한다고 한다. "그러나 사실은 그 반대이다. 정수론은 수학에서 오래된 분야 중 하나인 반면, 현대적 산술학은 단지 400년 밖에 되지 않았다.[2] 그 단어의 역사에 이것이 반영되어 있다. 17세기까지 그리스어 **아리트모스**arithmos는 수를 뜻했고, **아리트메티카** arithmetica는 수론을 뜻했다. 오늘날 우리가 **산술학**Arithmetic이라고 부르는 것은 그리스인들에게 **로기스티카**logistica였고, 우리가 본 것처럼 중세에는 **알고리듬**[3]이라 불렀다."

책의 중반에선 제논의 네 가지 역설이 눈에 띈다. 내 눈에는 아리스토텔레스가 『자연학*Physica*』에다 기록한 것 가운데 상대적으로 널리 알려진 둘째와 셋째 역설이 도드라져 보인다.

둘째 역설 : **아킬레스와 거북**

둘째는 소위 말하는 아킬레스이다. 여기에서는 더 빠른 자가 경주코스에서 더 느린 자를 따라 잡을 수 없다는 것이다. 왜냐하면 따라가는 자는 항상 앞선 자가 막 떠난 지점에 도달해야 하므로, 느린 자가 반드시 여전히 다소 앞서 있기 때문이다.

셋째 역설 : **화살**

언제나 일정한 방식으로 행동하고 있는 모든 것이 계속해서 움직이

---

2 이제 500년 가까이 되었겠다.

3 algorithm, "이것은 무한한 단계로 구성되어 있고 각 단계는 그 전 단계의 결과를 이용하는 모든 수학적 과정을 뜻한다."

고 있거나 아니면 정지 상태에 있다면, 그러나 움직이는 물체가 항상 어떤 순간에 있다면, 움직이는 화살은 정지해 있다.

책의 막바지에서 토비아스 단치히는 수학자와 과학자에 대해 이야기한다. 먼저 수학자다. "수학자는 단지 정신의 활동만 다루고 있음을 꺼리지 않고 인정한다. 그리고 그에게 필요한 독창적인 고안물이 그가 있는 그대로의 현실과 동일시하는 감각에 의한 인상에서 유래했음을 분명히 안다. 그리고 때때로 이 고안물이 그들이 태어난 현실과 깔끔하게 맞아떨어지는 것을 알고도 놀라지 않는다. 그러나 이런 깔끔함을 수학자들은 그들이 이룬 성과의 기준으로 인정하기를 거부한다. 그의 창조적인 상상력으로부터 나온 것의 가치는 그것이 현실 세계에 적용되는 범위에 의해 평가되어서는 안 된다. 절대 안 된다! 수학적 성과는 수학 자체의 척도에 의해 평가되어야 한다."

다음은 과학자다. "과학자는 이 세상이 그 자신의 생각이나 행동과는 무관한 법칙에 의해 움직이는 절대적인 완전체인 것처럼 행동한다. 그러나 놀랍도록 단순한 법칙이나 전적으로 일반적인 것 혹은 우주의 완벽한 조화를 지적하는 것을 발견할 때마다 그는 그의 생각이 그 발견에 어떤 역할을 했는지 의심하고, 영원한 존재의 깊숙한 곳에서 자신이 본 아름다운 이미지가 이 영원한 존재의 속성을 드러내는지 아니면 그저 자신의 생각의 반향인지를 생각해 보는 것이 현명할 것이다."

모리스 클라인의 『수학, 문명을 지배하다*Mathematics in Western Culture*』(박영훈 옮김, 경문사, 2005)는 수학을 매개로 짚어본 서양 철학사이자 과학사이며 무엇보다 수학사다. 하지만 모리스 클라인은 토비아스 단치히와 마찬가지로 그런 사실을 인정하길 꺼린다. "이 책이 역사적 접근을 하고 있다고 해서, 반드시 수학의 역사를 담은 것이라 말할 수는 없다." 수학이 서구 문명에서 꽤 중요한 문화적 원동력이었다는 논제를 주장하는 게 이 책의 목적이다.

수학은 무엇인가? 비트겐슈타인의 표현을 빌면, 수학이란 단지 장엄한 동어반복이다. 여기에 모리스 클라인은 다음과 같이 덧붙인다. "그러나 얼마나 장엄한가! 글자 그대로 수학의 논리적 구조는 동어반복이라고 말하는 것이 옳다. 그러나 이렇게 말하는 것은 밀로의 비너스상이 단지 거대한 소녀일 뿐이라고 말하는 것과 다르지 않다. 수학을 동어반복이라고 표현하는 것은" 수학을 통한 "성취의 기쁨과 흥분은 빼먹고 있는 것이다."

다시 수학은 무엇인가? "수학은 인간이 자연을 이해하고, 물리적 세계에서 일어나는 혼란스러운 사건들에 질서를 부여하고, 아름다움을 창조하고, 스스로 활동하고자 하는 건강한 두뇌의 자연적 성향을 만족시키고자 하는 인간의 노력으로부터 정확한 사고가 추출해낸 최고 순도의 증류수이다." 그리고 "수학은 이전 어느 때보다 의미에 있어서 풍부하고 그 범위도 넓어졌으며, 적용에 있어서도 훨씬 효과적인 학문이 되었다." 1953년 세상에 첫선을 보인 『수학, 문명을 지배하다』 또한 수학 분야 현대의 고전이라 할 만하다.

23

DNA는 진화의 확고한 증거물

션 B. 캐럴의 『한 치의 의심도 없는 진화 이야기』

나는 면 종류를 다 좋아한다. 자장면과 짬뽕부터 국수와 냉면과 우동, 쫄면과 스파게티까지. 즐겨 먹는 면 종류는 국수와 자장면이다. 둘 다 아내가 만들어 주는 게 제일 맛있다. 자장면은 중국집에서 먹기도 하지만, 국수는 거의 대부분 집에서 먹는다. 집 앞에 국수 전문점이 생겼다. 약간 뜸을 들이다 국수집에 들렀다. 다른 음식도 차림표에 있으나, 세 가지 국수가 주된 메뉴다. 일하는 분들은 다 한 가족인 모양이다. 비빔국수를 주문했다. 비빔국수 맛이 일품이었다. 며칠 후, 다시 국수를 먹으러 갔다. 이번에는 잔치국수를 시켰다. 뜨거운 국물에 입을 델 뻔한데다 면발이 다소 매웠다. 기대 이하다. 뒷전에서 들리는 고모(이모/숙모)와 조카의 대화도 국수 맛을 떨어뜨렸다. 여자 어른이 음식 재료를 다듬으며 남자아이에게 묻는다. "아무개야, 너 꿈이 뭐니?" "부자 되는 거요." "엄마, 이 애 꿈이 부자 되는 거래. 부자가 되는 게 꿈이래. 하하하." 그래도 기회가 오면 아직 시식을 못한 바지락국수를 먹으러 갈 생각이다.

션 캐럴의 『한 치의 의심도 없는 진화 이야기』(김명주 옮김, 지호,

2008)는 "멋지고 기억에 남을 만한 만찬"이다. 이와 관련하여 한국어판은 다소 아쉬움이 있다. 「옮긴이의 글」은 이 문장의 출처를 "서문"이라 하지만, 실제로는 제1장 「서론: 부베 섬의 피 없는 물고기」에 나온다. 하여 차례의 「서문」 제목에서 닫히지 않은 작은 따옴표와 「옮긴이의 글」에서 역시 닫히지 않은 인용문 전거 겹낫쇠의 빈틈이 약간 커 보이기는 하다. 번역서의 사소한 편집 실수가 이 책의 가치를 훼손하진 않는다.

"이 책의 목표는 DNA 기록을 들여다보며 진화가 어떻게 작동하는지를 아는 것이다. 그 과정에서 더불어, 몇몇 매혹적인 생물들의 흥미롭고도 중요한 능력들이 어떻게 생겨났는지를 탐구할 것이다. 이 책은 세 부분으로 짜여 있다. 나는 이것이 멋지고 기억에 남을 만한 만찬의 세 단계라고 생각하고 싶다. 약간의 전채요리, 풍성한 주 메뉴, 그리고 의미 있는 식후 환담으로. 첫 번째 부분에서는, 맛있는 식사를 위한 준비로서 진화의 주요 구성 요소들—변이, 선택, 시간—을 설명하려 한다. 그래야 '적자'를 만들기 위해 이 요소들이 어떻게 상호작용하는지를 이해할 수 있기 때문이다."

식사 에티켓이랄까. 책에서 설명을 생략한 기본 용어의 뜻부터 파악하고 나서 숟가락을 드는 게 좋겠다. DNA는 디옥시리보핵산deoxyribonucleic acid으로 "유전 정보를 수록하는 물질. 4종류의 염기 중합체이다."(정연보, 『DNA의 진실』, 김영사, '용어 설명'에서) 게놈genome은 "생물체를 구성하고 기능을 발휘하게 하는 모든 유전 정보가 들어 있는 유전자의 집합체. 유전자gene와 염색체chromosome의 두 단어를 합성해 만든 용어이다."(브리태니커백과사전, 인터넷 검색) 미리 알아둬야 할 것은 아니지만, 진화의 두 가지 핵심 원리는 자연선택natural selection과

변형을 동반한 계통descent of modification이다.(26쪽)

나는 진화의 주요 구성 요소인 변이, 선택, 시간보다 야생에서 자연선택을 길게 조사하는 연구자에게 필요한 것들에 더 솔깃하다. "연구자 개인의 영웅적인 헌신과 지속적인 자금 지원뿐 아니라 자연의 협조라는 엄청난 운까지 따라 주어야 한다." 또 나는 "겁내지 마시라"는 션 캐럴의 당부에도 불구하고 이 책에 겁을 집어먹었다. 책 내용이 나를 포함한 일반 독자에게 버거운 수준은 아니다. 하지만 유전자와 진화론 지식이 부족한 내가 책 내용을 깔끔하게 요약하는 건 무리다. 이것은 과학자에게도 쉬운 일만은 아닌 모양이다. 진화론이 까다롭다는 세간의 인식은 "시간의 흐름에 따라 누적되는 자연선택의 힘을 과학자들이 분명하게 설명하지 못한 탓이다."

유전자 진화론의 내용을 꿰뚫어 보지 못하는 나로선 인상적인 내용과 내가 이해한 바를 풀어놓는 게 최선이겠다. 우선 "진화에서 '충분한 시간'은 우리가 생각하는 것보다 훨씬 짧다. 한 형질이 한 개체군 내에서 우세한 형질이 되는 데 필요한 시간은 한 세대보다는 길지만 몇백 세대면 충분하다." 지구에 사는 종의 대부분은 한 세대가 1년을 넘지 않는다. 그리고 진화는 진보가 아니다. 진화는 변화하는 생존 환경에 적응하는 거다. "최적자는 상대적이고 일시적인 상태이지 절대적이고 영원한 상태가 아니다." 또한 최적자 만들기가 반드시 '진보적인' 더하기 과정은 아니다.

'불멸의 유전자'는 진화 과정의 두 가지 핵심 요소를 보여 주는 강력한 증거다. "DNA 언어를 이해하려면 게놈과 유전자를 보는 법과 DNA 암호를 읽는 법을 알아야 한다." 이 대목에서 션 캐럴은 겁내지 말라며 우리를 다독거리지만, 대략 난감하다. 유전자는 "DNA 염기서

열에서 한 단백질을 지정하는 분량"이고, 불멸의 유전자가 "불멸의 존재인 이유는 전혀 변하지 않기 때문이 아니라 유전자라는 단위로서 변하지 않기 때문이다." 션 캐럴은 "불멸의 유전자들의 염기서열과 이들이 지정하는 단백질의 아미노산 서열을 좀더 자세히 조사해 보면 내막을 잘 알 수 있으며, 이것은 자연선택 과정의 또 다른 면을 똑똑히 보여 주는 증거"라고 강조한다.

해 아래 새것은 있다. "새로운 유전자들은 실제로 탄생한다." 온고이지신溫故而知新, 유전자는 옛것으로부터 새것을 만든다. 쓰지 않으면 잃는다. '화석 유전자'의 잃어버릴 기능은 쉽게 돌이킬 수 없다. "아주 오랜 시간이 흘러 상황이 다시 변한다 해도 특정 유전자를 잃어버린 종이 새로운 환경에 적응하기 위해 그 유전자를 다시 가질 수 없다는 것이다." 그러면 진화가 반복된다는 것은 어떤 의미인가? **같은** 사건이 **다른** 종에서 **거듭** 일어나고 일어날 수 있다는 것이다. "내 선입관과 딱 맞아떨어지는 견해를 취할 때는 조심해야 하며, 내가 적대하는 견해의 증거보다 더 확실한 증거를 찾아야 한다고 과학은 경고한다."(토머스 헉슬리) "진화적으로 생각하는 것의 대안은 생각을 하지 않는 것이다."(피터 메더워) "생각을 하지 않는 것은 물론 우리 인류가 허용할 수 없는 대안이다."(션 캐럴)

션 캐럴이 내놓은 후식 또한 입맛이 당긴다. 그는 이 책의 마지막 두 장인 9장과 10장에서 "진화적 사실들의 인정 또는 부인을 둘러싼 현재와 과거의 쟁점들을 살펴보고, 진화에 대한 지식을 현실 세계에 적용하는 것이 얼마나 중요한지를 강조"한다. 먼저 그의 걱정 토로부터 듣는다. 그는 진화론에 가해지는 말도 안 되는 비난이 몹시 분하다. "자연선택, 모든 생물이 공통 조상으로부터 유래한다는 것, 진화가 막

대한 시간에 걸쳐 일어난다는 것을 입증하는 무수한 증거들을 목격하고 있는 사람으로서는, 수많은 사람들이 여전히 그 증거를 보지 않는다는 사실을 도저히 이해할 수 없다. 심지어 이 증거들을 지지하는 확고한 과학적 기반을 부인하고, 그 기반에 스며 있는 인간의 모든 성취를 싸잡아 비방하는 사람들이 있다는 데에 놀라움을 넘어 분노까지 느낀다."

그가 고발하는 파스퇴르 시대의 프랑스 의사들과, 구소련의 일부 몰지각한 생물학자들, 미국의 카이로프랙틱chiropractic 치료사들은 진정으로 과학 지식을 추구하고 적용하기보다는 이데올로기와 이기심이 앞섰다. "이데올로기에 사로잡힌 사람들이 한 번 입장을 정하면 아무리 많은 증거를 들이대도 그들을 흔들 수 없다. 물론 불응에 대한 보복이 명백할 때 현 체제에 도전하기란 쉽지 않다. 그래도 자신의 목소리를 내고 그 때문에 톡톡한 대가를 치른 용기 있는 소련 과학자들이 많이 있었다."

요즘 미국인들에겐 과거 억압 체제 국가의 국민들보다는 상대적으로 자유로운 사고가 보장된다. 하지만 션 캐럴이 보기에 "이곳의 좋은 의도를 품은 '교육받은' 사람들도 결코 거짓 논리에 덜 빠지는 것 같지는 않다." 그러한 대표적인 예로 그는 척추 교정자들의 과대망상을 꼽는다. 19세기 말에 만들어진 카이로프랙틱 치료법 창시자의 아들은 카이로프랙틱 치료사들이 "전염되는 모든 질병의 원인이 척추에 있다는 사실을 발견했다"고 주장했다. 그들은 병균 때문에 감염성 질환이 발생한다는 사실을 부정한다. 이러한 카이로프랙틱 치료사들의 세균설에 대한 반대는 백신에 대한 고집불통의 반대로 이어진다. 션 캐럴은 카이로프랙틱 치료사들이 예방접종을 반대하기 위해 사용하는 논증과 전술 여섯 가지를 든다. (1) 과학을 의심하라. (2) 과학자들의 동기와 진의를 의심하라. (3) 과학자들 간의 의견 차이를 부풀리고, '성가신 쇠파리'들의 말을 인용하라. (4) 잠재적 위험을 과장하라. (5) 개인의 자유에 호소하라. (6) 인정하는 것은 우리의 철학을 버리는 것이다.

나도 예방접종의 안정성과 효능에 대해 적잖이 우려하는 편이지만, 그렇다고 우리 아이들의 예방접종을 거부할 정도는 아니다. 나만 독감 예방접종을 하지 않을 따름이다. 나는 "모든 과학은 정직한 의견 차이를 허용한다"는 션 캐럴의 발언에 공감한다. "예방접종의학의 경우, 백신의 접종 시기와 용량, 나이 들어 접종할 필요가 있는지, 면역체계가 손상된 사람들에게 백신을 접종하는 것이 이로운지 해로운지(예를 들어 HIV 환자, 화학치료를 받는 환자들, 노인)와 같은 논의들이 공개적으로 이루어지고 있다." 또한 "예방접종도 다른 의료시술처럼 백신과 환자 집단에 따라 다양한 위험을 수반한다. 부작용 발생률은 잘 밝혀져 있으며, 위험과 관련한 정보는 항상 동의서 절차를 밟는 과정에서 환자에게 제공된다."

카이로프랙틱 치료사들의 백신 거부 행위는 입증 가능한 과학적 결론이 아니라 그릇된 문화적 신념에 기초하는데, 이를 션 캐럴은 "문화적 이데올로기가 입증된 과학보다 더욱 힘이 세다는 뜻"으로 풀이한다. 한편 션 캐럴은 논증 및 전술 면에서 카이로프랙틱 치료사들과 반진화론자들의 유사성을 지적하면서 앞서 나열한 여섯 개 범주에 나타난 진화반대론의 허구성을 조목조목 따진다.

1. '지적 설계' 개념을 펀드는 "마이클 비히 박사가 1994년에 한 비

판은, '중간 형태의 화석이 없다'는 논증의 허상을 통렬하게 보여 준다. 그는 최초의 화석 고래들과 그들의 조상인 육지에 살던 멸종한 메소니키아목의 생물들을 이어 주는 중간 화석이 존재하지 않는다고 주장했지만, 그가 이 비판을 한 지 일 년도 못 되어 세 종류의 중간 형태 종이 확인되었다. 이를 포함한 많은 사례들이 지겨운 '중간 화석' 논증을 쫓아버리고 있지만, 이 논증은 지금도 잊을 만하면 마치 사실인 것처럼 반복된다." 그리고 진화 반대 진영은 생물학의 '가설' '사실' '이론'의 구분을 뭉개는 전술을 자주 써먹는다. 이 대목에서 인용된 교황 요한 바오로 2세가 남긴 말은 사뭇 감동적이다. "새로운 지식들은 진화를 가설 이상으로 인정하도록 만들고 있다. 다양한 분야에서 여러 발견들이 이루어짐에 따라 이 이론이 연구자들에게 서서히 받아들여지고 있다는 사실은 실로 놀랍다. 의도한 것도 조작된 것도 아닌데, 제각기 독립적으로 실시된 연구의 결과들이 하나로 모이는 것은 그 자체로 이 이론이 옳다는 중요한 논증이다."

2. 이에 비하면 2002년 있은 장로교총회의 입장 재확인은 뜨뜻미지근하다. "인간의 기원을 탐구하는 진화론과 신이 창조주라는 교리 사이에는 어떠한 모순도 존재하지 않는다." 나는 좀더 확실하게 선을 긋고 싶다. 진화론과 전혀 별개의 문제로 창세 신화의 존재를 인정할 순 있겠다. 하지만 창조론은 물론이고 창조설조차 진화론과 양립하는 것은 절대 불가능하다. 과학과 비과학을 대비하는 상징적 차원이라면 몰라도 말이다. 누구든 전적으로 옳고 전적으로 그를 수는 없기에 다음과 같은 의혹의 눈초리는 일면 타당하다. "수많은 진화 반대 논증의 중심에는 진화과학이 무신론 철학의 사주를 받고 있다는 주장이 자리 잡고 있다." 나는 넓게 보아 과학과 종교는 결코 어울리지 않는 짝으로

여긴다.

3. "건강한 과학이라면 이 과정에서 기술적인 의견 차이가 있게 마련이다. 이것을 진화가 일어났다는 사실 자체—모든 형태는 조상으로부터 유래하며 자연선택 과정을 통해 오랜 시간에 걸쳐 변형을 겪는다는 사실—에 대한 의견 차이로 오도해서는 안 된다."

4. 제리 "버그먼 같은 사람들은 진화과학을 정치 철학으로 부풀림으로써 과학에 대한 신뢰를 떨어뜨린다."

5. 미국 조지아 주 애틀랜타의 한 연방판사는, 최근 콥 카운티 학군에서 생물학 교과서에 진화를 부인하는 스티커를 부착한 것과 관련된 재판에서, 진화론 경고 스티커는 "학생들에게 종교적 견해가 옳고 과학이 생각하는 진화의 의미와 가치는 틀렸다는 오해를 줄 우려가 있"다고 지적했다.

6. 진화를 둘러싼 갈등의 궁극적 원천은 "진화를 과학적 검증의 대상이 아닌 신념의 문제로 보는 것이다."

"열두 살이나 열세 살쯤 되었을 무렵 삼촌(딕 삼촌)이 내게 커서 뭐가 되고 싶으냐고 물으셨다. 나는 불쑥 이렇게 말했다. '생물학자요!' 딕 삼촌은 유난히 긴 이마를 찡그리시며 대뜸 이러셨다. '그러면 돈을 못 벌어'"(「감사의 글」에서) 다행히도 션 캐럴의 부모는 세속적인 문제에 개의치 않고 네 자녀가 원하는 길을 가도록 팍팍 밀어 주셨다. "내가 뱀, 영원, 도롱뇽, 도마뱀을 집 안에 들여놓아도, 이들의 징그러운 먹이들을 냉장고 안에 넣어 놓아도 싫은 소리 한 번 하지 않으신 아버지와 어머니께 감사드린다."

24

'과학문헌 모음집'

존 캐리의 『지식의 원전』

"이 책 『지식의 원전』(이광렬 외 옮김, 바다출판사, 2004)은 과학자가 아닌 일반 독자들에게 좀더 쉽게 과학을 이해시키기 위한 목적으로 만들어졌다." 책을 엮은 존 캐리John Carey는 옥스퍼드 대학 영어영문학 교수로 재직 중이다. "과학자도 아닌 영문학 교수의 직함을 달고 있는 이 책의 편저자는 첫째, 일반 대중이 꼭 알아야 할 근대적 지식인지, 둘째, 얼마만큼의 흥미성을 담고 있는지, 셋째, 그리 깊이 있는 교육을 받지 않은 독자도 무리 없이 읽어낼 수 있는 문헌인지, 이 세 가지를 기준 삼아 수많은 지식 발견의 문헌 중에서 마침내 102개의 이야기를 뽑아내었다."(표지 커버 날개에서)

존 캐리는 서문을 통해 "인용하고자 하는 글이 여러 가지 면에서 칭찬받을 만하더라도 이러한 기준에 부합되지 않는다면 과감히 제외시켰다"고 말한다. 수록하는 글의 선정 기준은 몇 가지가 더 있다. 이 책에 포함된 원전들이 단순한 즐거움뿐 아니라 진지한 과학적 지식을 전달했으면 좋겠다고 여긴 존 캐리는 "과학 소설류나 과학자들의 심오한 학문적 깊이에도 불구하고 그들이 얼마나 익살스럽고 매력적인지를 보여 주는 개인적 일화에 관한 글들은" 제외했다. 또 "진정한 의미의 과학 이전에 있었던 연금술이나 점성술 등 신비주의적 글들도 배제하였는데, 이는 이러한 글들이 독자들로 하여금 내가 이 책을 통해 추구하지 않았던 방향으로 반응을 보이게 할 수도 있기 때문이었다."

고대 과학에 관한 글에도 주의를 기울였지만 존 캐리는 그 글들이 독자들에게 호기심거리를 제공할 뿐이라는 결론을 내린다. "따라서 이 책에는 해부학과 천문학, 두 학문이 현대적 학문으로 결정적 진보를 이룬 시점인 르네상스 시대를 출발점으로 하여, 지금까지도 여전히 즐겨 읽을 수 있는 대표적인 글들을 찾아내고자 하였다." 그가 끝으로 "배제하고자 했던 것은 과학의 선악에 관한 질문이나, 혹은 지구가 태양 주위를 돈다는 것을 몰랐었다면 더 좋지 않았을까 하는 식의 질문에 대해 저자의 견해를 제시하는 문헌들이다. 나는 무지와 편견이 이러한 논쟁을 불러일으키는 가장 중요한 요인이라고 생각하며, 따라서 이 책의 어떠한 부분에도 이들을 위한 공간을 할애하고 싶지는 않았다."

존 캐리가 생각하는 대중적 과학 서적이 지닌 커다란 가치 세 가지 또한 이 책에 싣는 글의 선정 기준으로 봐도 무방하다. "대중적 과학 서적이 가지고 있는 가장 큰 가치는 올바르게 해석된 과학적 증거나 독창적인 방법으로 해결된 문제 또는 명확하게 제시된 과학적 원리들을 보여 줌으로써 독자들로 하여금 무릎을 치게 만드는 것이라고 생각한다. 이 책에는 이들 세 요소가 제시된 글이 많이 있는데, 내가 가장 좋아하는 것은 갈릴레오, 다윈, 그리고 할데인의 글이다."

문헌을 선택하는 것 못잖게 그것들을 배열하는 방식도 문젯거리였다. 고민 끝에 존 캐리는 시대 순 배열을 택한다. "각 발췌문의 머리 부분에는 그 분야에 관한 약간의 설명을 덧붙였다. 그리고 '상대론'이나 '불확정성의 원리'를 다룬 부분에서처럼, 어떤 경우에는 시인이나 소설가를 포함한 다양한 사람들의 글들을 모아 놓았다. 특정한 과학적 발견이 어떻게 문화적 흐름과 상호 연관을 가지게 되었는지, 혹은 그러지 못하였는지를 보여 주고 싶었다." 더러 그 시대를 다룬 20세기의 2차 문헌을 해당되는 연대에 배치하기도 했다.

존 캐리의 과학에 대한 생각 한두 가지를 살펴보고 나서 "과학문헌 모음집"을 펼쳐보기로 하자. "과학의 정반대에 서 있는 것은 신학이 아니라 오히려 정치이다. 과학은 지식의 범주에 있지만, 정치는 견해의 범주에 속한다." 그는 정치의 핵심 요소들은 과학과 무관하다고 지적한다. 그렇다고 "과학이 호전적이고 파괴적인 도구로 사용되는 상황에 놓이게 된 것은 본질적으로는 과학과 아무런 관련이 없다. 이는 정치의 책임이다"라는 주장까지 수긍하기는 어렵다. 과학자에게는 자신이 저지른 일에 대한 분명한 책임이 있다. 과학이 윤리를 초월하지 않고선 정치로부터 자유로울 수 없다는 주장은 위험해 보인다. "윤리적인 용어로 냉정하고 논리적이며 비인간적인 인생의 접근 방식을 종종 '과학적'이라고 표현하는데, 이는 과학적 방법을 윤리적 관점으로 단순히 연결시키는 오해에서 비롯된 것이다. 과학은 그것이 냉정한 것이든 아니든 윤리적 관점과의 연결을 결코 용인하지 않는다." 어쩌 존 캐리가 생각하는 윤리와 내가 생각하는 윤리가 다른 것인지도 모르겠다.

나는 존 캐리처럼 "셰익스피어나 밀턴 같은 사람의 영혼은 500명의 뉴턴 경의 영혼에 견줄 만하다"는 사무엘 테일러 콜리지의 단언에 동의하지 않는다. 하지만 그와 마찬가지로 콜리지의 다음과 같은 견해에는 고개를 끄덕일 수밖에 없다. "최초의 과학자는 관찰 대상이 그에게 식량이나 피신처, 무기, 도구, 장신구, 또는 장난감을 제공할 수 있어서가 아니라, 단지 안다는 것의 희열을 찾기 위해 사물을 관찰하는 사람이었다." 레오나르도 다 빈치(1452~1519)를 근대 과학의 선구자로 앞세우며 「다 빈치, 과학의 서곡」이라 칭한 것은 적절하다. 다 빈치 하면 〈모나리자〉를 떠올리게 마련이나 그를 화가로만 안다면 이제는 그런 상무식도 드물 터이다. 존 캐리가 고른 다 빈치의 짧은 글 다섯 개 가운데 "다섯 번째 글은 다 빈치의 엉뚱한 유머 감각과 해부학적 정확성을 보여" 준다. (이 글의 제목을 생략하는 대신 내 느낌으로) 참 거시기하군.

그 녀석은 인간의 의지와 관련이 있는 것이지만, 가끔은 자기 자신의 의지를 드러내기도 한다. 남자들이 그것을 발기시키고 싶어도 완강히 거부하면서 늘어져 있기도 하고, 때로는 제 주인에게 의견을 물어보지도 않고 제멋대로 굴기도 한다. 가끔 남자들이 자고 있을 때 깨어나 있질 않나, 써먹으려고 할 때 거부하거나 반대로 주인의 허락 없이도 활동을 하고 싶어 하질 않나, 이 녀석은 늘어져 있든 깨어나 있든 모든 게 자기 좋을 대로다. 이런 것을 보면, 이 피조물은 마치 인간과는 별도의 삶과 지능을 가지고 있는 것 같다. 그러니 남자들이 이 녀석의 이름을 부르거나 남에게 보여 주는 것을 부끄러워할 필요는 없을 것 같다. 남자들은 이 녀석을 감추고 숨기려 들 것이 아니라, 오히려 미사에서 신부들이 나타나듯이 근엄하게 드러내 놓아야 할 것이다.

윌리엄 하비(1578~1657)는 혈액의 순환을 발견했다. 존 캐리는 전기 작가 제프리 케인스의 하비 평전에서 "17세기 과학의 점진적인 진보를 통해 미신을 이겨내는 과정"을 묘사한 대목에다 「마녀 사냥」이라는 제목을 붙였다. 하비는 찰스 국왕의 명을 받들어 마녀로 몰린 여인들의 몸에서 마녀한테 나타난다는 신체적 특성이 있는지 여부를 조사하는 데 참여한다. 하비가 주도한 신체조사 보고서에는 "하비의 정확하고 논리적인 사고 방식이 깃들어 있다." 조사 결과, 마녀로 몰렸던 여인 7명 중 4명은 국왕을 면접한 뒤 사면을 받고 풀려난다. "그 후 소년 로빈슨은 그의 아버지와 함께 런던으로 끌려와 단독으로 재조사를 받았으며, 결국 자기가 거짓말을 했음을 고백했다. 그가 얘기한 바로는, 그의 아버지와 다른 몇 사람이 돈을 벌 목적으로 로빈슨에게 거짓 이야기를 꾸미라고 시켰다는 것이다. 호스톤에서 마녀를 만났다고 진술한 시간에 로빈슨은 다른 사람의 과수원에서 자두를 따고 있었다." 하지만 이런 사악한 간계로 말미암아 무고한 여인이 셋이나 목숨을 잃었다. 사악한 인간들은 그 죄 값을 제대로 치렀을까?

영국 태생의 동물학자 피터 메더워(1915~1987)는 예측은 실패했어도 외과수술 발전에는 기여한 예로 외과의사 버클리 조지 모이니한을 든다. "모이니한의 예측은 경솔하게 분별력 없이 낸 의견이 아니라 자신의 굳건한 확신을 나타낸 것이다. 모이니한은 1930년 리즈 대학의 의학부 잡지에 기고한 글에서도 '외과수술 기술이 지금보다 훨씬 더 완벽해지는 것을 볼 가능성은 거의 없습니다. 우리는 완성기에 도달해 있습니다'라고 하였을 뿐 아니라, 1932년 옥스퍼드 대학에서 가장 권위 있는 강의인 로마네즈 강의에서도 이 기고 내용을 거의 글자 그대로 반복하였다. 그는 우쭐대기 좋아하는 거만한 사람이며 위 인용문들 역시 바보 같은 주장에 불과하다. 그럼에도 정교하고 꼼꼼한 기술을 도입함으로써 무뚝뚝하고 자부심만 강한 날림 칼잡이라는 외과의사들의 나쁜 인상을 영원히 몰아낸 점을 고려한다면, 외과수술의 역사는 모이니한에게 큰 빚을 지고 있는 셈이다." 또한 모이니한은 "존스 홉킨스 대학의 윌리엄 스튜어트 홀스테드와 더불어 현대의 외과수술에 무균처치술과 이에 필요한 모든 훈련, 그리고 의식화된 절차를——예를 들어 수술 전의 꼼꼼한 손 세척, 수술가운과 모자, 고무장갑, 수술 마스크 등——도입하였다."

이제 소설가 마크 트웨인(1835~1910)의 풍자와 유머를 즐길 순서다. "이것이 인간 탄생의 역사였습니다. 인간은 3만 2,000년 동안 여기 생존해 왔습니다. 인간의 탄생을 준비하기 위해 1억 년의 세월이 흘렀다는 사실이 지구가 인간을 위해 만들어졌음을 증명하는 것이라고 생각해 보는데 … 글쎄요, 잘 모르겠습니다. 만약 에펠탑 전체가 지구의 나이를 나타낸다면, 탑 꼭대기 손잡이에 칠해진 페인트 껍질의 두께가 그중 인간이 존재해 온 기간을 나타낼 것입니다. 누구나 그 페인트 껍질을 위해 에펠탑이 만들어졌을 거라고 생각할 것이고, 저도 그랬습니다. 그런데 … 정말 그럴까요?"(「세상은 인간을 위해 만들어졌는가?」에서)

발췌문 필자들에 대한 설명글도 눈길을 끈다. "과학과 수학 분야에 있어 최고의 대중작가인 마틴 가드너는 생애 대부분을 ESP(초감각적 지각), '심령' 현상, 염력, 그 밖의 과학으로 설명할 수 없는 현상들의 속임수를 폭로하는 일에 전념했다"거나 "조지 오웰(1903~1950)은 훈련받은 자연과학자는 아니었지만 과학자로서 필수적으로 갖추어야 할 남다른 재능을 갖고 있었다"는. 물론 내용도 그만이다. "정치가, 부동산 중개인, 중고차 판매원, 카피라이터 등이 자신에게 유리한 방향으로 사실을 과장하는 것은 거의 당연한 것으로 받아들여지지만, 결과를 조작하는 과학자는 동료 과학자들 사이에서 용서할 수 없는 범죄를 저지른 사람으로 간주된다. 그러나 유감스럽게도 실제 과학사에는 열정적 신봉에 눈이 어두워 무의식적으로 연구 결과를 왜곡한 과학자들의 사례와 그들의 사기 사건들로 점철되어 있다."(마틴 가드너, 「조작된 과학」에서)

『지식의 원전』과 앞서거니 뒤서거니 하며 번역되어 이 책에 수록된 글의 전모를 선보인 전거들도 없지 않다. 리처드 파인만의 『파인만씨, 농담도 잘 하시네!』, 올리버 색스의 『아내를 모자로 착각한 남자』, 프리모 레비의 『주기율표』 등이 그런 경우에 속한다. 참고문헌 한국어판의 존재가 이 "과학문헌 모음집"의 빛나는 성과를 훼손하진 않는다. 오히려 더 살려 준다.

아이작 아시모프의 「우리의 지구가 죽어가고 있다」로 책을 마무리 짓는 것은 다소 유감이다. "이 책의 끝맺음으로 1971년 〈슈피겔*Der Spiegel*〉 지에 처음 발표된 아이작 아시모프의 경고성 글이 가장 적당할" 순 있다. 하지만 그 글이 "인류에게 가장 절박한 문제로 남겨진 바로 인류 자신의 문제를 과학적 관점에서 냉정하게 살펴보고 있기 때문"이라는 설명은 생각해 볼 문제다. 아시모프가 제기한 인류의 가장 절박한 문제는 날로 증가하는 인구 문제다. 하지만 여기엔 제 잇속은 차릴 대로 차리는 이른바 '선진 국민'의 맬서스 식 '협박'의 측면이 없지 않다. "인구는 억제되지 않으면 기하급수적으로 증가하며, 식량 등 생필품은 산술급수적으로 증가한다. 수학을 조금이라도 아는 사람은 기하급수가 산술급수에 비해 얼마나 빠른 속도로 증가하는지 알 수 있을 것이다. 인류가 필요로 하는 만큼의 식량을 얻을 수 있어야 한다는 것이 우리의 당면한 전제 조건이라면, 이 두 급수간의 격차는 없어야만 한다. 이는 식량의 공급에 맞는 강력하고 지속적인 인구 억제책이 필요함을 의미한다. 많은 사람들이 이 문제점을 심각하게 인식하고 있을 것이다."(토마스 맬서스, 「인구증가의 위협」에서)

아시모프의 글에 덧붙은 1990년대 중반 〈인디펜던트*Independent*〉의 관련기사는 그런 기색이 짙다. 그래도 아시모프의 경고는 대체로 귀담아들을 만하다. 예컨대 반反성장론이 그렇다. "성장에 대한 태도도 바꿔야 한다. 이 행성에서 수천 년 동안 팽배해 온 '클수록 좋다'는 생각은 이제 버려야 한다. 우리는 이제 클수록 좋지 않은 단계에 도달했다. 더 많은 사람, 더 많은 수확, 더 많은 제품, 더 많은 기계, 더 많은 장치——더 많이, 더 많이, 더 많이——라는 관념은 지금 세대까지 그럭저럭 통했지만, 이제는 더 이상 통하지 않는다. 그런 관념을 억지로 끌고 간다면 오히려 우리는 더 빨리 파멸에 다다르게 될 것이다."

시대순 배열에서 시대를 거슬러 내려가는 구성상의 아쉬움은 있겠지만, 전자기학의 개척자인 마이클 패러데이(1791~1867)가 1849년 행한 성탄절 강연의 결론으로 이 책을 마무리하는 것도 그리 나쁠 것 같진 않다. "이제 저는 여러분의 생명이 양초처럼 오래 계속되어 이웃을 위한 밝은 빛으로 빛나고, 여러분의 행동은 양초의 불꽃과 같은 아름다움을 간직하며, 인류의 복지를 위한 의무를 수행하는 데 여러분들이 전 생명을 바쳐 주기를 간절히 희망하면서 이 강연을 마치겠습니다."

25

유전자가 인간이다

에드워드 윌슨의 『인간 본성에 대하여』

'개미 박사'로 이름이 알려진 미국의 생물학자 에드워드 윌슨(1929~ , Edward O. Wilson)은 '사회생물학[1]의 아버지'로 통한다. 그는 생명다양성 보존 운동에도 관심을 쏟고 있다. 『인간 본성에 대하여*On Human Nature*』(이한음 옮김, 사이언스북스, 2000)는 『곤충의 사회들*The Insect Societies*』(1971), 『사회생물학: 새로운 종합*Sociobiology: The New Synthesis*』(1978)과 연결고리가 느슨한 3부작의 완결편이다.

「저자 서문」에서 윌슨은 『인간 본성에 대하여』가 "'과학책'이 아니라 '과학에 관한 책'인 동시에, 자연과학이 어떤 새로운 것으로 바뀌기 전에 인간 행동 속으로 얼마나 깊숙이 침투할 수 있는가에 관한 책"이라고 말한다. 또 "인간 행동에 관한 참된 진화적 설명이 사회과학과 인문학에 미칠 영향도 다루고 있다" 덧붙인다.

1 사회생물학: 동물행동학, 생태학, 유전학 등을 총괄하는 종합적인 학문으로서, 사회 전체의 생물학적 특성에 관한 일반 원리를 도출하고자 한다.

마르크스주의와 비슷해

"하지만 본질적으로 이 책은 사회과학 이론이 자신과 가장 관련이 깊은 집단생물학 및 진화론이라는 자연과학과 접목되었을 때 나타날 심오한 결과들을 다룬 사색적인 에세이다." 그런데 그가 생각하는 방식과 논법은 어딘지 우리 눈에 익다. "마르크스주의는 생물학 없는 사회생물학이다." 윌슨의 단정적 표현은 역설적으로 이 책의 내용을 집약한다. 나아가 그의 철학을 함축하고 있다 해도 지나친 말은 아니다.

윌슨은 사회생물학에 가장 인접한 사회과학 분야로 인류학을 든다. 인류학이 인간 본성의 유전적 이론을 가장 직접적으로 탐구할 수 있는 분야라는 게 그 이유다. 여기에다 사회생물학은 심리학의 방법 틀을 신중하게 활용한다. 그러나 우리가 보기에 사회생물학의 근친은 마르크스주의다. 윌슨이 제시하는 과학적 유물론의 방법론은 마르크스주의의 변증법적 유물론과 매우 비슷하다.

마르크스는 자연 현상에 정한 이치가 있다면, 사회 현상도 그럴 거라 여겨 역사의 합법칙성을 도출했다. 윌슨의 생각은 더 과감하다. 그는 인간 본성의 유전적 진화론을 현실 과학으로 만든다는 전제 아래, 생태학과 유전학의 최고 원리들 중에서 유전적 진화론에 바탕을 둔 것들을 뽑아, 그것들을 인간의 사회 조직에 구체적으로 적용할 수 있어야 한다고 주장한다.

"자연과학을 사회과학 및 인문학과 통합함과 동시에, 인간 본성을 자연과학의 한 부분으로서 연구하는 것"이 앞으로 나아갈 수 있는 유일한 길이라는 주장에선 '총체성'의 흔적이 남아 있다. 유전적 진화론을 적용할 인간의 행동은 문화라는 껍질로 위장하기 어려운, 타고난 생물학적 현상들을 함축하고 있어야 한다는 조건은 '무리한 일반화'로 흐를 소지가 다분하다.

"한계가 있다는 것, 그리고 그 한계는 아마도 우리가 지금까지 이해해 왔던 것보다 훨씬 더 현대의 사회 현실에 더 가까울 것이라는 사실을. 그리고 그 한계를 넘어서면 생물학적 진화가 문화적 진화를 자신의 등뒤로 끌어당기기 시작할 것"이라는 지적에선 자본주의를 극복하면, 사회주의라는 신천지가 펼쳐질 거라는 식의 다소 안이한 낙관주의가 읽힌다.

유전자 결정론

인간은 유전자다. 유전자 결정론은 유전자의 기본 단위가 인간의 행동을 좌우한다는 이론이다. 다시 말해 "인간은 유전자에 바탕을 둔 본능에 따라 인도된다." 이는 인간 행동의 가장 고유한 특징들이 자연선택을 통해 진화했고, 오늘날에도 특정한 유전자가 그 종 전체를 구속하기 때문이다.

인간의 사회적 행동 또한 가장 근본적인 생화학 수준에서 어떤 형질의 발달에 영향을 미치는, 거대한 DNA 분자 한 부분에 얽매여 있다고 한다. 윌슨은 "현대인의 사회적 행동은 인간 본성의 단순한 특징들이 이상 발달[2]한 과잉 성장물들이 한데 모여 불규칙한 모자이크를 형성한 것"으로 해석하기도 한다.

복잡한 형질은 수백 개의 유전자가 관여하기 때문에, 정교한 수학

2 이상 발달: 기존 구조의 극단적인 성장.

기법의 도움을 받더라도 각 유전자의 상대적인 영향은 대략적인 수준밖에 측정하지 못한다. 그래도 분석이 적절하다면, 유전적인 영향이 존재하는지 여부와 그 영향의 대략적인 범위가 어느 정도인지는 명확히 파악할 수 있다는 것이 윌슨의 설명이다. 인간의 사회적 행동도 이 같은 방식으로 평가할 수 있다는 얘기다.

그런데 윌슨의 다음과 같은 주장은 은근한 협박 같다. "만일 인간 본성의 유전적 요소들이 자연선택을 통해 유래한 것이 아니라면, 진화론이 근본적인 난관에 봉착하게 된다." 그게 아니면, 유전자 결정론은 진화론과 운명을 함께 하겠다는 물타기 전략이든가. 아무튼 윌슨은 우리의 행동에 영향을 주는 유전자를 머잖아 알게 될 거라 확신한다.

결정론과 환원주의

역사 유물론이 그랬던 것처럼 유전자 결정론은 인류의 이력을 되짚어보는 훌륭한 도구가 될 순 있겠다. 해석의 정확도는 더 뛰어날지도 모른다. 하지만 유전자 결정론에 기대어 인간의 앞날을 예측하는 것은 위험천만하다. "인간 사회의 통계적 행동"(120쪽)에 대한 예측은 '사주명리학四柱命理學'의 앞날 내다보기와 다를 게 없다.

신빙성이 떨어진다는 점에서 예측과 예언은 종이 한 장 차이 아닌가? 또 예측을 검증하는데 필요한 오랜 세월이 흐른 후, 예측이 틀린 것이 밝혀져도 이러면 그만이다. '아님, 말구.' 따라서 역사의 합법칙성을 따르든, 유전자 결정론을 좇든 예측은 무의미하다. 윌슨 역시 이런 점을 잘 안다.

"정신은 매우 복잡한 구조이며, 인간의 다양한 사회관계는 매우 복잡하고 다양한 방식으로 그 정신의 결정에 영향을 미치기 때문에, 그 영향 하에 있는 개인이나 인간이 어느 한 사람의 구체적인 역사를 예측하기란 불가능하다. 이런 근원적인 의미에서 너와 나는 자유롭고 분별력 있는 사람이 되는 것이다."

이것도 어째 역사적 합법칙성의 품안에서야 비로소 자유로울 수 있다는 마르크스주의의 '교리'를 연상시킨다. 윌슨은 결정론과 환원주의를 당당하게 내세워 우리를 놀라게 한다. 그러면서 마르크스주의가 저지른 오류를 되밟는다. 윌슨은 "환원은 전통적인 과학 분석 도구이지만, 공포와 분노를 일으키기도" 하고, "환원을 퇴보의 철학과 같다고 보는 인식은 전적으로 잘못 된" 거라며 방어막을 친다. 하지만 철학에서 환원(론, 주의)은 쓸모 있는 생각의 틀이 아니라고 판명난 지 오래다.

게다가 윌슨의 결정론은 더욱 심각하다. 그에게 인간의 사회적 행동이 유전적으로 결정되는가 여부는 이제 더 이상 질문거리조차 되지 않는다. 다만, 그것이 작용하는 정도가 관건이다. 유전자에 관한 많은 정보는 사람들이 알고 있는 것보다 훨씬 상세하고 압도적이라고 한다. "나는 좀더 강력하게 말하겠다. 그것은 이미 결정적이라고." 더구나 생물학적 속박 때문에 "우리가 선택할 수 있는 방향은 단 몇 가지에 불과하다."

자연선택과 획득형질 유전

'용불용설'이라고도 하는 라마르크의 획득형질 유전과 다윈의 자연선택을 맞대어 설명한 대목은 깔끔하고 명쾌하다. 프랑스의 생물학자 라마르크가 생각한 진화는 획득형질이 유전됨으로써, 곧 부모가 일생 동안 획득한 형질이 자손에게 전달됨으로써 진행된다. 라마르크는 생물학적 진화가 그런 방식으로 일어난다고 믿었다.

"그는 기린이 더 키 큰 나무의 잎을 먹기 위해 목을 늘이면, 그 자손들은 그런 노력 없이도 더 긴 목을 가질 것이라고 주장했다. 그리고 황새가 배를 적시지 않기 위해 다리를 뻗치면, 그 자손도 기린과 마찬가지 방식으로 더 긴 다리를 물려받는다는 것이다. 라마르크주의는 생물학적 진화의 토대로서는 완전히 폐기되었다. 하지만 문화적 진화는 바로 그런 방식으로 일어난다."

『이기적 유전자』에서 리처드 도킨스는 그렇게 전달되는 '문화적 유전자'를 밈meme이라 부른다. 다윈의 경쟁력 있는 진화론은 전체 개체군이 자연선택을 통해 변형된다는 이론이다. 개체군을 이루는 개체들은 저마다 고유한 유전자를 갖고 있어 생존과 번식 능력이 제각각이다. 가장 성공한 개체가 더 많은 유전 물질을 다음 세대에 전달한 결과, 전체 개체군은 성공한 개체를 닮아간다.

"자연선택 이론에 따르면, 목 길이를 늘이는 유전적 능력은 기린마다 다르다. 가장 긴 목을 지닌 개체들은 더 많이 먹고 더 많은 자손을 남길 수 있다. 그 결과 기린 개체군의 평균 목 길이는 세대가 지날수록 길어지게 된다. 게다가 가끔 목 길이에 영향을 미치는 유전자 돌연변이가 나타난다면, 진화 과정은 무한히 계속될 수 있다."

삐딱하게 본 까닭

상식적인 내용이지만 윌슨이 뛰어난 생물학자임을 입증하는 설명이다. 그런데 내가 지금까지 윌슨의 주장에 대해 '쌍심지를 돋운' 데에는 이유가 있다. 그가 다분히 위선적인 인물이고, 그의 논증이 자의적이지 않느냐는 의심이 들어서다. 우선, 그는 그가 속한 사회의 치부를 애써 숨기려 한다.

적어도 남북전쟁 직전의 미국은 노예제 사회로 볼 수 있으나, 그는 노예제 사회 목록에서 자기 나라는 꼽지 않는다. 유전자로는 인종이 구분되지 않는다면, 미국 사회의 흑인과 유색인에 대한 인종차별의 동인動因은 대체 뭐란 말인가? "이데올로기는 자신의 드러나지 않은 주인인 유전자에게 복종하고, 고차원의 충동은 더 세밀히 탐구할수록 생물학적 활동으로 변신하는 듯하다." 흑인을 차별하는 것은 백인의 우월감이 아닐까? 인종차별을 부추기는 백인의 우월한 지위가 유전자에 의한 것이 아니라면, 백인은 본래부터 잘났다?

현존하는 원시부족 사회에 대한 인류학자의 관찰과 다른 군집 동물에 대한 연구를 유전자 결정론의 방증 자료로 삼는 것을 탓하긴 어렵다. "유전자 결정론은 선택한 주요 동물 분류군과 인간 종을 비교할 때 가장 극명하게 드러난다"지만, 그것들을 무차별하게 적용하고 자의적으로 해석하는 것은 큰 문제가 아닐 수 없다. 미국과 비슷하다는 어느 원시부족의 1인당 살인율을 유전자 결정론의 증거로 내세우는 건 나중 문제다.

"나는 만약 망토 비비가 핵무기를 가진다면 그들은 일주일 내에 세계를 파괴할 것이라고 생각한다. 그리고 암살, 소규모 전투, 총력전을 일상적으로 행하고 있는 개미와 비교하면, 인간은 거의 조용한 평화주의자처럼 보인다." 하지만 내 생각은 다르다. 단언하건대 망토 비비와 개미는 그럴 능력이 있더라도 핵무기 따위는 만들지 않을 것이고, 나치 독일이나 크메르(캄보디아) 폴 포트 정권이 저지른 대량 학살은 자행하지 않을 것이다.

마르크스의 주장은 단지 하나의 이론이었다. 자본주의에 대한 분석틀로는 여전히 유효할 정도로 탁월한 데가 있다. 에드워드 윌슨의 사회심리학과 유전자 결정론 역시 하나의 주장에 불과하다. 윌슨과 그를 따르는 이들은 윌슨의 가설을 믿어 의심치 않겠지만, 적어도 그의 주장이 그들이 생각하는 것만큼 뛰어나진 않다. 어찌 아느냐고? 세상의 이치를 꿰뚫는 본질적(근본적, 발본적)이고 강력하며 압도적인, 모든 것을 포괄하는 전적으로 옳은 단 하나의 이론은 있을 수 없어서다.

26

돈으로 생물학적 피폐 문제를 풀자고요?

에드워드 윌슨의 『생명의 미래』

이른바 서구 열강 중에서 인류에게 큰 해악을 끼친 나라의 순위를 꼽을 때 영국과 프랑스는 둘째가라면 서러울 것이다. 이 두 나라는 그럴듯한 이미지로 포장되어 우리에게 긍정적인 인상을 심어 주었고, 우리나라 사람들의 부러움을 사기도 하였다. 하지만 이것도 이제는 옛말이다. 21세기 들어서도 제국주의 근성을 버리지 못한 영국은 이라크에서 고문과 폭행을 일삼으며 거추장스런 '신사의 나라' 이미지를 완전히 벗어던졌다. '예술과 철학의 나라'라는 프랑스의 본모습은 오랫동안 가려져 있었다. 아니, 그 나라의 추한 모습이 드러나 있었지만, 그걸 똑바로 바라보길 꺼렸을 뿐이다. 나는 핵실험 후유증을 심하게 앓고 있는 프랑스령 폴리네시아의 상황을 전하는 2005년 12월 6일자 〈한겨레〉 기사를 읽고 깜짝 놀랐다. 그리고는 이 나라에 가졌던 얼마 남지 않은 호감을 모두 털어내었다.

1966년 7월 2일부터 1996년 1월 27일까지 남태평양의 모루로아 환초와 팡가타우파 환초에서 프랑스가 실시한 핵실험은 자그마치 193회에 이른다. 이러한 야만적인 행위를 묵과하고 좌시한 프랑스 철학자들에게 현대 철학의 첨단이니, 현대 철학의 총아니 하는 표현은 아무 의미가 없다. 그들의 철학은 한낱 몽상에 불과하고 헛소리가 아닌지 모르겠다. 더구나 프랑스 정부가 알제리의 독립으로 말미암아 자국령 폴리네시아의 외딴 섬들을 새로운 핵실험장으로 대체한 거라는 사실은 기가 찰 노릇이다. 핵무기 보유만으로는 성이 안 차는 것도 이해하기 어렵지만, 어째서 프랑스 정부는 핵폭탄의 성능을 강화하는 실험을 굳이 본토에서 멀리 떨어진 곳에서 하길 고집하는지 모를 일이다. 지중해의 프랑스 쪽 리비에라 해안도 있고, 프랑스에 접한 알프스 산지도 있지 않은가?

아, 그렇지! 바다가 만만해서겠지. 1993년 러시아와 일본의 핵폐기물 해양 투기가 드러난 바 있지만, 이 두 나라가 그런 행태를 그만두거나 자제하고 있진 않을 듯싶다. 이에 질세라 대한민국 역시 쓰레기를 바다에 마구 갖다 버리고 있다. 2005년 우리나라의 폐기물 해양 투기량은 992만 입방미터였고, 2006년에는 1천만 입방미터를 웃돌 전망이다. 이것이 제법 잘 산다는 나라들이 하는 짓거리다.

내게 미국의 생물학자 에드워드 윌슨은 종잡기 어려운 인물이다. 그의 견해가 들쑥날쑥한 것 같아서다. 윌슨은 '유전적 결정론자'로 비판받는가 하면, '생물의 다양성' 보존에 몰두하기도 한다. 하여 나는 그에게 '양가감정' 비슷한 걸 느낀다. 그의 책에 대한 독후감 역시 그렇다. 윌슨의 『자연주의자』(민음사, 1996)는 미국 우월주의 성향이 약간 있기는 하지만 감동적인 자서전이다. 『생명의 다양성』(까치, 1995)에서 소 잃고 외양간 고칠 겨를 없다는 윌슨의 경고는 설득력이 있었다.

하지만 이번에 읽은 윌슨의 『생명의 미래』(전방욱 옮김, 사이언스북스, 2005)는 설득력이 크게 떨어진다. 이 책을 『생명의 다양성』의 후속작으로 본다면, 『생명의 미래』는 전편만한 속편은 없다는 속설의 희생양인가. 이보다는 "의욕만큼 경제와 생태라는 두 분야의 이해를 충분히 다루지 못하고 있고 제1세계의 경제 성장을 위해서 제3세계의 희생을 계속 강요한다는 비판도 받고 있다"는 역자 후기의 전언이 더 솔깃하다. 그래도 이 책의 긍정적인 면을 먼저 짚는 게 순서일 것이다. 멸종위기에 직면한 수마트라코뿔소의 온기에 더하여 에드워드 윌슨의 온정을 느낄 수 있는 대목만으로도 이 책은 존재 가치가 충분하다.

"내 인생에서 가장 기억에 남는 일은 1994년 5월 말의 저녁, 신시내티 동물원에서 에미Emi라는 이름의 네 살배기 수마트라코뿔소를 만나 그 애처로운 얼굴을 잠깐 동안 보고 손바닥을 펴서 털이 많은 옆구리에 대 본 것이다. 그 코뿔소는 눈을 깜박거리는 것 말고는 아무런 반응도 보이지 않았다. 그게 전부다. 일어난 일은 단지 이것뿐이다. 나는 마침내 살아 있는 유니콘을 만난 것이다."

생명다양성 보존의 생물학적 해결책을 다룬 마지막장에서 윌슨이 정치적 저항 세력에게 바치는 찬사는, 그의 말마따나, "정치적 위선처럼" 보인다. 그래도 저항 세력들이 "좌익 일색의 이데올로기를 갖는다고 해도 어떠랴"는 그의 관용정신은 돋보인다. "이들의 젊은 에너지는 보수주의자들의 고질병인 냉소주의를 휘저어 놓고, 역류시켜 그들과 우리 모두의 치유에 도움을 줄 것이다." 뭐 하러 쓸데없는 종들을 구하려 애를 쓰는가? 라는 물음에 대한 윌슨의 답변은 통렬하기 짝이 없다. "우리가 현재 쓰고 있는 '가치 척도'라는 것은 야만적인 기업 회계에 봉사하는 노예일 뿐이다." 내가 그에게 공감하는 바는 여기까지다.

우선, 나는 윌슨이 말하는 원주민 책임론이 꽤나 거슬린다. 윌슨은 오스트레일리아 대륙에 살던 거대한 새들이 절멸한 책임을 기후 변동이나 질병 또는 화산 활동보다는 첫 번째 정착민에게 지운다. 오스트레일리아에 상륙한 유럽 정착민들은 원주민들이 야기한 절멸 과정의 다음 단계에 영향을 미쳤다는 것이다. "사람들이 미개척지에 들어가면 어디서나 대부분의 대형 동물이 곧 절멸하고 만다는 것은 전 세계적인 원리이다." 그러면서 윌슨은 "고상한 야만인은 존재했던 적이 없"으며, "사람이 점령한 에덴은 도살장이었다"고 일갈한다. 막말로 '그래서 어쩌라고' 대꾸하고도 싶다.

중국과 미국이 거의 동시에 인구가 폭증하기 시작했지만 미국은 중국에 비하면 축복을 받은 거나 다름없다는 윌슨의 주장은 논란의 여지가 다분하다. "1776년 미국이 독립할 무렵에 200만 명 정도였던 인구가 2000년에 2억 7,000만 명으로 증가한 인구 폭발 기간 동안에 이들은 텅 비어 있는 기름진 대륙을 가로질러 퍼져 나갈 수 있었다. 서쪽으로 밀려가는 조수의 파도처럼 과잉 인구는 오하이오 계곡, 대평원 그리고 마침내는 태평양 연안의 계곡을 채웠다." 정말로 미국의 중서부 지역은 텅 비어 있었고, 백인의 이른바 서부 개척은 거칠 것이 전혀 없었는가?

일본의 시민과학자 다카기 진자부로는 『지금 자연을 어떻게 볼 것인가』(녹색평론사, 2006)에서 그렇지 않았다고 이야기한다. 남북전쟁 직후만 해도 북미 대륙에는 6,000만 마리의 야생들소가 존재했다. 인디언들이 자신들의 생활의 원천이었던 야생들소를 지나치게 잡아들이지 않은 까닭을 『지상에서 사라진 동물』이라는 책을 지은 R. 실버바그는 "사람 수가 적었기 때문"이라 여긴다. 하지만 나는 그것이 야생들소와 인디언 사이의 평화공존 관계 덕분이라는 인디언 후손의 원인 분석에 더 공감한다.

야생들소는 버펄로, 곧 '아메리카 바이슨'을 말한다. 인디언들을 지배하고 그들의 토지를 빼앗으려고 마음먹은 백인들은 바이슨마저 씨를 말리기로 작심한다. 1871년 전문적인 사냥꾼들이 바이슨을 섬멸하기 위해 서부로 향한다. 수천 명의 사냥꾼들은 하루에 50~60마리의 바이슨을 쏴 죽였다. 야생들소의 가죽과 고기는 그냥 버려졌다. 1889년 미 의회는 잔인무도한 학살 행위의 공식적인 마감을 선언한다. 마지막으로 야생들소 89마리가 붙잡혔다. 드넓은 서부 평원에 살던 6,000만 마리의 바이슨 가운데 살아남은 것은 100마리를 넘지 못했다. 바이슨 대학살은 20년이 채 걸리지 않았다. 다카기 진자부로는 "인간과 들소 사이에 일어난 일은 그대로 인간들(백인과 인디언) 사이에 일어났"다는 점을 상기시킨다. "인디언들이 보기에는 백인들에 비해서 들소가 그들에게 더욱 가까운 친구라고 느꼈을 것이다." 고상하지 못한 야만인들이야 주린 배를 채우기 위해 야생 동물을 잡아먹었다지만, 백인들의 바이슨 학살은 그저 탐욕을 채우기 위한 것이 아니었을까?

윌슨이 제안하는 생물학적 피폐에 대한 조심스럽지만 낙관적인 해결책은 다분히 감상적이고 순진한 구석마저 있다. 기업 최고 경영자의 헌신이 생명 다양성을 풍부하게 하는 데 필수적이라는 그의 상황 인식은 과학과 기술에 대한 낙관주의로 이어진다. 더욱 확실하게 밝혀진 마음과 행동의 생물학적 원천이 사회과학에 확고한 근거를 마련하여 정치적·경제적 재앙을 피하게 하리라는 전망에서는 윌슨의 결정론적이고 환원론적인 세계관이 읽힌다. 그는 종교적 심성에다 사람의 도덕심이 본능적이라는 여론조사 결과까지 끌어들이는 데 다 좋다.

윌슨이 제안하는 해결책의 가장 큰 문제점은 돈으로 문제를 풀겠다는 입장이다. 그는 서슴없이 "가난한 나라들은 단순히 삼림을 지키는 것만으로도 돈을 벌 수가 있다"거나 "국제보전협회의 보호 구역은 인근 사유지들이 목축으로 벌어들이는 것보다 더 많은 돈을 생태 관광을 통하여 벌어들이고 있다"고 주장한다. 또 윌슨은 부의 집중과 편중 현상을 긍정하기도 한다. "이것은 보전의 성공에 미국의 땅부자들이 얼마나 많이 기여할 수 있을지를 보여 준다. 1978년 10억 에이커의 사유지 중 얼마간의 땅을 소유하고 있었던 3,400만 명의 미국인 중에서 최상위 5퍼센트, 즉 미국 전체 인구의 1퍼센트 미만의 사람들이 사유지 전체의 4분의 3에 해당하는 토지를 소유하고 있었다."

심지어 윌슨은 생명공학과 유전자 조작을 수용하는 기색이 역력하다. "유전공학은 상록 혁명에서 중요한 역할을 담당하고 있다. 그 이익과 위험성 모두를 인식한 대부분의 나라들은 유전자 변형 작물의 시판을 통제하는 정책을 만들기 시작했다. 국제 무역은 궁극적으로 유전공학을 추진하는 힘이다."

나는 비무장지대의 자연생태계를 잘 보전하라는 에드워드 윌슨의 조언이 고깝게 들린다. 나는 그가 한국전쟁 시 미 공군이 무자비한 폭격으로 38 이북 땅을 석기 시대로 돌려놓은 것이나 베트남 밀림에 뿌린 엄청난 양의 고엽제로 인한 자연훼손, 그리고 해외 주둔 미군 기지의 몰환경적이고 반환경적인 작태를 언급하지 않은 점을 문제 삼고 싶지는 않다. 그래도 그의 충고가 한가하게 들리는 것은 어쩔 수 없다. 이는 북한이 "이웃 나라를 핵무기로 위협하는 고립 국가"라면, 미국은 '먼 나라를 핵무기로 압박하는 제국'이어서 그렇기도 하지만, 비무장지대에서 착잡한 심정을 가눌 길 없었던 나로선 더욱 그렇다. 1989년의 어느 가을날, 중동부 전선 비무장지대 안의 GP에 파견 근무를 하던 나는 TV를 통해 베를린 장벽이 완전히 무너지는 광경을 지켜보았다.

27

과학은 토론이다

베르너 하이젠베르크의 『부분과 전체』

불확정성원리

20세기 원자물리학을 양자물리학(또는 양자론, 양자역학)이라고도 한다. 이 양자론量子論은 '불확정성원리'를 전제로 한다. 독일의 물리학자 베르너 하이젠베르크(1901~1976)가 발견한 '불확정성원리'는 고전물리학의 한계성을 수학적 원리로 표현한 것이다. 원자의 운동을 아주 작은 부분까지 정확하게 측정할 수 있다는 고전물리학의 믿음은 '불확정성원리'에 의해 깨진다. 위치와 운동량을 정확히 측정하면 미래의 운동량을 예측할 수 있다는 결정론적 자연관 또한 설 자리를 잃는다.

'불확정성원리'는 위치와 운동량 가운데 어느 한쪽을 명확하게 하면 할수록 다른 쪽은 이에 반비례해 불확정이 된다는 이론이다. 어떤 한 시각에서 입자의 위치와 운동량을 정확하게 아는 것은 불가능하다. 실험기구의 불확정성 때문에 그런 것이 아니라 자연의 근본 원리가 그렇다는 얘기다. '불확정성원리'는 인간의 자연관을 송두리째 바꿔 놓았다. “인간은 자연이 무엇이라고 한마디로 말할 수 없게 되었다. 인간 역시 자연의 일부이고, 자연이 연출하는 연극의 수준 높은 관객이면서 동시에 그 연극의 배우이기 때문이다.”

하이젠베르크의 ‘불확정성원리’는 닐스 보어의 ‘상보성원리’와 함께 양자물리학의 성립에 크게 기여하는데, 이 두 원리를 합쳐 ‘코펜하겐 해석’이라 한다. ‘불확정성원리’에 의해 인과율의 법칙이 무너지고, 원자의 위치와 운동량의 예측은 확률에 의존하게 되었다. 양자론의 이러한 파격성은 학자들 사이에서 적잖은 논란을 부른다. 하이젠베르크는 그러한 정황을 이렇게 표현하기도 한다.

“아인슈타인 같은 천재적인 과학자들도 양자론의 ‘코펜하겐 해석’을 받아들이고 이해하는 데 어려움이 많았다. 그 이유는 데카르트의 이원론적 구분 방식이 그 이후 3세기 동안 과학을 포함한 인간 정신에 깊이 침투되었기 때문이다. 이원론적 구분 방식에서 탈피해 진정한 존재의 세계를 인식하기까지는 앞으로도 오랜 시간이 걸릴 것이다.”

20세기 물리학의 계보

20세기 전반기에 나타난 일군의 물리학자들은 고대 자연철학자들이 다시 등장한 듯하다. 고대 그리스의 자연철학자들에게 자연 현상에 대한 탐구와 철학은 별개의 것이 아니었다. 그러나 철학과 과학을 병행하는 전통은 근대 과학 혁명기에 들어와 각자의 역할분담이 뚜렷해지면서 사라지게 된다.

하지만 막스 플랑크, 닐스 보어, 아르놀트 좀머펠트, 알베르트 아인슈타인, 볼프강 파울리, 베르너 하이젠베르크, 폴 디랙, 엔리코 페르미, 막스 보른, 에르빈 슈뢰딩거 같은 20세기의 새로운 과학을 생성한 과학자들은 철학자의 면모를 다분히 지녔다. 이들은 세상을 움직이는 기본 원리를 새롭게 파악하는 데 몰두하였고, 마침내 뉴턴으로 대표되는 고전물리학을 '명예퇴직'시킨다.

1927년 가을 벨기에 브뤼셀에서 열린 솔베이 회의 이후 5년은 '원자물리학의 황금시대'로 통한다. 그때 하이젠베르크는 닐스 보어가 주도하는 코펜하겐 그룹에 속했다. 하이젠베르크는 틈나는 대로 코펜하겐을 찾아 보어와 토론하는 시간을 가졌다. 스승의 나라에 첫발을 들여놓기가 무섭게 하이젠베르크는 덴마크에서 닐스 보어가 차지하는 막강한 위상을 몸소 체험한다.

"도착하였을 때 내 짐 때문에 사소한 트러블이 있었다. 그 나라의 말에 익숙지 못한 나는 도무지 문제를 잘 풀어나갈 수가 없었다. 그러나 내가 닐스 보어 교수 밑에서 일하게 되어 있었다고 말하자 이 이름이 모든 난관을 해결해 주었고, 즉각적으로 모든 장애가 해소되었다. 그러므로 나는 처음부터 이 친절한 작은 나라의 가장 강력한 인물의 보호 아래 있다는 사실을 실감하였다."

덴마크의 국민적 영웅은 '원자물리학의 아버지'라 일컬어지는 영국의 물리학자 어니스트 러더퍼드에게 배웠다. 러더퍼드—보어—하이젠베르크로 이어지는 국경을 뛰어넘은 사제 관계는 '하나의 유럽'을 미리 보는 듯하다. 스승과 제자는 학문의 동반자이기도 했다. 원자의 구조가 태양계를 닮았다는 '러더퍼드-보어의 모형'은 원자물리학의 토대가 되었고, 보어와 하이젠베르크는 양자역학의 '코펜하겐 해석'을 확립한다. '신과학'을 대표하는 물리학자 프리초프 카프라는 그의 책을 통해 하이젠베르크에게 받은 영향을 술회하기도 했다.

대화 형식의 자서전

『부분과 전체』(김용준 옮김, 지식산업사, 1982)는 하이젠베르크의 자서전이다. 이 책은 대화체로 되어 있다. 과학은 대화로부터 생겨난다는 그의 지론이 반영된 것이다. "자연과학이란 실험에 그 근거를 두고 있으며, 바로 그 실험에 종사하고 있는 사람들은 실험의 의미에 관해서 서로 숙고하고 토론하는 과정에서 일정한 성과를 얻게 되는 것입니다."

세월이 흐르면서 대화 상대는 바뀌지만, 하이젠베르크는 한평생 대화와 토론을 통한 진리 탐구에 힘쓴다. 뮌헨 대학에서 만난 친구 볼프강 파울리와는 중요한 이론을 도출할 때마다 의견을 나눈다. 파울리는 한 원자 내에서 2개의 전자가 같은 에너지를 가질 수 없다는 '파울리의 배타 원리'의 발견자다.

하이젠베르크가 당대의 저명한 물리학자들과 나눈 대화록은 20세기 원자물리학의 발달과정에 대한 뛰어난 보고서이자 동시대 물리학자들에 대한 엄정한 비평이다. 하이젠베르크의 토론 내용을 마치 복사라도 한 것처럼 그대로 전달하는 것은 거의 불가능하고 무의미하다. 따라서 『부분과 전체』는 그와 동시대를 산 물리학자의 생각을 하이젠베르크 나름의 시각으로 간추린 것이기도 하다.

하느님은 주사위 놀이를 안 한다?

아인슈타인은 원자물리학을 비판적으로 보았다. 양자역학의 통계학적 성격과 양자론에서 우연성의 기능을 못 마땅히 여겨서다. '하나님은 주사위를 던지지 않는다'는 표현을 토론에서 즐겨 쓴 아인슈타인은 불확정한 관계에 만족하기 어려웠다. 이를 하이젠베르크는 아인슈타인이 보어와 더불어 새로운 양자이론의 해석을 둘러싼 논쟁의 주역이었으면서도, "아인슈타인은 이 새로운 양자이론의 원칙적인 통계학적 특징을 받아들일 준비가 되어 있지 않았다"고 풀이한다.

"그는 물론 관계되는 체계의 모든 결정적 요소에 대한 정확한 지식이 없는 곳에서 확률론적인 진술을 하는 것에 반대하지는 않았다. 이전의 통계역학이라든가 열역학에서도 역시 이와 같은 진술이 그 기초를 형성하고 있었다. 그러나 아인슈타인은 현상의 완전한 결정을 위하여 필요한 모든 결정 요소들을 아는 것이 원리적으로 불가능하다는 점을 인정하려 들지 않았다."

아인슈타인의 비타협적인 완고함에 대해 닐스 보어는, 다만, 이런 의견을 내놓는다. "하나님이 이 세상을 어떻게 다스리실 것인가를 지시하는 것은 우리들의 과제가 될 수 없습니다." 한편, 개방적인 물리학자들을 구성된 '라이프치히 서클'에서 이뤄진 철학자 그레테 헤르만과 물리학자들의 토론도 이와 비슷한 맥락으로 읽힌다. 여기선 양자역학이 인과율의 형식을 문제 삼은 게 논란을 빚는다.

칸트와 양자역학

하이젠베르크: (라듐 원자의 전자방출에 대해) 우리는 이미 완전한 지식을 가지고 있다고 생각합니다.

그레테 헤르만: 그러나 우리 지식이 동시에 불완전하면서 완전할 수는 없는 것 아닙니까?

칼 프리드리히: 양자이론에서는 칸트가 미처 생각할 수 없었던 지각을 객관화하는 새로운 방법이 문제가 되는 것입니다. 지각의 결과는 그것이 고전물리학에서 가능하였던 바와 같은 방식으로는 더 이상 객관화되지 않습니다. 두 가지의 서로 다른 관찰 상황이 보어가 '상보적'이라고 불렀던 그러한 관계에 있다면 한 관찰 상황을 위한 완전한 지식은 동시에 다른 관찰 상황에 대해서는 불완전한 지식을 의미합니다.

하이젠베르크: 우리가 그 같은 관찰 상황을 기술하는 데 사용하는 수학적 기호는 사실이라기보다는 하나의 가능성을 나타내고 있는 것입니다. 이 가능성에 관한 일정한 지식은 어느 정도의 확실하고 또 예리한 예언을 허락하고 있는 것도 사실이지만, 일반적으로는 장래의 어떤 결과에 대한 확률적인 결론만을 허용하고 있을 뿐입니다. 원자는 더 이상 사물도 아니고 대상도 아니라는 것을 칸트는 예견할 수 없었던 것입니다.

그레테 헤르만: 그렇다면 그 원자란 도대체 무엇이란 말입니까?

하이젠베르크: 그것은 언어로 표현할 수 없습니다. 왜냐하면 우리의 언어는 일상 경험에서 형성된 것이기 때문입니다. 그런데 원자란 일상 경험의 대상이 아닙니다. 만약 당신이 만족하신다면 원자는 관찰 상황의 구성요소이며, 현상의 물리적 분석에 있어서 고도의 설명가치를 가지고 있는 구성 요소입니다.

직관 형식과 비직관

닐스 보어의 '상보성원리'는 보어가 파동이면서 입자인 전자의 이중적 측면을 원자물리학의 현상을 해석하는 기반으로 삼은 데서 나왔다는 것이 하이젠베르크의 설명이다. 하이젠베르크는 '상보성원리'가 하나의 사건을 두 개의 다른 관찰 방식으로 파악할 수 있는 상태를 서술하는 것이었다고 덧붙인다. 그런데 이 두 가지 관찰 방식은 서로를 배척하지만, 한편으론 서로를 보완하기도 한다. "이 두 가지 관찰방식을 병행시킴으로써 비로소 하나의 현상의 직관적 내용이 풀어진다."

여기서 '직관'이라는 말은 오해를 부르기 쉽다. "새로운 원자이론의 비직관적非直觀的 특징들"(127쪽)과 "공간과 시간이라는 직관형식直觀形式"(163쪽)이라는 표현은 오해를 가중한다. 나는 양자역학은 다분히 직관적이라고 생각한다. 과학적 엄밀함이 부족하다는 뜻이 아니라 철학에 가깝다는 의미다. 거기서 좀더 멀리 나간 '신과학'은 논란의 여지가 있지만 말이다.

독일에 남은 까닭

파시즘이 기승을 부리자 유럽 대륙의 물리학자들이 대거 미국 망명길에 오르지만 하이젠베르크는 조국 독일에 남는다. 그의 자서전은 하이젠베르크가 조국을 떠나지 않은 이유를 알려준다. 1939년 미국을 방문한 그에게 이탈리아 출신 물리학자 엔리코 페르미는 "나는 이탈리아에서는 위대한 존재였지만 여기서는 한낱 젊은 물리학자에 불과합니다. 이것이 얼마나 시원스러운 일인지 모르겠습니다"라며 미국으로의 망명을 권유한다.

이에 대해 하이젠베르크는 다음과 같이 말했다. "우리는 어느 누구할 것 없이 어떤 일정한 주위 환경과 일정한 언어와 사고 영역에서 태어나서 매우 어릴 때 그곳을 떠나지 않는 이상 그는 그 영역에서 가장 적절하게 성장할 수 있으며 또 그곳에서 가장 능률적으로 일할 수 있는 것입니다."

하이젠베르크는 나치 독일의 핵무기 개발에 협조하지 않은 것으로 알려져 왔다. 하지만 이러한 통설이 적잖은 위협을 받고 있기도 하다. 2002년 2월 덴마크에 있는 닐스 보어 문헌연구소가 공개한 자료는 제2차 세계대전 당시 하이젠베르크의 행적을 둘러싼 논란에 불을 지폈다. 자료에 따르면, 1941년 닐스 보어를 찾아온 하이젠베르크는 핵무기 개발에 자신감을 보였다는 것이다.

28

건전한 정신 · 건강한 신체 · '온전한 면역계'

매리언 켄들의 『세포전쟁』

매리언 켄들의 『세포전쟁』(이성호 · 최돈찬 옮김, 궁리, 2004)은 생명과학의 한 분야인 면역학에 대해 이야기한다. "면역학은 질병과의 투쟁을 다루는 학문"으로 의학과 밀접하게 관련된다. 면역학은 폭넓은 주제를 다룬다. 이 책의 원제목은 '죽도록 살고 싶다Dying to Live'이다. 이는 우리가 죽음을 불쾌한 것으로 간주하지만, 드물게나마 사람 몸 내부에서 세포 수준의 생명 자체를 파괴하는 일이 우리의 생명을 보호하는 수단이 된다는 점을 뜻한다.

책의 부제목 '인체는 질병과 어떻게 싸우는가'는 책 내용을 함축한다. 각종 병원성 인자들의 실체를 이해하고, 이들이 질병을 어떻게 일으키며, 우리 몸이 어떻게 병원 인자들에 맞서 싸워 스스로를 보호하는지 살핀다. 역자들이 "어려운 내용들을 잘 정리하고 설명한 저자의 능력에 경의를 표"할 만큼 우수한 책이다. 누가 봐도 그렇다.

면역 핵심 물질

면역은 일반적으로 되풀이하여 익숙해진 상태를 말한다. 의학적으론 특정 질환에 강한 내성을 갖는다는 의미다. 우리 몸의 "면역체계는 침입자들을 제어하는 세포들을 사용하여 몸 전체를 건강하게 유지한다." 면역의 핵심 물질은 항원antigen과 항체antibody다. 항원은 박테리아, 바이러스, 균류, 기생충 또는 꽃가루 같은 식물성분 등에서 오는 신호들이다. 항원들이 보내는 신호와 우리 자신의 세포로부터 나오는 다른 신호가 면역체계로 전달돼 적절한 반응이 일어나도록 하는 과정에서, 항체는 항원의 일부분에 꼭 맞게 만들어져 항원-항체 복합체로 결합한다. 항원을 불활성화하고 제어하면 질병 발생을 막을 수 있으나, 반응 과정에서 미세한 변화가 나타나면 발병할 수도 있다. "오늘날 가장 필요한 것은 질병을 제어할 수 있도록 도와주는 신체 면역반응을 개발하는 것이다."

우리 몸 안에는 장기들을 연결해 영양분과 메시지를 주고받는 두 종류의 주요 체계가 있는데, 심혈관계와 신경계가 그것이다. 또 이 두 체계를 활용하여 몸 구석구석으로 메시지를 보내는 체계가 둘 더 있다. 내분비계endocrine system는 작지만 중요한 단백질을 전달자로 사용하고, 면역계immune system는 또 다른 전달자 분자와 특별한 세포로 의사소통하는 회로망이다.

세포는 신체를 구성하는 가장 기본적인 성분이다. 세포가 변화무쌍하게 다양한 역할을 하는 이유 중 하나는 세포를 둘러싸는 세포막이 수용체라는 미세구조를 지녀서다. 수용체는 구조적으로 단백질이고, 각 세포는 고유한 수용체 세트를 만든다. 몸에는 수천 종의 수용체가 있다. 하나의 세포는 한 종류의 수용체를 500개에서 10만 개까지 보유할 수 있다. 수용체에 꼭 맞는 분자를 리간드ligand라 하며, 리간드의 형태는 다양하다. 인슐린 호르몬, 신경전달물질, 면역세포의 일종인 비만세포mast cell에서 분비되는 히스타민 같은 작은 화학물질에서 세포나 박테리아 같은 외부 침입자들이 죽을 때 방출되는 거대한 부스러기가 모두 리간드의 한 형태다. "수용체의 한 부분은 세포 외부로 노출되어 있으며, 이는 세포들이 서로 의사소통하는 가장 중요한 수단이 된다."

면역의 기본 개념과 면역반응

우리 몸의 세포들은 표면에 한 몸 소속이라는 표지를 갖는다. 일란성 쌍둥이를 제외하고, 우리가 만드는 세포의 표지들은 저마다 고유하다. 이식수술에서 서로의 조직을 승인하거나 거부하는 표지들을 **조직적합 항원**histocompatibility antigen이라 한다. **주조직적합 복합체**major histocompatibility complex, MHC는 가장 널리 연구된 조직적합 유전자군이다. 이것은 생쥐를 통해 많이 연구되었다. **자가면역질환**은 자신의 면역계가 자기를 공격하여 외부 침입자를 파괴시키는 대신에 자기의 조직을 해치는 병을 일컫는다. 류머티스성 관절염, 다발성경화증, 홍반성낭창 그리고 몇몇 갑상선 질환을 들 수 있다.

면역반응 가운데 항체와 항원 사이의 복잡한 반응을 **체액성 면역반응**humoral immune response이라고 한다. **세포중재 면역반응**cell-mediated immune response은 감염세포를 죽여 병원균을 파괴시킨다. 대다수 동물이 사용하는 좀더 근본적인 면역 형태는 **선천성 면역반응**

innate immune response이다. 이것은 아주 단순하여 식세포phagocyte가 병원균을 삼킨 다음, 균에 감염된 세포들을 죽인다. 면역반응은 원칙적으로 신체의 모든 장소에서 일어날 수 있다. 하지만 대체로 임파선, 비장, 편도선 같은 특별한 임파장기 내에서 일어난다.

모든 면역세포는 백혈구 가족에 속한다. 적혈구는 혈액에 색깔을 부여하고 장기에 산소를 전달한다. 혈액에 존재하는 대부분의 백혈구는 **임파구**lymphocyte다. 임파구는 대부분 T세포거나 B세포다. **자연살해세포**natural killer cell 같은 소수의 세포유형도 있다. T는 흉선thymus의 약자다. 흉선은 T세포를 만들어낸다. B세포는 우선적으로 골수에서 만들어진다. 다음은 편도선이 항원에 반응하는 양상이다.

"정상적인 어린이 편도선은 평소에는 아주 작다. 그렇지만 감염이 되면 목구멍의 모든 부분이 커짐에 따라 아프게 된다. 편도선 내에는 배중심germinal center이라는 구형 부분이 있고, 여기에서 B세포가 만들어진다. 그리고 B세포는 항체를 생성하고 분비하여 감염에 대항하는 세포와 감염물질인 항원을 기억하는 세포로 나누어진다. 목구멍이 '붓는다'는 것은 특별한 항원에 대한 반응을 보이는 것이다. 다시 말해, 부은 편도선은 목구멍이나 코로 들어온 박테리아나 기타 병원균에 반응하고 있는 것이다. 이와 같은 항원에 대한 유사한 반응이 여러 임파선, 선양, 그리고 창자와 호흡 체계의 축축한 내벽 및 관련된 조직에서 일어난다."

선양adenoid들은 목구멍과 코 주위에 위치한다. 임파선은 전신에 걸쳐 있는 가장 보편적인 장기다. 따라서 신체에 침입한 병원균에 반응할 수 있는 임파선들은 감염된 장소를 의사에게 알려준다. 예컨대 사타구니 임파선은 비뇨계와 생식계 또는 다리가 감염되었을 때 부어오른다. 면역세포는 엄청나게 많은 종류의 항원을 모두 인식할 수 있다. 면역세포에 있는 수용체의 다양성은 유전자 재배열이라는 특유의 방식으로 이뤄진다.

면역글로불린 · 알레르겐 반응기작 · Rh 항원

어떤 공통적인 구조를 갖는 거대한 군family의 일원으로 분류되는 항원에 결합하는 가장 중요한 면역체계 수용체들을 면역글로불린 대계보immunoglobulin superfamily라 한다. "사람의 항체는 모두 하나의 거대한 면역글로불린Ig 계보에 속하며, 크게 다섯 종류로 분류된다. 이들은 IgM, IgG, IgA, IgD, IgE이다." 면역글로불린들은 모두가 분자량이 작은 두 개의 작고 동일한 단백질 사슬로 구성된다.

일반적으로 신체가 알레르겐(allergen: 과민성 사람들에게 알레르기를 일으키는 항원) 물질을 처음 접할 때는 해가 없다. 그러나 부지불식간 면역계가 반응함에 따라 B세포들이 면역글로불린을 만들기 시작할 때까지 많은 세포들이 활성화한다. B세포들은 체내에서 수개월 내지 수년 동안 지속될 수 있는 면역글로불린E(IgE)를 만든다. 이 면역글로불린은 비만세포라 부르는 과립성 백혈구와 염기성 백혈구에 결합하여 알레르겐과 다시 만날 때를 기다린다. 알레르겐이 다시 체내로 들어오면 이들은 몇 초 안에 IgE · 비만세포 부위에 결합하여 활성화한다. Rh^- 혈액의 어머니가 Rh^+ 아기를 임신했을 때 처음에는 문제되지 않는 것 또한 알레르기 반응기작 원리와 비슷하다. 아토피atopy란 음식물 알레르겐이나 공기 중의 알레르겐에 영향을 받는 감수성을 말한다.

이목구비 방어체계와 베인 손가락

병원균이 몸으로 들어오는 가장 커다란 침투구는 입이다. 연약한 구강 점막은 병원균에 의해 상처받기가 쉽다. 하지만 이 연약한 막은 타액선이 분비하는 점액질로 덮여 보호를 받는다. 침의 성분은 항생제와 유사한 물질로 이뤄져 있다. 눈은 외부침입자의 침투구로 우리 몸에 해를 입힐 위험성이 그리 높지 않다. 눈물은 침처럼 리소짐lysozyme이라 부르는 자연적인 항생제를 포함하고 있어서 눈은 감염으로부터 비교적 안전하다. 코 안쪽의 코털과 코 세포들이 분비하는 점액질은 코를 보호한다. 코를 풀거나 점액질을 삼키는 것은 또 다른 보호책이다. 귀의 섬세한 청각구조는 신체 내부에 있다. 고막과 귀지 또한 귀를 보호하는 기능을 한다. 귀의 감염은 대개 몸의 내부에서 시작된다.

"손가락이 베이면, 조직이 상처를 입어 일부 세포들이 죽기 시작한다. 이렇게 죽어가는 세포들은 그들의 내용물을 방출하는데, 이것의 일부가 이웃 세포들에게 피해를 입힌다. 그런데 이처럼 죽은 세포의 잔해를 치우기 위해 대식세포와 기타 식세포작용을 하는 면역세포가 상처부위로 유인된다. 그래서 남아 있는 세포들이 근처 세포의 성장을 도와, 베인 부분이 나을 수 있게 새로운 환경을 만들어낸다."

모유가 최선이고 잠이 보약이다

이 책은 모유를 예찬한다. 아주 어릴 적에는 별 효과가 없어 보여도 모유를 먹으면 면역반응으로 더 많은 항체를 생산할 수 있다. 적어도 생후 6개월간은 모유를 먹이길 권한다. 2년이나 그 이후까지 모유를 계속 먹은 아기는 건강하게 자랄 확률이 높다. 우유에 수면 효과가 있다는 속설은 사실이다. 세로토닌serotonin이라는 뇌 신경전달물질이 감소할 때 우울증과 불면증을 겪게 되는데, 멜라토닌melatonin과 그것의 주요 구성물질인 세로토닌을 합성하려면 전구물질인 트립토판tryptophan이 필요하다. 칠면조 고기와 우유는 트립토판을 함유하고 있다.

건전한 정신과 건강한 신체는 무병장수를 위한 쌍두마차다. 이제는 그 둘에다 '온전한 면역계'가 더해져 삼총사를 이룬다. "감염과 싸우기 위한 좋은 건강 상태는 일생 동안 어떤 습관을 필요로 한다. 그것은 긍정적인 마음가짐을 포함하는 올바른 생활양식뿐만 아니라, 규칙적이고 건강에 좋은 음식과 운동, 건강한 부모에게 건강한 육체를 물려받는 행운, 그리고 여러 가지 부담으로부터 오는 스트레스를 피할 수 있는 충분한 돈도 커다란 도움이 된다!"

이따금 나오는 익살스런 표현이 독자를 즐겁게 하기도 한다. "폐암과 기타 암에 걸리는 위험을 줄이기 위해서는 완전히 금연하는 것이 중요하다. 매일 몇 개비의 담배를 피우기 위해 흡연량을 줄일 이유는 없다!"거나 "슬프게도 면역계에 역효과를 나타내는 많은 활동들이 우리에게 즐거움을 준다"는 식으로 말이다.

29

비평형은 '혼돈으로부터의 질서'를 낳는다

일리야 프리고진 · 이사벨 스텐저스의 『혼돈으로부터의 질서: 인간과 자연의 새로운 대화』

'과학자이자 인문학자이면서 학자'

일리야 프리고진(1917~2003)은 1990년대 초반 불어온 '카오스' 열풍과 함께 우리에게 이름이 알려지기 시작한다. 그러나 프리고진에 대한 우리의 인식 수준은 아직도 '복잡성의 과학'을 설파했다는 정도에 머무른다. 이 러시아에서 태어난 벨기에 과학자의 진면목은 가려져 있다. 프리고진의 지명도는 높지만, 우리말로 옮겨진 그의 책 세 권이 모두 절판된 것은 그래서일까?

프리고진은 동시대 세계 석학들의 존경과 찬사를 받았다. '세계체제론'을 주창한 이매뉴얼 월러스틴은 최근 번역된 『지식의 불확실성』(유희석 옮김, 창비)을 프리고진에게 바치면서 그의 학문 업적을 기렸다. 월러스틴은 프리고진의 구성물 중 서로 연관된 두 요소에 주목하는데, 첫 번째는 모든 실재, 곧 물리적이고 사회적인 실재의 근본적인 불확정성indeterminacy이다. 월러스틴은 프리고진이 말한 불정실성의 뜻을 이렇게 새긴다.

"그것은 질서와 설명이 존재하지 않는다는 입장이 **아니다**. 프리고진은 실재는 '결정주의적 혼돈'의 양식으로 존재한다고 믿는다. 다시 말해 질서는 항상 **잠시** 존재하지만, 곡선이 '분기점'에(즉 방정식들에 대해 두 개의 똑같이 타당한 해법이 있는 지점에) 도달할 때 필연적으로 스스로를 해체하고, 분기점에서 실제로 행한 선택은 **본질적으로** 미리 결정될 수 없다는 입장이다. 그것은 우리의 불완전한 지식의 문제가 아니라 선진先知의 **불가능성**의 문제다."

월러스틴이 보는 프리고진의 두 번째 공헌은 시간가역성이 불합리하다고 주장한 것이다. 그것은 열熱의 과정과 사회의 과정에서처럼 시간가역성이 명백히 불합리해 보이는 곳뿐만 아니라 물리적 실재의 모든 측면에서 불합리하다고 주장한 데 있다. 프리고진은 영국의 천체물리학자 아서 에딩턴의 "잊힌 용어인 '시간의 화살'[1]을 받아들여, 전체로서의 우주는 말할 것도 없이 심지어 원자조차도 시간의 화살에 의해 결정된다고 주장했다"는 것이다.

'우수하고 벅차고 현란한 책'

프리고진이 이사벨 스텐저스와 공저한 『혼돈으로부터의 질서—인간과 자연의 새로운 대화』(신국조 옮김, 정음사, 1988)는 1979년 프랑스어로 세상에 첫선을 보였다. 이후 출간된 영어 증보판의 서문은 여전히 건재한 미래학자 앨빈 토플러가 썼다. "이 책의 중요한 주제들 중의 하나가 열역학 제2법칙에 대한 놀라운 재해석이다. 저자들에 의하면

1 시간의 화살: 진화론적인 리듬.

엔트로피는 단순히 비조직화를 향한 내리막길에서의 미끄럼이 아니며 어떤 조건하에서는 엔트로피 그 자체가 질서의 조상이 되기도 한다." 또한 프리고진의 '심오한 종합'들은 새삼스레 우리를 놀라게 한다. 인문·사회과학과 자연과학을 통합하자는 그의 한발 앞선 제안과 시도는 그중 하나에 불과하다.

이 책은 과학의 개념적인 혁명을 기술하는 것으로 시작한다. "이러한 혁명은 소립자의 수준이나 우주학의 수준 그리고 액체와 기체의 연구에서와 같이 원자와 분자들을 개별적으로 또는 전체적으로 다루는 물리학 및 화학을 포함한 소위 거시적인 물리학의 수준에 이르기까지 모든 수준에서 진행되고 있다. 아마도 과학의 재개념화는 특별히 이러한 거시적인 수준에서 쉽게 이해될 것이다."

프리고진과 스텐저스는 우리가 살고 있는 자연의 수준을 겨우 이해하기 시작했을 뿐이라며, 이 책에선 그 수준에 집중한다고 밝혔다. 또한 물리학의 재개념화를 제대로 음미하려면 역사적인 전망에서 봐야 한다고 덧붙였다. 과학의 역사는 어떤 고유한 진리를 향한 연속적인 일련의 탐구에 해당하는 선형적인 전개와는 거리가 멀기 때문이고, 모순과 뜻밖의 변곡점들로 가득 차 있어서다.

새로운 자연주의, 새로운 통합

프리고진과 스텐저스는 과학적인 전통에서 해결책을 찾지 못한 기본적인 문제점 두 가지를 거론한다. 하나는 무질서와 질서 사이의 관계다. "엔트로피 증가의 법칙은 세상을 질서로부터 무질서로 진화해 나아가는 것으로 기술하고 있다. 그러나 생물학적인 또는 사회적인 진화는 우리에게 복잡한 것은 단순한 것으로부터 나타나는 것임을 보여 주고 있다." 이제 우리는 물질과 에너지의 흐름인 비평형非平衡 상태가 질서의 근원일지도 모른다고 여기게 되었다는 것이다.

고전물리학과 양자물리학이 세상을 가역적이고 정적인 것으로 기술하는 식의 두 번째 문제점은 더 근본적이다. 이것은 뉴턴적인 사고에서 출발한 동역학動力學이 안고 있는 문제이기도 하다. 줄Joule의 표현을 빌리면 동역학의 세계는 이렇다. "아무것도 혼란해지지 않고 아무것도 결코 잃을 것이 없으며 전체 기구는 복잡한 대로 부드럽고 조화롭게 작동한다." 또 "모든 것이 거의 수없이 많은 종류의 원인들, 효과들, 전환들 그리고 배열들에 관한 명백한 혼란과 난해함 속에서 복잡하게 얽혀 있는 것처럼 보일지라도 사실은 가장 완전한 규칙성이 보존되어 있는 것이다."

그렇다고 두 사람이 고전물리학을 낡아 빠진 것으로 무시하거나 소홀히 대하진 않는다. 그들은 현재 진행 중인 물리학의 재개념화가 결정론적이고 가역적인 과정들로부터 확률적이고 비가역적인 과정들로 이르게 한다는 점을 거듭 강조할 따름이다. 외려 두 사람은 열역학熱力學과 동역학의 통합으로 기계적인 세계관에 대한 엔트로피 개념의 근본적인 중요성이 밝혀지길 바란다. 아울러 파열과 대립 대신에 인간과 자연에 대한 우리의 지식이 점점 일치해 가는 것을 보여 주는 데 중점을 둔다.

또한 그들은 우리가 새로운 자연주의, 새로운 종합을 향해 나아가고 있다고 믿는다. "우리 시대의 문제들 중의 하나는 과학사회의 고립을 정당화시키고 강조하려는 태도를 극복하는 것이다. 우리는 과학과 사회 간에 새로운 대화의 통로들을 열어야만 한다. 이 책은 이러한 정신에서 씌어진 것이다." 과학의 대단한 다양성 속에서 어떤 통합의 실마리는 찾는 것에 자신들의 임무를 부여한다.

열역학 제2법칙의 형성 과정

프리고진과 스텐저스가 설명하는 열역학 제2법칙의 도출 과정은 그 배경부터 흥미롭다. 19세기 과학은 단 하나의 사실에 집중되었는데, 그것은 연소 과정에서 열을 생산하고 그 열은 부피를 늘리며 그 결과 연소 과정이 일을 생산한다는 것이다. 불은 새로운 종류의 기계였고, 산업 사회의 토대를 다져 주는 기술혁신인 열기관을 등장시킨다.

"영국의 증기기관의 급속한 전파는 열의 기계적인 효과에 관하여 새로운 흥미를 불러일으켰고 이러한 흥미로부터 태어난 열역학은 따라서 열이 '기계적 에너지'를 생산할 수 있는 가능성에 관심을 두고 있는 것만큼은 열의 **본성**에 관해서 염두에 두지 않았다."

두 사람은 1811년을 '복잡성 과학'의 원년으로 지목한다. 이 해에 장 조세프 푸리에는 고체의 열전도에 관한 수학적 기술記述로 프랑스 학술원상을 받았다. "열의 흐름은 온도의 기울기에 비례한다"는 푸리에의 열전도 법칙에 대해 프리고진과 스텐저스는 큰 의미를 부여한다. "모든 각도에서 운동의 기계론적 법칙과 마찬가지로 수학적으로 엄밀하면서도 뉴턴적인 세계와는 완전히 낯선 그러한 물리적 이론이 창조된 것이다." 그러나 공학의 견지에서 본 무산霧散[2]의 의미와 연결되지

---

2 무산구조dissipative structure: 평형에서 멀리 떨어진 상태에서 자발적으로 형성되는 상태의 구조. 좀더 섬세하고 고차원적인 질서 내지는 조직화의 방향.

않았기에 비가역성[3]의 본성에 관한 연구의 출발점이 되진 못했다.

열역학은 압력, 부피, 화학 조성組成, 온도 같은 성질의 변화들 간의 상관관계를 다룬다. 1824년 사디 카르노는 비가역성에 관한 정량적인 표현을 가져올 열역학 제2법칙을 독창적으로 정립한다. 1850년에 클라우지우스는 우리가 무한정인 것처럼 보이는 자연의 에너지원을 아무 제한 없이 사용할 순 없다는 것을 명백하게 보여 준다. 윌리엄 톰슨이 최초로 열역학 제2법칙을 확립한 것은 1852년의 일이다.

1865년 열역학 법칙은 클라우지우스에 의해 정식화한다. **(1) 세계의 에너지는 일정하다. (2) 세계의 엔트로피는 최대치를 향하여 증가한다**. 볼츠만은 처음으로 엔트로피의 비가역적 증가가 분자들의 무질서도의 증가에 관한 표현임을 깨닫는다. "볼츠만의 질서 원리는 계가 가질 수 있는 가장 확률이 큰 상태가 계 안에서 동시에 수많은 사건들이 일어나며 그들이 **서로 통계적으로 보상하게 되는** 그러한 상태임을 내포하고 있다."

비평형은 질서의 근원

동역학 계에 엔트로피를 결부시키면, 확률은 평형상태에서 최대가 된다는 볼츠만의 개념으로 되돌아온다. 이에 따라 열역학적 진화를 서술하는 데 사용하는 단위체들은 평형상태에서 무질서한 방식으로 행동할 것이고, 평형에서 가까운 조건들 아래서는 상관관계들과 정합성이 나타나게 된다. 이제 프리고진과 스텐저스는 이 책의 중요한 결론

3 비가역성: 시간의 화살이 무질서를 내포한다는 것.

하나에 다다른다. "거시적 물리학의 수준이건 요동들의 수준이건 또는 미시적 수준이건 간에 모든 수준들에서 **비평형은 질서의 근원**이라는 것이다. **비평형은 '혼돈으로부터의 질서'를 가져오는 것이다.**"

토플러는『혼돈으로부터의 질서』를 높게 평가한다. "이 책은 공부하며, 음미하며, 다시 읽어야 할 책이다." 일반 독자를 위한 과학 교양서라지만 좀 어렵다. "어떤 문장들은 과학적 훈련이 없는 독자들에게는 너무 전문적이다."(토플러) 나 역시 내용을 따라잡기가 쉽지 않았다. 하여 월러스틴의 명료한 간추림을 인용하는 것으로 글을 마무리하겠다.

먼저, 프리고진이『확실성의 종말』에서 반복한 이 책의 결론이다. "①(시간의 화살과 연관된) 비가역과정은 물리학의 기본 법칙이 묘사하는 가역과정만큼 실재한다. 즉 그것들은 기본적인 법칙들에 부가된 근사치에 조응하지 않는다. ②비가역과정들은 자연에서 근본적으로 어떤 건설적인 역할을 한다." 다음은 월러스틴이 묘사한 '과학자이자 인문학자이자 학자였던' 프리고진이다.

"(화학자로 훈련받은) 프리고진은 '소산과정들'에 관한 작업으로 1977년에 노벨상을 받았지만, 사실은 떠오르는 광범위한 영역인 '복잡성 연구'에 핵심적인 비평형과정의 물리학 분석에서 주도적이었기 때문에 상을 탄 것이다. 게다가 그는 연구를 계속함에 따라 더 대담해졌다. 그는 더 이상 단순히 비평형과정이 평형과정에 **더해서** 존재한다고 주장하지 않았다. 그는 〔오히려〕 평형과정이 물리적 실재의 매우 특수하고 **예외적인** 사례이며, 그 점이 바로 고전물리학의 본령인 역학적 계界들에서 증명될 수 있음을 매우 분명히 말하기 시작한 것이다."

30

과학적 입장은 충실하되 사회적 인식은 옅은

마크 마슬린의 『기후변화의 정치경제학』

뚜렷한 사계절이 긴 여름과 겨울, 짧은 봄과 가을로 바뀌고 있지만 우리에게 지구온난화Global Warming는 남의 일이다. 존재가 의식을 규정한다. 어쩔 수 없는 이 사회의 구성원인 나는 어쩔 수 없이 지구온난화가 야기하는 생존의 위협에 시큰둥하다. 그래도 지구온난화가 문제라고는 여겼다. 스멀스멀 지구온난화 회의론을 무시할 수 없다는 생각이 들기도 한다.

영국의 기후학자 마크 마슬린의 '지구온난화에 대한 초 간략 입문서 2판A very short Introduction : Global Warming - 2nd'은 역설적으로 회의론에 무게를 실어 준다. 『기후변화의 정치경제학—지구온난화를 둘러싼 진실들』(조홍섭, 한겨레출판, 2010)은 「서문」의 첫 문장부터 시답지 않다. "서문을 쓸 때 참 좋은 건 아무도 내용을 읽지 않는다는 사실이다." 이런 식의 넘겨짚기는 불쾌할 뿐이지만, 그렇다고 저자가 우려한 대로 책을 집어던질 정도는 아니었다. 이어지는 '제멋대로의 과격한 서문'은 대책이 없지만.

마크 마슬린이 전하는 지구온난화와 관련한 기본 지식은 나의 무지를 덜어 준다. 온실효과의 이치랄까, 지구가 더워지는 원리는 이렇다. 지구의 온도는 지구로 들어오는 태양 에너지와 반사돼 나가는 에너지의 차이가 결정한다. 이 과정에서 수증기, 이산화탄소, 오존, 메탄, 아산화질소 같은 대기 속의 온실가스는 중요한 역할을 한다. "태양에서 받아들이는 에너지는 단파장의 복사 형태를 띤다. 가시광선과 자외선이 그것이다."

태양 복사 에너지의 3분의 1은 반사돼 우주로 나간다. 나머지 일부는 대기가, 대부분은 땅과 바다가 흡수한다. "이렇게 해서 더워진 지구 표면은 파장이 긴 적외선을 방사한다. 온실가스는 우주로 빠져나가는 이 장파장 복사의 일부를 붙잡아 다시 지구 표면으로 방사하는데, 이 과정에서 대기를 덥힌다." 현재로선 온실가스 가운데 이산화탄소의 비중이 제일 높다. 따라서 "지구온난화 가설에서 최대의 문제는 지구 기후가 대기 중 이산화탄소 수준이 증가함에 따라 얼마나 민감하게 반응하는지를 이해하는 것이다."

이 책의 핵심은 지구온난화가 초래할 기후변화다. "지역적 · 지구적 기후변화"란 "외부적 · 내부적 강제력이 미치는 데 대한 대응"을 말한다. 내부적 강제력 메커니즘으로는 온실효과를 조절하는 대기 중 이산화탄소 농도의 변화를 꼽을 수 있고, 외부적 강제력 메커니즘으로는 지구 공전 궤도의 장기 변화를 들 수 있다. 마크 마슬린은 지구온난화와 자연적인 기후변화를 구분할 필요성을 제기한다. 또 그는 기후변화가 과학의 문제일 뿐 아니라 지구촌 사회의 문제라고 철썩같이 믿는다.

"많은 이들이 문제 삼으려는 것도 사실은 알고 보면 압도적으로 강력한 과학적 입장, 곧 지구온난화는 벌어지고 있으며 인간의 활동이 그 변화의 주원인이라는 내용이다." 지구온난화의 주된 지표 세 가지는 온도, 강수량, 해수면 높이다. 다음 100년 안에, 그러니까 21세기에 지구온난화로 발생할 가능성이 있는 '예측 못한 일' 네 가지는 "이런 일이 과연 일어날지, 언제 일어날지, 또 설사 일어난다 해도 어떤 결과를 초래할지 전혀 모른다는" 단서가 붙어 있다.

그 첫째는 그린란드와 남극 얼음의 용융鎔融이다. 결과는 매우 심각하다. 이곳의 얼음평상이 완전히 녹았을 때 해수면 상승은 "그린란드 약 7미터, 남극 서부 약 8.5미터, 남극 동부 약 65미터"에 이른다. 모든 산악의 빙하가 녹았을 때 해수면이 상승하는 폭은 0.3미터다. 둘째, "지구온난화는 북대서양 심층수의 붕괴와 따뜻한 멕시코만류의 약화를" 가져올 것이다. 이로 인하여 유럽의 겨울은 몹시 추워진다.

셋째, "지구온난화의 영향으로 바다와 동토凍土를 가열하면 가스 수화물이 붕괴해 엄청난 양의 메탄을 대기 속으로 뿜어낼 것이다. 메탄은 이산화탄소보다 21배나 강력한 온실가스다." 가스 수화물gas hydrate은 물과 메탄의 혼합물로 낮은 온도와 높은 압력 때문에 고체 상태를 유지하고 있다. 넷째, 대기 속의 오염 물질을 걸러 주는 "아마존 우림이 미래에 불타버려 지구온난화를 가속하고 생물다양성을 파괴할 가능성도 있다"고 한다.

마크 마슬린이 강조하는 기후변화를 섭씨 2도로 억제하기 위한 유일한 방안은 이산화탄소 배출량을 삭감하는 지구 전체의 구속력 있는 합의다. 그는 교토의정서를 주요한 진전으로 평가하면서도 한계 또한 지적한다. 교토의정서는 원대하지 못하고, 집행력이 없으며, 미국이 의정서를 비준하는 데 동의하지 않았다.

그런데 그가 제시하는 대안은 교토의정서보다 설득력이 떨어진다. "글쓴이가 기술적 해결책에 지나치게 낙관적인 점은 받아들이기 힘들다."(「옮긴이의 말」) 마크 마슬린은 착한 자본주의가 우리를 구제할 거라 보는 듯싶다. "검증된 철강이나 콘크리트만을 사기로 합의하면 된다"나! 경제발전이 지구온난화를 '치유'하는 '동종요법'이라도 되는 양 부각한 것은 이해하기 어렵다. "가장 큰 위험에 놓인 지역의 경제개발이야말로 다음 세기에 지구온난화의 영향을 줄이기 위한 자원을 제공하는 데 핵심 요소이다." "발전은 병의 효율적인 감시를 하게 해주며, 자원은 모기와 그 번식지를 박멸하는 강력한 실천을 가능하게 해준다."

지구 온도는 산업혁명을 기점으로 가파르게 상승하고 있다. 지구온난화는 산업물질문명의 반작용인 셈이다. 하지만 마크 마슬린은 현재 누리고 있는 삶의 질은 포기하지 않은 채 난관을 극복하려고 한다. 승용차의 탄소 배출은 에너지 효율을 높이는 것이 최선의 방책이다. 승용차를 포기할 뜻은 전혀 없다! 그는 선진국 사람들이 지속 가능하지 않은 현재의 생활양식에 의문을 던져야 한다는 '당위'와 휴대전화나 컴퓨터가 없어선 안 된다는 '현실' 사이를 갈팡질팡한다.

"이 책은 지구온난화 가설을 둘러싼 논쟁들을 하나씩 풀어내어, 독자들이 이 주제에 관해 더 많은 책을 찾아 읽도록 이끌려는 의도를 갖고 있다."(「들어가며」) 나는 우리말로 번역된 이 책 권말의 「더 읽을거리」 열 권은 별 관심 없다. 외려 좌충우돌하는 덴마크 통계학자 비외른 롬보르의 『쿨 잇—회의적 환경주의자의 지구온난화 충격 보고』(김기응 옮김, 살림, 2008)와 로이 W. 스펜서의 『기후 커넥션—지구온난화에 관한 어느 기후 과학자의 불편한 고백』(이순희 옮김, 비아북, 2008)에 관심이 가니, 이를 어찌 하면 좋으랴!

31

독일적인 너무나 독일적인

에른스트 페터의 『막스 플랑크 평전』

"막스 플랑크를 아십니까?" 이 책 뒤표지 커버의 물음이다. 나는 이 책의 주인공인 독일의 물리학자에 대해 아는 게 별로 없었다. '과학사의 플랑크 원칙'에 호감을 가졌을 정도다. 이 원칙은 독일의 과학사학자 겸 시사평론가인 에른스트 페터 피셔의 『막스 플랑크 평전』(이미선 옮김, 김영사, 2010)에도 나온다. "과학의 새로운 진리는 상대편을 설득하고 계몽시킴으로써 관철되는 것이 아니라, 오히려 상대편이 점차 사라지고, 자라나는 세대가 처음부터 진리를 잘 알고 있음으로써 관철되곤 한다."

사실, 나는 이 '훌륭한' 이론물리학자의 온전한 이름을 그의 평전에서 처음 안다. 막스 카를 에른스트 루트비히 플랑크(Max Karl Ernst Ludwig Planck, 1858~1947). 플랑크 이름에는 『프로테스탄티즘의 윤리와 자본주의 정신』의 베버, 『자본』의 마르크스, 『희망의 원리』의 블로흐, 그리고 악성 베토벤이 있다. 이름에서 보듯 막스 플랑크는 독일적이다. 그것도 지나치게. 그래서일까. 아내와 자녀 넷을 앞서 보낸 그의 불행보다 '마녀사냥'에 시달린 미국의 물리학자 로버트 오펜하이머의 고난에 더 연민을 느끼는 것은.

반면 두 사람을 다룬 평전은 제레미 번스타인의 『베일 속의 사나이 오펜하이머』(유인선 옮김, 모티브북, 2005)보다 『막스 플랑크 평전』의 밀도와 수준이 더 높다. 이러한 차이점은 분량의 많고 적음에 따른 것은 아니다. 『막스 플랑크 평전』의 색다른 구성에서 연유하는데, 에른스트 페터 피셔는 막스 플랑크의 생애와 그 시대 과학의 흐름을 균등하게 다룬다. 이론과 실제의 결합은 효과적이다.

플랑크의 삶과 맞물린 과학의 역사는 단지 배음을 이루거나 시대적 배경으로 그치진 않는다. "플랑크의 생애 동안 과학은, (약간의) 결정론적 법칙과 함께 (훨씬 많은) 미래 사건의 예측 가능성을 (훨씬 덜 결정적인) 새로운 빛으로 감싸는 통계적 법칙이 있다는 것을 발견했다." 때로 에른스트 페터 피셔는 시야를 좀더 넓힌다. "필자와 이 책을 읽을 독자들 중 일부가 부분적으로는 함께 경험했을 전후戰後 세계에 관심이 있는 사람이라면, 서양 역사에 가장 드라마틱한 한 시기가 이 책에서 펼쳐지는 것을 볼 것이다."

나는 기본적으로 학문을 전달하는 것은 어렵다는 막스 플랑크의 견해를 '받든' 에른스트 페터 피셔의 다음과 같은 주장에 동조한다. "'과학에 대한 대중의 이해'가 아니라 '과학에 의한 일반적인 이해'가 중요하다." 피셔는 또한 그럼에도 불구하고 기꺼이 대중 앞에 나섰던 플랑크의 선례를 따른다. 아니, 그는 더 적극적이다. 하지만 피셔가 펼치는 '과학에 의한 일반적 이해'는 꽤 까다롭다. 책을 읽으면서 한국어판에 부록으로 「양자가설에 대하여」(박병철)를 덧붙인 까닭을 자연스레 알게 된다.

막스 플랑크는 작용양자의 창안자다. 양자역학과 양자물리학을 낳은 플랑크의 양자이론은 "눈에 보이는 빛의 파동이나 눈에 보이지 않는 열복사 모두 속하는 전자기파의 에너지는 불연속의 덩어리 형태로만 존재한다는 가정"에서 출발한다. "그러한 작은 덩어리를 우리는 오늘날 프랑크의 제안에 따라 '양자Quantum, 量'라고 부른다." 또한 "플랑크는 그의 이론에서, 주어진 진동수와 함께 진동하는 파동은 그 진동수에 비례하는 에너지를 사용한다고 덧붙였다." 이를 공식으로 표현하면 이렇다.

$$E=h\cdot\upsilon$$

"우리는 이 공식을 'E는 에이치 뉴'라고 읽는다." 뜻하는 바는 "한 파동의 에너지는 그의 진동수에 비례한다"는 의미다. h는 프랑크 상수(작용의 양자도약)이며, 그리스 알파벳 υ는 빛의 진동수를 표시한다. 그런데 $E=h\cdot\upsilon$와 아인슈타인의 전설적인 공식 $E=mc^2$에서 "물리학적 정교함에 주의를 기울이지 않은 채 두 에너지를 동일시한다면 다음과 같은 기이한 관계가 도출"된다.

$$h\cdot\upsilon=mc^2$$

"이 관계는 하나의 진동수가 하나의 질량 m에 편입될 수 있다는 사실을 확증한다. 에너지가 진동수에 비례한다면 그것은 질량일 수도 있다. 이러한 동일시는 하나의 질량 입자가 파동으로 나타날 수 있음을 분명히 밝혀 준다. 이것은 1905년에 사람들이 충격으로 받아들였듯 상식 밖의 생각이었다. 하지만 이 생각은 놀랍게도 20년이 지난 뒤에는 '옳다'고 인정되었고, 원자물리학과 그 기반에 놓여 있는 이론을 철학적으로 중요한 사건이 되도록 만들었다."

1920년대 중반, 물리학자들은 양자역학을 원자적 실재Realität에 대한 모순 없는 이론으로 공식화하는 데 성공한다. 이로써 양자이론은 실험 자료들을 적합하게 설명하는 것에 더하여 새로운 세계관을 밝혀주게 된다. 그러면 막스 플랑크는 어떤 사람이었을까? 플랑크의 인간적 면모를 살펴보면, 먼저 그는 학파 같은 것을 만들지 않았다. 막스 플랑크는 각기 '세력'을 형성한 어니스트 러더퍼드, 닐스 보어, 아르놀트 조머펠트 같은 동시대 물리학자들과 달랐다.

막스 플랑크는 자신의 학생들과 대학 직원 및 동료학자들의 삶에 관심을 기울인 친절한 사람이었다. 플랑크가 발탁한 여성 물리학자 리제 마이트너는 '아버지 프랑크'라고 말할 정도였다. "한편으로 사람들은 불필요한 자기표현을 위해 쓸데없이 발언하지 않는 플랑크의 겸손함을 높이 샀"다. 하지만 "우리 앞에 제시되어 있고 우리 없이도 계속되는, 실제로 존재하는 현실을 믿는다는" 플랑크식 현실주의는 따져볼 필요가 있다.

제2차 세계대전 동안 플랑크는 그의 조국에 남았다. 독일에서야 플랑크는 당연히 애국자다. 우리는 나치에 협력하진 않았어도 독일 과학의 명맥이 끊어질까 노심초사했던 그를 어찌 봐야 하나? "우리가 살고 있는 공간은 유한하다. 하지만 한계는 없다." 거꾸로 우리가 사는 공간은 무한하되 한계가 있는 걸까? 객관적인 학술적 고찰을 하면, 인간의 의지는 결정론적이지만 "자의식의 주관적 관점에서 보면, 인간의 의지는 자유롭"기 때문인가? 이도저도 아니면 "물리학이 다루는 것은 불연속의 원자"라서? 나는 히틀러와 독일역사의 관계에선 연속성을 중시하는 고전물리학의 세계관을 견지한다. 어쨌거나 『막스 플랑크 평전』은 막스 플랑크보다 매력적인 단단한 책이다.

32

인간 행동을 예측하는 물리학

A. L. 바라바시의 『버스트—인간의 행동 속에 숨겨진 법칙』

『버스트』(강병남 · 김명남 옮김, 동아시아, 2010)는 픽션과 역사와 과학을 절묘하게 결합한 '사이언스 팩션'이라 그런지 아주 재미나다. 루마니아계 헝가리인 물리학자 앨버트 라슬로 바라바시(Albert-László Barabási, 1967~)는 내전으로 비화한 16세기 초 십자군 이야기와 새로운 과학적 패러다임인 휴먼 다이내믹스Human Dynamics를 넘나든다. 그런데 바라바시는 내가 생각하던 그런 물리학자가 아니다. 고전물리학자가 다시 나타난 건 물론 아니다. 그가 파고드는 주제는 내가 아는 물리학의 상식적 범주를 벗어난다.

바라바시는 언뜻 인간행동학을 추구하는 것으로 보인다. 그렇지만 관찰을 통해 인간의 행동을 탐구한 동물학자 데즈먼드 모리스와 거리를 둔다. 모리스는 사람의 몸짓에 주목했다. 바라바시의 관심사는 인간의 역학 관계다. "인간 역학을 연구하는 사람들은 사람들이 그런(행동 패턴의) 규칙성을 드러내는 이유가 무엇인지, 언제 어디에서 그런 규칙성이 드러나는지 알고자 하며, 그러기 위해서 모형들과 이론들을 개발한다." 바라바시도 "인간 행동 연구"라는 표현을 쓴다. 그는 인간의 이동성을 연구한다. 인간 행동의 예측가능성이 그의 주된 관심사다. "미래 위치 예측에는 과거 행적에 대한 접근성이 관건"이다.

인간의 행동을 예측하는 게 가능한 까닭은 삼라만상에 내재한 '폭발성bust' 덕분이다. 폭발성을 내 나름으로 해석하면, 그것은 '뜸한 만남의 법칙'이라 할 수 있다. 만남이 뜸한 사람을 한 번 보면 곧 다시 보게 된다는. 얼마 전, 거의 10년 만에 중학교 동창을 만났다. 한 달 남짓 지나 인천 문학야구장에서 그 친구와 마주쳤다. 그날 경기는 우천으로 취소되었다. "우리들 인생의 매력은 소소한 세부 사항에 있을지 몰라도, 과학의 장기는 결국 일반적인 것과 보편적인 것을 밝혀내는 것이다. 인간의 행동을 고찰할 때도, 우리의 목표는 결국 보편적 성질을 밝혀내는 것이다." 내가 언제 야구장을 찾을지는 예측하기 어렵다.

미국에서 활동하는 바라바시는 "자신의 뿌리에 각별한 애정을 가지고 있다. 저자의 이름을 헝가리식으로 올바로 발음하면 '얼베르트 라슬로 버러바시'가 된다. 독자들의 혼동을 피하기 위해 표지에는 기존에 알려진 대로 영어식으로 표기하였다."(앞표지 날개) 「감사의 말」에는 비영어권 이름이 수두룩하다. 본문에 나오는 낯선 이름 중에선 단연 '죄르지 도저 세케이'가 인상적이다. 세케이는 '불세출의 영웅'은 아니어도 '난세의 영웅'은 된다. 그는 16세기 초 트란실바니아에서 꾸려진 십자군 원정대 지휘관이다. 하지만 십자군 원정을 작파하고 내전을 이끌게 된다.

바라바시가 세케이의 숨은 정체를 탐색하는 과정은 흥미진진하다. 바라바시는 세케이의 과거 행적이 담긴 편지를 2007년 너지세벤의 문서 보관소에서 열람한다. 바라바시는 1507년 한 헝가리 귀족이 어느 세클레르 전사에 관해 썼던 라틴어 편지의 후반부를 주의 깊게 읽는다. 트란실바니아 부총독이자 세클레르의 자작 헤데르퍄여의 레나르드 버를러바시가 "강도짓을 저지른 사람은 다름 아니라 머로시 주 머크펄버 출신의 세클레르 기사 죄르지 도저"였다고 적음으로써, 문자 기록으론 역사상 최초로 죄르지 도저 세케이를 세상에 소개했다는 것이다. 그런데 레나르드 버를러바시는 '얼베르트 라슬로 버러바시'의 선조다. "레나르드 버를러바시의 손자인 발린트는 세클레르 영토의 심장부에 위치한 작은 마을 에헤드에 땅을 얻었는데, 그곳에서 내 할아버지 얼베르트가 1909년에 태어났다. 그 무렵, 버를러바시Barlabási라는 이름에서 혀를 꼬이게 만드는 l이 떨어져 나갔고, 우리 집안의 성은 버러바시Barabási로 바뀌었다."

아무튼 세케이는 내전에서 장렬한 최후를 맞는다. 그의 처형 장면은 참으로 끔찍하다. "이후 오랫동안, 죄르지가 숨을 거둔 장소에는 순례자들이 모여들었다." 하지만 19세기까지 대부분의 역사학자들은 죄르지 세케이를 경멸할 만한 범죄자로 다뤘다. "과거의 역사학자들은 지나간 시절을 낭만적으로 그리워하는 귀족이나 사제가 대부분이었기 때문이다." 19세기로 들어서면서 역사학자들은 세케이를 있는 그대로 평가하기 시작한다.

"죄르지 도저 세케이는 이제 무모한 불한당이나 괴물이나 기회주의자가 아니라 지나치게 큰 꿈을 꾸었던 혁명가로 여겨지기 시작했다. 빈곤한 대중에게 유리한 방향으로 기존 질서를 바꾸려고 싸웠던 사람으로 인식되었다. 갑자기 그의 입장을 지지하는 소설과 희곡과 시가 홍수처럼 쏟아졌고, 역사책들은 그를 우호적으로 평가하는 방향으로 다시 쓰였다. 그런 글이 한 줄 한 줄 쓰일 때마다 그는 점점 더 실제보다 부풀려진 존재가 되었고, 오늘날에는 거의 신화적 존재가 되었다."

이 책은 주연과 조연이 여럿이다. 비중 있는 조연급인 티모시 에드워드 더럼은 1990년대 초반 아동 성폭행 혐의로 3,220년 형을 선고받았다. 누명을 쓴 더럼은 혐의가 풀려 5년 만에 석방되었지만, 미국 교도소 내 위계 서열의 맨 밑바닥인 아동 성추행범이었던 그는 동료 죄수들한테 두들겨 맞아 갈비뼈에 금이 가기도 했다. 더럼에게는 결정적인 알리바이가 있었으나, 배심원단은 이를 인정하지 않았다. 배심원 한 명이 평균 80% 확률로 진실을 가려낸다고 가정할 때 배심원 12명이 실수할 가능성은 재판 5억 번 중 한 번꼴이다.

영국의 수리기상학자 루이스 프라이 리처드슨(1881~1953)은 주연급이다. 바라바시는 리처드슨이 남긴 책 두 권을 눈여겨본다. 우선 『수치 처리에 의한 일기 예측』은 물리학과 수학만으로 날씨를 예보할 수 있다는 내용을 담았다. 리처드슨의 날씨 예측은 매우 부정확했다. 정확도가 높아진 현재의 날씨 예측 기법은 리처드슨의 방법론에 기반하고 있다. 다음은 리처드슨의 『사투의 통계학』에 관련된 바라바시의 주석이다.

"전 세계적 평화가 임박했다는 바람이 망상에 불과하다는 것을 보여 준 연구가 있었다. 1400년에서 1999년 사이에 벌어진 분쟁들 중에서 사망자가 32명이 넘는 모든 사건들을 목록화한 연구였다. 가령 1514년의 십자군 사건도, 1995년의 도쿄 신경가스 테러도 포함되었다. 분석 결과, 그 600년 동안 폭력적인 충돌의 수는 줄어드는 경향도, 늘어나는 경향도 없었다. 전쟁의 시기는 무작위적이며, 폭력이 더 줄어들거나 더 늘어나는 역사적 경향성 같은 것은 없다는 리처드슨의 결론을 지지하는 결과였다." 그나저나 이 책, 과학책 맞나?

33

생명엔 미리 정해진 목적이나 계획 따윈 없다

스티븐 제이 굴드의 『생명, 그 경이로움에 대하여』

독서는 계기가 중요하다. 책에, 독서에 처음 빠져드는 것부터 그렇다. 아무리 사소할지라도 어떤 계기가 있어야 한다. 읽을 책을 고르는 것 또한 마찬가지다. 손에 잡히는 대로 읽는 무작정한 마구잡이식 책읽기는 흔치 않은 일이다. 하다못해 베스트셀러라는 손쉬운 계기라도 붙잡아야 한다. '(읽은) 책이 (읽을) 책을 낳는다'는 독서 속설에 기대는 게 매우 바람직하긴 하다.

"찰스 다윈 이후 가장 잘 알려진 생물학자"(출처는 아마도 〈뉴스위크〉) 스티븐 제이 굴드(Stephen Jay Gould, 1942~2002)는 내가 제일 좋아하는 과학자다. 나는 그를 꽤 일찍 만났다. 나는 굴드의 책 가운데 맨 먼저 우리말로 번역된 『다윈 이후』(홍동선 · 홍욱희 옮김, 범양사출판부, 1988)를 출간 한 달이 채 안 된 시점에서 구입했다. 어째서 이 책을 골랐는지는 잊었지만, 이 책을 통해 스티븐 제이 굴드의 세계에 이르게 진입하는 행운을 누렸다. 『다윈 이후』는 내가 첫손꼽는 멋진 번역서다. 번역문이 유려한 이 책을 2009년 사이언스북스에서 다시 펴냈다.

이렇다 할 계기를 마련하지 못해 뒤늦게 읽은 『생명, 그 경이로움에 대하여Wonderful Life』(김동광 옮김, 경문사, 2004)는 『다윈 이후』 못잖게 아름답다. 〈내추럴 히스토리〉 연재 칼럼을 엮은 굴드의 다른 책들과 달리 『생명, 그 경이로움에 대하여』는 "특정 주제에 초점을 맞추어서 한 권을 모두 할애"(「옮긴이의 글」)한 전작全作이다. 버제스 혈암Burgess Shale을 다룬 그의 모노그래프이기도 하다.

굴드는 「서문 및 감사의 글」에서 "과학적 개념은 그 모든 풍부함과 다의성多義性을 타협이나 왜곡으로 간주될 수 있는 단순화 없이 지성을 가진 모든 사람들에게 이해될 수 있다"고 말한다. 과학적 훈련을 받지 않은 일반인에게 과학의 신비화를 조장할 수 있는 전문 용어를 다른 적절한 말로 바꿀 순 있어도 "전문적인 저작과 일반인을 위한 해설서 사이에서 개념상의 깊이가 달라지면 절대 안 된다." 그런데 이 책에 자주 나오는 '혈암'에 대해 별다른 설명이 없다. '모노그래프'에 관한 내용은 퍼뜩 와 닿지 않는다.

인터넷에서 검색한 '혈암頁巖, shale'의 뜻풀이는 이렇다. "점토가 퇴적되어 고화된 암석 중 특히 어떤 방향에 연하여 판상으로 일어나기 쉬운 암석을 말함. 이암泥岩이 가벼운 광역변형 작용을 받아 생기는 경우가 많음. 고생대의 퇴적암에서 많이 볼 수 있음."(토질 및 기초기술사 자료방cafe.daum.net/togimo) 버제스 혈암은 "5억 3천만 년 전의 해저에 살던 구접스러운 작은 동물들"을 '품고' 있다.

'모노그래프monograph'의 사전적 의미는 "(특정 단일 소분야를 테마로 한) 연구논문, 전공논문"이다. 굴드가 말하는 모노그래프는 다음과 같다. "우리가 하는 분류는 이러한 계통 순서를 반영하는 것이다. 따라서 분류학이란 진화적인 배열의 표현인 셈이다. 그러한 노력을 위한 전통적 매체가 모노그래프이다.—즉, 사진, 그림, 공식적인 분류명

등이 기술된 모노그래프이다. 대개 모노그래프는 전통적인 학술지에 발표하기에는 지나치게 길다."

모노그래프적인 연구는 기술記述 중심인 듯싶다. 그리고 세부적이다. "버제스 이야기가 아름다운 것은 그 세부적인 사실 때문이다. 여기서 말하는 세부란 해부학적인 세부이다. 물론 독자들은 해부학적인 설명을 읽지 않고 건너뛰어도 이 책이 전하려는 일반적인 메시지를 얻을 수 있을 것이다. ― 그러나 가능하면 그렇게 하지 않기를 바란다. 해부학적 내용을 건너뛰면 여러분은 버제스 드라마의 빼어난 아름다움과 강렬한 흥분을 충분히 이해할 수 없을 것이다."

굴드가 이 책을 쓴 목적은 크게 세 가지다. "첫째, 이것이 가장 중요한 것인데, 이 책에 들어 있는 재해석의 표면적인 평온함 뒤에 감추어진 치열한 지적 드라마의 연대기이다. 둘째, 그 피할 수 없는 함축으로 역사의 본질, 그리고 인류가 진화하지 않았을지도 모른다는 무서운 가능성을 암시한다는 점이다. 그리고 세 번째 주제는 이처럼 근본적인 연구 계획이 왜 지금까지 사람들의 관심을 끌지 못했는가라는 수수께끼에 대한 것이다."

'월코트의 구둣주걱Walcott's shoehorn'이 아는 만큼 본다는 것의 한계를 드러낸다면, 버제스 동물군에 대한 재해석은 보고 또 살펴봐야 제대로 안다는 점을 입증한다. '월코트의 구둣주걱'은 1909년 미국의 고생물학자 찰스 두리틀 월코트가 캐나다 브리티시컬럼비아 주 요호 국립공원 내의 로키 산맥 고지대에서 발견한 버제스 혈암의 무척추동물군과 관련 있다. "그것은 월코트가 버제스 동물군의 모든 속屬을 이미 알려진 주요 그룹에 억지로 밀어 넣기로 한 무모한 결정을 뜻하는 말이다." 전통적인 생명관에서 직접적으로 발생한 월코트의 잘못된 해석은 50년 넘게 아무런 도전을 받지 않았다.

1970년대 모노그래프에 의한 버제스 혈암의 재검토 연구 프로그램은 영국 고생물학자 셋이 주도한다. 케임브리지 대학 지질학 교수 해리 휘팅턴과 그 휘하의 대학원생 사이먼 콘웨이 모리스와 데렉 브릭스가 그들이다. 세 사람은 1980년대까지 이어진 연구에 엄청난 시간과 노력을 들였다. 그들은 월코트가 발굴한 화석표본 8만 점을 꼼꼼히 살폈다. 휘팅턴은 버제스 혈암에서 가장 흔하게 나오는 마렐라속屬, Marrella 연구에만 꼬박 4년을 바쳤다. 굴드는 이 세 사람을 최초의 노벨상 고생물학 부문 수상자로 선정하는 데 주저하지 않았다. 노벨상에서 고생물학 부문은 아직 없지만. 이제 보니 고생물학은 대단히 실증적인 학문이다.

이 책을 읽게 된 계기는 크리스토퍼 히친스의 『신은 위대하지 않다』(김승욱 옮김, 알마, 2008)였다. 히친스가 그의 책에 인용한 대목의 일부를 원저에서 옮겨 적는다. "생명의 테이프를 버제스 시대까지 되감아서 다시 재생해 보자. 만약 이 재생에서 피카이아가 살아남지 않는다면, 우리는 미래의 역사에서 말소된다.—상어에서 시작해서 개똥지빠귀와 오랑우탄에 이르기까지 모두가 사리지는 것이다. 또한 오늘날까지 밝혀진 버제스 증거를 고려할 때, 어떤 도박사도 피카이아가 계속 생존하는 쪽에 내기를 걸었으리라고는 생각하지 않는다." 스티븐 제이 굴드의 오랜 팬인 내게도 이 책은 경이로움 그 자체다.

34

생산현장의 위험천만한 독성물질

폴 D. 블랭크의 『생활용품이 우리를 어떻게 병들게 하나』

폴 D. 블랭크의 『생활용품이 우리를 어떻게 병들게 하나*How Everyday Products Make People Sick: Toxins at Home and in the Workplace*』(박정숙 옮김, 에코리브르, 2010)는 한국어판 뒤표지의 상찬賞讚을 받고도 남을 만한 필생의 역저力著다. "우리 시대에 상당히 열띠고 중요한 환경과 직업 건강 문제를 탁월하게 통합한 책. 폴 블랭크는 직업병의 오랜 역사와 함께 지금 우리가 사는 곳에 깃든 유독 환경을 냉철하게 바라보도록 안내한다."(데이비드 로스너, 『속임과 부정*Deceit and Denial*』의 저자)

폴 D. 블랭크Paul D. Blanc는 산업의학자다. 누군가 그의 직업을 물으면 그는 '산업의학'이라 답한다. 그러면 대개 어색한 침묵이 흐르는데 이를 깨기 위한 설명을 덧붙인다. "사람들이 직업이나 환경오염 때문에 걸리는 질병을 치료하는 일이지요." 말하자면 그는 독성물질 관련 산업재해 전문가다. "이 책은 법을 우습게 아는 제조업자만큼이나 해로운, 평범하면서도 예외적이지 않은 제품에 대한 이야기다. 그것은 우리 주변에서 일상적으로 쓰는 갖가지 생활용품에 동반되는 이야기다. 부엌 서랍 안에 있는 접착제, 세탁실 선반에 놓인 표백제, 옷장에 보관된 레이온 스카프, 문에 달린 놋쇠 손잡이 또는 베란다 널빤지 등등.”

블랭크는 우리 환경 내부에서 사실상 ‘새로운’ 것을 대상으로 하는 단순하면서도 부정확한 가정들 중 몇몇을 되짚는 것으로 말문을 연다. 그것은 최근 시작된 것처럼 보이는 초근대 목록들인 수질오염과 대기오염, 일터와 학교에 존재하는 석면 섬유, 손목굴 증후군, 빌딩 증후군, ‘탈진burnout’ 등으로부터 출발한다. 손목굴 증후군은 ‘오래된 것이 다시 새로워진’ 적절한 사례다. 손목굴 증후군과 유사한 ‘반복 사용 긴장성 손상 증후군’에 대한 증거는 문서화된 인류 역사 곳곳에 존재한다.

오염 책임자들은 크게 네 가지 전략으로 규제 조치를 허물어뜨린다. 먼저 ‘사실을 입증하기에는 정보가 불충분하다’는 비난은 우리에게 익숙한 그들의 공격적 방어 전략이다. 둘째, ‘희생자 비난하기’ 역시 선례가 많다. 셋째는 ‘기계파괴자’ 같은 딱지를 붙여 몰아세운다. 끝으로, 시장이라는 ‘보이지 않는 손’에 도움을 요청하는 것은 보호 규제에 반대하는 가장 현대적인 방식이다.

이러한 책임 회피 전략이 아무리 효과적일지라도 블랭크의 엄정한 진단까지 비켜갈 순 없다. 기업의 자율 규제와 “자유방임주의 보호는 전적인 실패로 판명되었다. 오랫동안 기업 이익을 명분으로 방해받았지만, 오직 철저한 금지만이 공공 안전을 위한 적정 한계선을 제공했다.” 또한 블랭크는 통제권 바깥에서 이익을 얻었던 무리들의 최후 발악이 가져올 여파를 우려한다. “궁극적으로 보면 보호 장치가 가동된다 해도 정작 실행되는 부분은 매끄럽지 않을 것이고, 그것이 고장난다 해도 대체품이 없을 것이다.”

접착제를 다룬 부분은 기초화학 지식 밑천이 풍부하다. 콜라겐collagen은 단백질 폴리머polymer, 重合體, "다시 말해서 반복적 아미노산 배열이 기본 구조인 분자들의 특정한 범주"다. 셀룰로오스cellulose는 자연계에서 발생하는 당糖의 아주 긴 중합체 스트링string이고, 셀룰로이드celluloid는 새로운 수지 물질 중에서도 가장 먼저 발명된 산업용 플라스틱인 나이트로셀룰로스nitrocellulose를 응용해 만든 영화 필름이다. 그런데 "나이트로셀룰로스와 셀룰로오스 아세테이트〔초산 섬유소醋酸纖維素〕는 진정한 인공 물질이 아니었다. 그것들은 평범한 천연 중합체인 셀룰로오스를 그저 사람들이 약간 변형시킨 물질에 불과했다." 유기 중합체 계열의 합성수지인 폴리염화비닐poly vinyl chloride 제품의 최초 상표명은 코로실Koroseal이었다. 코로실은 과학적 명칭으로 더욱 널리 알려졌고, 과학적 명칭은 머리글자인 PVC를 거쳐 비닐vinyl로 정착한다.

염소Cl, 鹽素의 발견은 과학사의 대단한 사건인 모양이다. "1774년 소금 '쪼개기'는 나름대로 그보다 150년이 지나서야 가능했던 핵분열만큼이나 위대한 과학의 전환점이었다." "염소는 화학이 성장하도록 돕는 강장제였다." 유기 화합물에 속하는 독성물질인 이황화탄소CS_2를 새롭게 발견한다. 이황화탄소는 우리의 가까운 과거와도 연관 있다. "한국 또한 이황화탄소 중독이라는 유행병을 경험해야 했다. 장기간에 걸쳐 심각하게 영향을 끼치는 사례가 넘쳐나자 한국 정부는 이황화탄소 중독을 전문으로 치료하는 특별 병원을 열었고, 1999년에는 무려 중독 환자 800명이 치료를 받았다."

공장 열mill fever이라고도 하는 '직업 열'은 위험사회의 한 증상이다. "직업 열은 곡물 먼지를 마시면서 일하는 농부, 환기구에서 나오는 오염된 공기를 흡입하는 사무실 노동자, 심지어 바닥에 건초를 깐 파티에 참석한 사람들도 똑같이 위험에 빠뜨린다." 대표적인 신흥 독성물질인 목재 방부재와 휘발유 첨가제가 꾸준히 발전한 궤도를 추적한 것도 흥미롭다. 아니, 충격적이다. 목재 방부재는 베트남에 살포된 고엽제와 한통속이었다. 목재 방부재 못잖게 위험한 독성물질인 가솔린 연료 첨가제는 뇌를 손상시켜 파킨슨병Parkinson's disease을 불러올 수 있다.

저자의 진보적 시각은 풍부한 내용과 함께 더욱 돋보인다. 블랭크에게 "목재 방부재에 관한 한 규제 기관들은 마치 단체로 무단결근을 한 것처럼 보였다." 직업과 환경 보호를 둘러싼 다툼은 "반드시 지속적으로 진보와 보수를 나누는 경계선이 존재하지 않는다." 그런 점에서 원시적인 공장 노동자 보호 정책안마저 맹렬히 비난한 19세기 영국의 개혁가 헤리엇 마티노Harriet Martineau의 보수적 행보와 가황 작업장에서 발생하는 이황화탄소 노출을 줄이는 것에 대한 프랑스 의사 오귀스트 델페시Auguste Delpech의 실용적 충고는 사뭇 대조적이다. 블랭크는 델페시 같은 선각자들에게 이 책을 바친다.

연도年度 두 곳서 오자가 났다. "1971년"(299쪽 첫줄)은 '1981년'이 맞고, "1975년"(309쪽 아래서 여덟 줄)은 '1795년'이다. 앞뒤 문맥과 관련 각주를 근거로 교정이 가능하다. 숫자를 하나 더 교정하면, 171쪽 맨 밑줄의 "세계대전"은 "2차"가 아니라 '1차'다.

35

과학 고전에 담긴 과학의 본질과 내용

가마타 히로키의 『세계를 움직인 과학의 고전들』

재직 중인 대학에서 학생들에게 '가장 수업 받고 싶은 교수'로 첫 손꼽히는 가마타 히로키鎌田浩毅는 화산학을 전공한 지질학자다. 그는 시대가 바뀔 때 중요한 역할을 한 과학 고전 가운데 14권을 골라 거기에 담긴 과학의 본질과 내용을 쉽게 풀었다. "과학자들의 연구와 발견이 어떻게 세계를 움직였는지, 즉 당대에는 어느 정도의 영향을 미치고 현대의 우리들에게는 삶에서 어떤 도움이 되고 있는지를 알기 쉽게 엮"었다.

'세계를 움직인 과학 고전'

가마타 히로키가 추린 『세계를 움직인 과학의 고전들』(정숙영 옮김, 이정모 감수, 부키, 2010)은 다음과 같다. 다윈의 『종의 기원』(송철용 옮김, 동서문화사), 장 앙리 파브르의 『파브르 곤충기』(전10권, 김진일 옮김, 이원규 사진, 정수일 그림, 현암사), 그레고르 멘델의 『식물의 잡종에 관한 실험』(신현철 옮김, 지만지), 제임스 왓슨의 『이중나선』(최돈찬 옮김, 궁리),

야콥 요한 폰 윅스퀼의 『생물로부터 본 세계』(미번역 추정), 이반 파블로프의 『대뇌 양 반구의 작용에 관한 강의』(미번역 추정), 레이첼 카슨의 『침묵의 봄』(김은령 옮김, 에코리브르), 갈릴레오 갈릴레이의 『시데레우스 눈치우스』(장헌영 옮김, 승산), 뉴턴의 『프린시피아』(전3권, 조경철 옮김, 서해문집), 아인슈타인의 『상대성 이론—특수 상대성 이론과 일반 상대성이론』(장헌영 옮김, 지만지), 에드윈 허블의 『성운의 세계』(미번역 추정), 가이우스 플리니우스 세쿤두스의 『자연사』(미번역 추정), 찰스 라이엘의 『지질학 원리』(미번역 추정), 알프레트 베게너의 『대륙과 해양의 기원』(김인수 옮김, 나남출판) 등이다.

이 책은 "이러한 과학 고전들의 역사적인 자리매김과 더불어 과학사뿐만 아니라 사상적, 철학사적 관점에서 그 의의를 설명하며, 어떠한 배경으로 그 책들이 등장할 수 있었는가에 대해 서술"한다. "구체적으로는 과학자와 과학책 소개, 관련 에피소드, 그 책이 세상에 미친 영향 등에 대해 썼으며 과학책의 핵심 내용"을 발췌했다. 칼럼과 '함께 읽으면 좋은 책'에 대한 소개를 덧붙여 현대 과학책을 두루 살펴볼 수 있다.

여기 소개된 과학 고전들의 책제목은 친숙하다. 하지만 이를 읽어본 독자는 드문 게 사실이다. 교토京都 대학 대학원 '명물 교수'는 "각각의 과학책에서 핵심이 되는 내용을 현대의 말과 글로 풀면서 현대인에게 도움이 되는 내용을 집어냈다." '명물 교수'는 자신의 책이 아득하게 여겼던 과학의 고전들과 좀더 친숙해지는 계기가 되길 바란다. 또한 그는 이 책이 독자들을 21세기 과학적 상식과 사고법의 물길로 인도하는 뱃사공이 되었으면 한다.

과학 고전 14권을 '생명을 이야기하는 책' '환경과 인간을 생각하는 책' '인간을 둘러싼 물리를 탐구하는 책' '지구의 신비를 밝히는 책'으로 나눠 서너 권씩 소개했다. 과학 고전 리뷰는 먼저 책을 쓴 과학자의 생애를 약술한다. 이어 과학 고전의 내용을 파악하고 그것의 의미를 따진다. 또한 과학적 · 사회적 · 역사적 의미를 짚는다. 과학 고전의 한 대목을 인용하며 다른 필자의 칼럼을 덧붙인다. '함께 읽으면 좋은 책들'로 마무리 짓는다.

과학 고전의 실체

분야별로 한 권을 골라 과학 고전의 실체를 살핀다. 『종의 기원』은 '생명을 이야기하는 책'이다. "『종의 기원』은 읽기 어려운 책이다. 읽다 보면 화도 나고 찰스 다윈이 미워진다. 다윈이 여러 가지 이유로 읽기 어렵게 쓴 까닭도 있지만 번역의 문제도 크다. 젊은 학자들이 새로 번역하고 있다고 하니, 일단은 좀더 기다려 보는 수밖에 없다. 다윈의 저서가 읽고 싶다거나 다윈과 친해지고 싶다면 우선 『찰스 다윈의 비글호 항해기』(샘터사, 2009)와 『나의 삶은 서서히 진화해 왔다』(갈라파고스, 2003)로 시작하기를 권한다. 종의 기원을 이해하는 데는, 사실 찰스 다윈의 원저보다 윤소영 중학교 생물 선생님이 풀어 쓴 『종의 기원—자연선택의 신비를 밝히다』(사계절, 2004)가 더 좋다. 찰스 다윈보다 종의 기원을 훨씬 더 쉽고 재미있게 설명한다."('함께 읽으면 좋은 책들'에서) 아무래도 '함께 읽으면 좋은 책들'은 번역자가 우리 실정에 맞게 다시 썼거나 새로 쓴 듯싶다.

이반 파블로프의 『대뇌 양 반구의 작용에 관한 강의』는 '환경과 인간을 생각하는 책'에 든다. "개는 음식물을 보면 침을 흘린다. 먹이를 줄 때마다 아무 이유 없이 종을 울린다. 이를 얼마간 반복하면 개는 종소리만 들어도 침을 흘린다." '파블로프의 개' 실험, 다시 말해 '조건반사' 실험이다. 개가 먹이를 보고 침을 분비하는 것은 타고난 반응으로 '무조건반사'라고 한다. 이때 먹이는 무조건 반사를 이끌어내는 '무조건자극'이다. 반면, 종소리는 '조건자극'이다. "먹이를 주지 않았음에도 종소리만 들으면 침이 분비되는 반응을 바로 '조건반사'라고 한다. 이 조건반사가 파블로프의 개 실험의 근간이다. 파블로프의 개 실험은 먹이와는 전혀 관계없는 종소리(자극)만으로도 생리 현상이 일어난다는 것을 밝혀낸 연구로, 당시로서는 그야말로 획기적인 발견이었다."

'인간을 둘러싼 물리를 탐구하는 책'인 아인슈타인의 『상대성 이론』의 원제목은 '운동하는 물체의 전기역학에 관하여On the Electrodynamics of Moving Bodies'다. 아인슈타인은 뉴턴 역학의 전제가 되는 절대 공간과 절대 시간이라는 개념을 뿌리부터 부정한다. 아인슈타인은 "시간은 늘었다 줄었다 하는 것이며 시공은 일그러져 있는 것"이라 했다. 그는 시간과 공간을 합친 개념인 '시공'을 제창하고, "시공의 결합이 우주를 지배한다고 선언"한 바 있다. 여기서 요점은 시간과 공간의 관계가 "절대적이지 않고 서로 밀접하다"는 것이다. 하여 "절대의 반대인 '상대'를 사용하여 '상대성 이론'이라고 이름 붙인 것이다. 그중에서도 '같은 시각의 상대성'이라는 개념이 가장 본질적이라 할 수 있다."

알프레트 베게너는 독일의 기상학자 겸 지구물리학자다. 1915년 베게너가 펴낸 『대륙과 대양의 기원』은 학계에 큰 논란을 몰고 온다. "우리들이 지도로 보고 있는 이 대륙들은 과거에 거대한 하나의 초대륙이었으나 지금처럼 각각 분리되어 이동한 것이 아닐까?" 1912년 무렵 베게너의 생각이다. 베게너는 그가 공상으로 만들어낸 초대륙을 판게아Pangea라고 이름 붙였다. 서로 떨어져 있는 대륙이 옛날엔 붙어 있지 않았을까 하는 고생물학상의 가설은 이미 있었다. 하지만 베게너는 이를 대륙이동설이라는 학설로 발전시켰다. "머릿속에 떠오른 생각을 과학으로 확립하기 위해 필요한 가설 설정과 실증 과정을 베게너는 제대로 밟아 나"간 결과다.

36

과학자와 과학기자는 서로 긴장하는 사이여야

도로시 넬킨의 『셀링 사이언스』

서평전문지 〈출판저널〉에서 반년에 그친 두 번째 '시즌'을 보낼 때, 새 책을 펴낸 과학평론가와 인터뷰한 일이 있다. 인터뷰하는 기자의 자세가 마음에 들었는지 몰라도 그 과학평론가는 대뜸 과학평론 쪽으로의 '전향'을 권했다. 나는 내가 "과학 연구의 결과와 발견을 평균적인 독자가 이해하고 인식할 수 있는 언어로 번역해 줄 노련한 해석자"(화학자 조지 키스티아코프스키)가 될 수 없다는 사실을 잘 알기에 정중하게 사양했다.

미국의 과학사회학자 도로시 넬킨(Dorothy Nelkin, 1934~2003)의 『셀링 사이언스*Selling Science*』(김명진 옮김, 궁리, 2010)에 담긴 내용은 한국어판 부제목이 함축하고 있다. '언론은 과학기술을 어떻게 다루는가.' 그 핵심은 "언론을 통해 전달되는 과학의 이미지 너머에 있는 과학자와 기자의 관계"다. 도로시 넬킨의 과학기술 관련보도 분석은 깔끔하고 가지런하다. 또한 그녀는 엄밀한 편이다. 약간의 여성주의를 나타내기도 한다. 1995년 출간된 개정판을 우리말로 옮겼는데, '시의성'이 아쉬운 대목은 한 군데 정도다.

들머리에서 세월의 흐름과 무관하게 일관되어 온 과학기술 보도방식을 지적한 넬킨은 양질의 과학기사와 질이 떨어지는 과학기사를 대비對比한다. "좋은 보도는 일반대중이 과학정책의 쟁점들을 평가하는 능력과 개인적으로 합리적인 선택을 내리는 능력을 향상시켜 줄 수 있다. 반면 나쁜 보도는 과학기술에 의해, 또 기술 전문가들이 내린 결정에 점점 더 크게 영향을 받는 대중을 오도誤導하거나 무기력하게 만들 수 있다."

이어 넬킨은 바이러스가 세포에 침입할 때 우리 몸 안에서 만들어지는 단백질인 인터페론interferon에 관한 뉴스 보도의 역사를 간추린 다음, 대중지의 인터페론 연구 관련기사에 빗대 과학보도의 두드러진 특징 몇 가지를 꼽는다. 우선 과학기사는 "흔히 이미지가 내용을 대신한다." 인터페론 보도에서도 연구의 실제 내용은 제대로 언급하지 않았다. "둘째로 언론은 인터페론 연구를 일련의 극적인 사건으로 다루었다." 독자들은 기대 수준을 높이고 관심을 자극하는 과장법과 홍보성 보도에 그대로 노출되었다. "인터페론 보도에서 드러난 과학언론의 세 번째 특징은 과학기술의 경쟁에 초점을 맞춘다는 것이다." 인터페론 이야기에서 드러난 가장 놀라운 특징은 무엇보다 과학자들이 인터페론 홍보에 적극적인 역할을 했다는 점이다. "과학자들은 결코 중립적인 정보원이 아니었다."

넬킨에 따르면, 과학전문기자는 "독자에게 사회현실을 이해하는 프레임을 제공하고 과학과 관련된 사건에 대한 대중의 인식을 형성하는" 일종의 중개인이다. 과학기자들은 과학관련 사건의 중개인 노릇을 하면서 놓치는 게 아주 많은데, 이는 그들의 작업을 제약하는 언론의 속성에서 기인한다. '긴급뉴스breaking news'에 대한 강박, 한정된 예산, 후순위 지면배정, 마감시한 등이 과학기사작성을 제한하는 요소다. 때로는 기자들이 스스로 몸을 낮추기도 한다. 근본적인 질문을 꺼리거나 민감한 쟁점을 회피하는 식으로 말이다.

한편 도로시 넬킨이 남자였다면, 여성 과학자의 여성성을 강조하는 보도관행 따윈 개의치 않았으리라. "이러한 대중적인 언론 기사에서 압도적으로 드러나는 메시지는 여성 과학자가 성공하려면 모든 것을 할 수 있는——여성적이고, 모성애가 넘치고, 사회적으로도 성공하는——능력을 갖추어야 한다는 것이다."

1990년대 들어서면서부터 과학기사가 비판적 색채를 띠는 추세이나, 여전히 취재원과 취재기자 사이의 균형은 불균등하다. 속된 말로 과학자는 '상전'이다. 과학기자는 윗분의 말씀을 받아쓰기에 바쁘다. 넬킨은 과학자와 기자들이 서로 긴장하는 관계여야 한다고 결론짓는다. "과학자와 기자들 모두가 불편하고 종종 적대적인 관계를 받아들이고 감수해야만 한다. 과학자들은 정보에 대한 통제나 과대선전으로 이어지는 홍보 성향을 자제해야 하며, 좀더 정력적인 탐사보도에 문호를 열어두어야 한다." 기자들은 과학의 한계까지도 독자에게 전달할 필요가 있다고 덧붙인다.

"생명공학이 건강에 미치는 위험성은 결코 확인된 바가 없고 아직까지 그것이 존재한다는 증거도 거의 없다."(102쪽) 이에 대해 번역자는 각주를 달아 독자의 이해를 구한다. "이 문장은, 유전자변형GM식품의 상업화가 넬킨이 이 책을 쓴 이후인 1996년부터 본격적으로 시작되었고, GM식품이 건강에 악영향을 미칠 수 있음을 시사해 논쟁을 일으킨 연구들도 1990년대 후반부터 나타났음을 염두에 두고 읽어야 한다."

본문과 옮긴이의 주석에 유감이 하나씩 있다. 아무리 1995년을 기준으로 삼는다 해도 생명공학의 위험성을 도외시한 것은 넬킨에겐 '시대착오적'이다. 그리고 옮긴이 각주의 '유전자변형'은 '유전자조작'이 더 적절하다. 1982년 한 해 동안 〈크리스천 사이언스 모니터〉에 실린 컴퓨터의 밝은 미래상이 꽤 실현됐다는 넬킨의 시각은 논란의 여지가 없지 않다. 그렇더라도 넬킨은 유전자변형보다는 유전자조작이라는 표현을 선호하는 쪽에 가까워 보인다.

이에 대한 물증을 찾으려고 넬킨이 로리 앤드루스와 공저한, 역시 한국어판 부제목('생명공학시대 인체조직의 상품화를 파헤친다')이 책 내용을 함축하고 있는, 『인체 시장*Body Bazzar*』(김명진 · 김병수 옮김, 궁리, 2006)을 뒤적이다 이런 글귀가 눈에 들어온다. "판사들은 무어에게 자신의 신체조직에 대한 재산권을 주면 '중요한 의학연구를 할 수 있는 경제적 유인이 사라져 버릴' 거라고 우려했다."(51쪽) 생명공학의 현란한, 그러나 헛된 약속에 휘둘린 판사들의 '속도전'적인 사고는 이 땅에 만연한 개발지상주의와 뭐가 다르랴.

역자는 「옮긴이의 말」에서 "획기적 연구성과와 스타 과학자를 쫓는 과학언론의 속성이 국가주의 · 생산력주의적인 한국의 과학 풍토와 합쳐졌을 때 어떠한 일이 벌어질 수 있는지를 적나라하게 드러낸 사건"으로 2005년의 이른바 '황우석 사태'를 든다. 하지만 우리 사회 과학언론의 현주소를 살피기 위해 굳이 5년 전까지 되돌아볼 필요는 없다. 작년 8월, '몸통'을 빌려 시도한 '독자적인' 위성발사 실패를 윤색한 절대다수 언론사의 보도 '방침'에 나는 할 말을 잊었다. 공중파방송 한 곳만 '실패'라고 '단정'했지 다른 거의 모든 언론매체는 "절반의 성공"이라는 희한한 표현을 '동원'하지 않았는가.

37

'영리한 무리'의 네 가지 원리

피터 밀러의 『스마트 스웜』

인터넷서점에선 『스마트 스웜』(이한음 옮김, 김영사, 2010)을 경제경영서로 분류한다. 나는 정황상 과학책으로 봤다. 저자는 〈내셔널 지오그래픽〉의 선임편집자를 지냈다. 지은이 피터 밀러Peter Miller는 "이 책에서 리더나 지휘자 없이도 효율적으로 조직을 운영하는 무리를 '스마트 스웜'이라 이름 붙이고, 이들의 행동 패턴을 통해 21세기 사회의 키워드인 집단지능의 과학적 토대를 대중적으로 설명해냄으로써 협동의 과학을 창시했다는 평가를 받고 있다."(앞표지 날개 저자 소개글) 과학전문 번역자가 우리말로 옮겼다. 한국어판 「해제」는 과학저술가가 썼다.

스마트 스웜smart swarm은 '영리한 무리'를 말한다. "예측할 수 없는 환경에 살면서도 매일 아침 갖가지 업무에 일꾼들을 몇 마리씩 할당해야 할지를 정확히 파악하는 사막의 개미 군체는 바로 그런 오랜 세월에 걸쳐 진화한 영리한 무리다. 개체들 사이에 의견이 상충됨에도, 단순하기 그지없는 체계를 이용하여 새 집을 짓기에 알맞은 나무를 고르는 숲의 꿀벌 군체도 마찬가지로 영리한 무리다. 마치 한 마리의 거대한 은백색 생물처럼 한순간에 전체가 방향을 바꿀 수 있을 만큼 서로 행동을 정확히 조화시킬 줄 아는 카리브 해의 수천 마리의 물고기 떼도 그렇다. 대부분의 개체들이 자신이 어디로 향하는지 정확한 단서를 갖고 있지 않으면서도 각자 확실히 번식지에 도착하는 순록 떼도 그렇다."

영리한 무리는 어떻게 일할까?

피터 밀러는 영리한 무리의 기본 원리들을 설명하는데, "자기 조직화self-organization는 영리한 무리의 첫 번째 원리다." 자기 조직화 연구를 맨 먼저 시작한 것은 화학자와 물리학자였다. 자기 조직화는 본래 "모래언덕의 물결무늬나 특정한 화학 반응물질들이 결합될 때 나타나는 현란한 나선무늬처럼 자연계에서 자발적으로 패턴이 생기는 것을 뜻했다." 생물학자들은 이 용어를 받아들여 말벌집의 복잡한 구조, 일부 반딧불이 종의 발광 동조 현상, 벌과 새와 물고기 무리가 본능적으로 서로 행동을 조정하는 방식 등을 설명하는 데 활용한다.

"우리는 개미 군체가 자기 조직화를 한다고 말한다. 그 누구든 책임자가 아니며, 무엇을 해야 하는지 아무도 모르고, 남에게 이러저러한 일을 하라고 말하는 자도 아무도 없기 때문이다." 자기 조직화의 궁극적인 근원은 아직 못 풀었지만, 연구자들은 그것이 작동하는 기본 메커니즘을 파악했다. "분산 제어decentralized control, 분산 문제 해결distributed problem solving, 다중 상호 작용multiple interaction이 바로 그것이다." 아무튼 "개미는 영리하지 않다. 영리한 것은 군체다."

영리한 무리의 두 번째 주요 원리는 정보 다양성이다. "꿀벌은 지식의 다양성을 이용하여 탁월한 결정을 내린다. 여기서 다양성은 무리의 대안들을 폭넓게 표본 조사하는 것을 말한다. 고를 대안이 많을수록 더 좋다." 다양성은 능력을 낳는다. 다양성의 효과를 헤아릴 때에는 상식을 따른다. 집단이 좋은 결정을 내리려면, 집단 자체가 꽤 영리해야 한다. 또한 그 집단은 다양해야 한다. 집단은 충분히 커야 하고 충분히 큰 개인들의 집합에서 골라야 한다. 구성원들이 서로 너무 많이 영향을 끼치는 것은 바람직하지 않다.

간접 협동indirect collaboration이 자기 조직화와 정보 다양성에 이어 영리한 무리의 세 번째 원리인 까닭은 우리의 상호작용이 직접적이지 않고 간접적이라서 그렇다. "2001년 출범하여 현재 500만 개가 넘는 항목을 지닌" 위키피디아의 성공비결은 간접 협동을 통해 진입 문턱을 낮춘 것이었다. "새로운 둔덕을 쌓기 시작한 흰개미들처럼, 위키피디아에서 스티그머지 항목을 쓰기 시작한 개인들은 그것이 시간이 흐르면서 어떻게 성장하고 발전할지 정확히 말할 수 없었다. 그 일은 나중에 들어와서 자신이 찾은 항목이 지금 작성되고 있다는 것을 알아차리고 자극을 받아 수정에 참여하는 사람들에게 달려 있었다."

적응 모방adaptive mimicking은 영리한 무리의 네 번째 원리다. 피터 밀러가 말하는 "적응 모방은 한 집단의 개체들이 자신이 어디로 가고 있는지, 자신이 뭘 아는지에 관한 신호를 포착하면서 서로에게 세심하게 주의를 기울이는 방식을 뜻한다. 그들이 그런 신호에 어떻게 반응하는가가 집단 전체의 행동을 빚어낸다. 우리가 개미, 벌, 흰개미에게서 살펴보았듯이, 그런 개체들이 따르는 특정한 경험 법칙들은 여전히 과학자들을 당혹스럽게 한다."

이탈리아의 통계물리학자 안드레아 카바냐 연구진은 찌르레기 떼 연구를 통해 찌르레기가 비교적 소수의 이웃들과 상호작용을 하며, 그 이웃들은 양쪽 옆에 있는 경향이 있음을 발견했다. "이 이웃들이 상대적으로 가까운지 멀리 있는지는 중요하지 않았다. 중요한 것은 이웃끼리의 거리가 아니라 이웃의 수였고, 그 수는 평균 6~7마리였다." 찌르레기의 시야에는 평균적으로 15~16마리의 새가 보인다. 하지만 각 찌르레기는 가장 가까이 있는 6~7마리에만 주의를 기울였다.

진짜 전문가를 찾아라

피터 밀러는 서툰 전문성을 경계한다. "우리는 기업, 공동체, 가정을 확신을 갖고 이끌어가는 데 점점 더 어려움을 겪고 있다. 그런 상황을 만드는 집단 현상들의 세계에 사로잡혀 있는 것이다. 해결해야 할 이런 과제들은 이미 우리 눈앞에 있으며, 우리는 이에 대비해야 한다. 책장을 넘기면서 알게 되겠지만, 가장 좋은 방법은 전문가에게 물어보는 것이다. 케이블 TV에 출연하는 전문가들이 아니라, 풀밭, 나무, 호수, 숲에 사는 전문가들에게 말이다."(「프롤로그」에서)

또한 그는 "벌 수백 마리가 함께 믿을 만한 의사결정을 내릴 수 있다면, 사람 집단이 그렇게 할 수 있다고 해도 놀랄 이유가 없지 않나?" 반문한다. 그러면서 적절한 상황에선 비전문가 집단이 놀라운 통찰력을 보일 수 있다는 주장에 동조한다. "우리는 그런 전문가를 찾는 짓을 그만두고 대중(물론 여러 사람들과 함께 천재도 섞여 있는)에게 물어야 한다. 아마도 그렇겠지만, 대중은 안다."(제임스 서로위키)

차례에서 「옮긴이의 글」과 「해제」의 쪽수가 잘못되었다. 차례에 난 오자는 출판전문가뿐 아니라 일반 독자도 안다.

38

과학만큼 재미있는 과학 기초 입문서

나탈리 앤지어의 『원더풀 사이언스』

심보가 고약한 나는 이 훌륭한 "과학의 기본 지식을 담은 책"(『원더풀 사이언스』, 김소정 옮김, 지호, 2010)의 꼬투리부터 잡는다. 아무리 과학적인 문제라고 알려진 숱한 쟁점들을 과학 그 자체만으론 해결할 수는 없다손 쳐도 과학이 야기한 것들에 대해 "과학의 문제는 아니다"라고 하는 건 책임회피에 불과하다. 〈뉴욕 타임스〉에 생물학 관련기사를 쓰는 나탈리 앤지어는 물리학자 엔리코 페르미의 이름 앞이나 뒤에 수식어 '위대한'을 두 번 붙이는데 이 거슬리는 표현이 있는 문장 중 하나는 이렇다.

"페르미는 20세기의 위대한 과학자 가운데 한 명일 뿐 아니라 2차 세계대전 당시 여러 가지로 스트레스가 심했을 맨해튼 프로젝트를 이끈 책임자였다." 미국의 원자폭탄 개발 책임자는 속지주의에 의거해 발탁된 로버트 오펜하이머 아니었나? 내가 문제 삼는 것은 페르미가 진정 위대한지 여부다. 페르미는 세계 최초의 원자로를 만들었다. 그리고 그의 원자로는 '실전'에 사용된 대량살상무기의 토대가 되었다. 앤지어는 한참 있다 "공정하든 않든 간에, 어쨌든 물리학은 핵폭탄이나 핵폐기물과 관계가 있으며"라며 이런 측면을 마지못해 애써 인정하긴 한다. 물리학 앞의 네 어절은 불필요한 군말이다.

미국 작가 커트 보네거트는 반전反戰소설 『고양이 요람』(박웅희 옮김, 아이필드, 2004)에서 전쟁과 이를 돕는 과학기술을 신랄하게 비판한 바 있다. "과학자가 연구하는 것은 무엇이나 어떤 식으로든 결국은 무기가 될 수밖에 없다나요." "내가 묻는 모든 질문에는 은연중에 원자폭탄 발명자들이 극히 추악한 살인의 공범이라는 생각이 배어 있었다." "원자폭탄 같은 걸 만드는 걸 거든 사람이 도대체 어떻게 무죄한 사람일 수 있겠소?" 하여 엔리코 페르미는 얼마든지 제2차 세계대전의 전쟁범죄자일 수 있다.

"우리의 신경계가 과학에 꼭 맞는 구조를 하고 있는 만큼, 사람이라면 **마땅히** 과학을 알아야 한다." 「서문」에서 과학 습득 당위론에 고개를 끄덕일 틈을 주지 않고 막 바로 등장한 저자의 어떤 주장은 책 읽는 내내, 책을 읽고 나서도 영 개운치 않았다. "재미있는 것은 좋은 것이다." 과연 재미난 게 좋기만 한 걸까? 나는 과학책 읽기를 즐긴다. 하지만 책 선택은 다소 신중을 기한다. 예컨대 원자폭탄 개발을 다룬 책을 리뷰 한다면, 리처드 로즈의 『원자폭탄 만들기』(상 · 하)보다 다이애나 프레스턴의 『원자폭탄 그 빗나간 열정의 역사』를 선호한다. 실제로도 그렇게 했다. 로즈의 책은 두 권인 점도 결격사유였다.

"내가 과학의 기초로 안내하는 입문서를 쓰겠다고 결심한 이유는 이 세계에는 준비되어 있지 않은 거대한 땅이, 과학에 대한 무지, 과학 문맹, 기술 공포증이라는 광대한 평원과 깊은 계곡이 있어서, 젖을 먹이는 고래의 특성조차도 가려져 있기 때문이다." 앤지어는 우리의 과학에 대한 무지를 깨우친다. "비과학자들에게 과학을 알려주는 가장 좋은 방법은 많은 지식을 폭넓게 다루는 것이 아니라 몇 가지 주제를 깊게 다루는 것이다." 이 책을 쓰기 위해 앤지어는 과학자 수백 명의 이야기를 청취했다.

이에다 앤지어의 방식은 체계적이다. 먼저 과학적으로 생각하기, 확률과 척도를 통해 기초과학 이해의 기본을 다진다. 자기기만은 '과학의 적'이다.(제럴드 핑크) "설령 당신의 이야기는 틀렸다 할지라도 자료는 진실해야 합니다."(다시 켈리) 그러나 현실은 어떤가? 엉터리 자료를 갖고서 자신의 주장이 옳다고 우기는 게 다반사다. 뭐 이러는 게 과학계만의 문제는 아니지만 말이다.

"이 세상은 이제까지의 생각처럼 너무나도 신비해서 이해할 수 없는 곳이 아닙니다."(스티븐 와인버그) 그렇지만 첫 정보가 우리 뇌리에 각인되는 까닭에 "내 생각이 편견이나 오해임을 깨닫고 어떻게 무슨 이유로 그런 생각을 품게 됐는지를 명확하게 인식하는 일은 훨씬 어렵다." 아무튼 첫인상이 중요한 것은 이치에 맞다. "공원 벤치 위에 누워 있는 사람은 여기는 호텔이 아니라며 경찰관이 막대기로 찌르지 않는 한 계속 벤치 위에 누워 있듯이," 관성의 법칙을 설명한 것처럼 앤지어는 비유에 능하다. 이런 장치는 책을 풍요롭게 하며 읽는 재미를 더한다.

앤지어는 물리, 화학, 진화생물학, 분자생물학, 지질학, 천문학의 순서로 개별 과학 분과에 다가선다. 우리에겐 자연스런 접근 순서가 미국에선 역발상인 모양이다. 또 물리학은 "그저 '세상이 무엇으로 만들어졌고, 어떤 식으로 작용하고 있으며, 세상에 있는 존재들이 그렇게 행동하는 이유에 대해서 연구하는 학문'(스티븐 폴록)일 뿐이"다. 전자기력, 중력, 강한 핵력, 약한 핵력 같은 자연의 기본적인 힘 네 가지(164쪽)는 막판까지 이 책을 이끌어나가는 동력이기도 하다.

나는 이 책이 다루고 있는 과학 분과 여섯 가운데 상대적으로 낯선 지질학에서 강한 인상을 받는다. 우선 지질학자는 과학계의 만능 '엔터테이너'다. "지질학자들은 정말로 많은 학문 분야를 섭렵해야 한다. 지질학자들은 현장 연구도 해야 하고 연구실에서 실험도 해야 하며 물리학, 생태학, 미생물학, 식물학, 고생물학, 복잡성 이론, 역학은 물론이고 컴퓨터 모델링도 한다. 지질학자들은 단백질 화학자들과 함께 3차원 입체 영상 만들기로 경쟁을 할 정도이다.(이하 생략)"

대충 알고 있던 지구 탄생에 대해 정확성을 기한다. "지구는 45억 년 전쯤, 중력 붕괴로 뭉쳐진 거대한 가스 구름이 태양을 만들고 남은 잔재들인 암석과 먼지 고리가 응축되면서 탄생했다." 지구 절반 크기의 행성과 충돌한 여파로 달이 생겨났다는 사실은 생소하다. 지구 자기장의 생성 과정은 놀랍다. 이를 제대로 설명하는 앤지어의 솜씨는 더 놀랍다. 나는 우리 행성보다 외부 행성을 탐험하는 데 더 열심인 현실을 불평하는 지질학자들에게 공감한다. 한편 천문학은 어둠이 아니라 "전적으로 빛에 의존하는 학문이"다.

이 책의 가장 큰 미덕은 "가능한 한 눈에 보이지 않는 것도 보이게, 말로 설명할 수 없는 것도 쉽게 설명하기 위해 노력"한 점이다. 그렇다고 손 안 대고 코풀 정도로 쉬운 건 아니다. 과학의 기초지식을 어느 정도 숙지하고 있는, 데자뉴déjà-knew한 독자가 한결 수월하며 읽는 재미를 만끽할 수 있다.

39

과학은 안 우기는 거 아닐까

리처드 파인만 『파인만의 과학이란 무엇인가』

『파인만의 과학이란 무엇인가*The Meaning of It All: Thoughts of a Citizen-Scientist*』(정무광 · 정재승 옮김, 승산, 2008)는 물리학자 리처드 파인만(1918~1988)이 1960년대 행한 세 번의 연속강연 모음이다. 강연의 스폰서는 약간 특이하게 극장 소유주였다. "나는 이 강연의 첫 주제로, '과학은 다른 분야의 사상과 아이디어에 어떤 영향을 미쳤는가'에 대해 개인적인 생각을 얘기해 보려고 한다. 이는 본 강연회를 후원하는 존 댄스 씨가 꼭 다루어 달라고 각별히 주문한 것이다."

파인만은 그의 첫 강연이 '과학의 본질'에 관한 것을 다룬다고 덧붙인다. "과학이란 무엇인가? 과학이란 단어는 흔히 다음 셋 중 하나, 또는 그것들이 한데 섞인 의미로 종종 통용된다. (중략) 우선 과학은 '무엇을 발견해 내는 특별한 방법'을 의미한다. 또 그렇게 해서 발견된 것들로부터 나오는 '지식의 체계'를 의미하기도 한다. 끝으로, 어떤 것을 발견해 냈을 때 그것으로 만들어낼 수 있는 새로운 것들이나 그 새로운 것들을 현실에서 구현하는 걸 의미하기도 한다."

파인만에게 과학적 발견의 응용은 나중 문제다. 과학은 "새로운 발견들 그 자체에 관한 것이다. 사실 이것이 과학의 궁극적인 결과물이며 핵심이다." 여기서 우리는 과학자가 무엇인가에 적용하기 위해 과학을 하는 건 아니며, '발견하는 즐거움'을 만끽하려고 과학 자체를 위해 과학을 한다는 파인만 특유의 레토릭을 접하게 된다.

"우리 시대의 '위대한 모험'이라고 할 수 있는 과학을 깊이 음미하고 그 결과물을 진정으로 감상할 수 없다면, 과학을 진정 이해했다거나 과학과 다른 분야 사이의 관계를 제대로 파악했다고 볼 수 없다. 이 거대한 모험, 그 거칠고도 흥미로운 작업을 제대로 이해하지 못한다면, 여러분은 이 시대에 살고 있다고 말할 수조차 없을 것이다."

과학은 관찰을 통해 사람들의 아이디어를 심판한다. 관찰로써 옳고 그름을 판별하는 과학 발견의 원리는 과학의 범위를 '관찰이 가능한 문제들'로 제한한다. 따라서 과학에서 가능한 질문 틀은 '만약 우리가 이렇게 하면 어떤 결과가 벌어질까?' 같은 것이지 당위와 가치판단과 관련된 물음은 다루지 않는다.

과학의 또 다른 특징은 '객관성'이다. 관찰을 거쳐 도출된 "규칙은 구체적이고 명확할수록 더 흥미롭다." 과학 규칙의 핵심은 일관성에 있다. 그런 맥락에서 "과학은 매우 세분화된 분야가 아니라 완전히 보편적인 분야"다. "과학은 구체적인 규칙을 만들어서 관찰의 그물망을 통과하는지 알아보는 일종의 게임이다." 내 생각으론 과학은 안 우기는 게 아닐까. 과학이 우격다짐은 아니다. 원자 물리학 시대를 연 일부 이론은 그런 식으로 발견되고 검증되긴 했지만.

과학적인 관점이 정치적인 이슈에 미친 영향을 논의한 두 번째 강연 내용은 꽤 유감스럽다. '국가의 적'에 관한 문제가 특히 그렇다. "소련은 퇴보하는 국가다"라는 '관찰'은 이제 별 의미 없다. 파인만의 표현을 빌면 "어떤 일이 벌어진 후에 그 일이 벌어질 확률을 계산하는 것은 의미가 없다" 할지. 퇴보하는 국가는 파인만의 조국에 대해서도 '과거 완료'에 가깝다.

아무리 뛰어난 사람도, 굳이 파인만의 주장에 기대지 않더라도, 모든 걸 통달할 순 없다. 파인만은 국제정치 역학에 무지하다. "한 국가가 다른 국가를 완전히 지배하거나 그곳에 머물러 통치하지 않으면서도 보호를 해 주고 안전을 보장할 수 있다는 사실이 내게는 매우 신기하게 보였다. 이 사실을 폴란드 인들도 충분히 인식하진 못하는 듯 보였다." 소련과 폴란드와 같은 관계가 미국과 미국의 우방 사이에도 있었다는 것을 파인만은 모르거나 아는데 모른 척하거나.

세 번째 강연에선 다시 스폰서의 요구에 부응한다. 한두 가지는 갈피를 잡는 게 쉽지 않지만, 파인만은 다른 분야에서도 도움이 될 만한 과학에서의 판단 방법이나 경험 몇 가지를 든다. "첫 번째 예는 그 사람이 자신이 말하고 있는 내용에 대해 얼마나 잘 알고 있는지, 그가 말하는 내용에 어떤 근거가 있는지를 판단하는 방법이다." '무엇이 가능한가'가 아니라 '어떤 설명이 좀더 그럴듯한지' '무엇이 지금 일어나고 있는 것인지'에 대한 문제라는 사실을 깨닫는 것은 "다른 분야의 아이디어를 다룰 때 가져야 할 네 번째 태도"다.

파인만은 "비굴하다 싶을 정도"로 정직함을 강조한다. "정직함이라고 하는 것은 정확한 사실만 얘기하는 것을 의미하진 않는다. 전반적인 상황을 분명하게 말하는 것이 더 중요하다. 지적인 사람들이 결정을 내리는 데 필요한 모든 정보를 분명하게 전달해 주는 것을 의미한다." 그런데 맨해튼 프로젝트에 참가하여 일본 히로시마와 나가사키에 떨어뜨린 원자폭탄 개발에 힘을 보탠 그가 "핵실험에 찬성하는지 반대하는지 잘 모르겠"단다.

“미래에 대해 전망하자면, 기계공학의 발전에 대해 언급하고 그 중에서도 조절 가능한 핵융합이 실용화되면 거의 공짜로 에너지를 얻을 수 있다는 얘기를 반드시 해야 한다.” 그런 날이 오긴 올까? 어쨌거나 파인만은 “많은 일들이 올바른 방향으로 진행되고 있다고 믿는다.” 무엇보다 통신기술 발달 덕분에 많은 나라들이 귀를 틀어막고 싶어도 서로의 얘기를 듣지 않을 수 없다지만, 정작 그의 조국 미국은?

“이 책에 수록된 파인만의 강의는 시애틀 소재 워싱턴 대학교에서 주최한 ‘존 댄스 강연’ 시리즈의 일부로서 1963년 봄에 이뤄졌다.”(「역자 후기」, 178쪽) “나 같은 노벨상 수상자도 해괴한 논리로 황당한 주장을 할 수 있다.”(‘세 번째 강연’, 88쪽) “1965년 노벨물리학상을 받았다.”(「역자 후기」, 164쪽) 왜 달에 가야 하느냐는 얘기가 나오는 것으로 미뤄 1960년대 강연한 것만은 확실하다.

함께 읽은 책

「갈릴레오의 진실」(윌리엄 쉬어 · 마리아노 아르티가스, 고중숙 옮김, 동아시아, 2006)

「개미 세계 여행 : 과학 탐구의 이야기」(베르트 횔도블러 · 에드워드 윌슨, 이병훈 옮김, 범양사출판부, 1996)

「거짓 나침반」(존 스토버 · 셸던 램튼, 정병선 옮김, 시울, 2006)

「고양이 요람」(커트 보네거트, 박웅희 옮김, 아이필드, 2004)

「그래도 지구는 돈다－천동설과 지동설, 두 체계에 관한 대화」(갈리레오 갈릴레이, 이무현 옮김, 교우사, 1997)

「기후 커넥션－지구온난화에 관한 어느 기후 과학자의 불편한 고백」(로이 W. 스펜서, 이순희 옮김, 비아북, 2008)

「끝없는 벌판」(응웬옥뜨, 하재홍 옮김, 아시아, 2007)

「나는 침대에서 내 다리를 주웠다」(올리버 색스, 한창호 옮김, 소소, 2006)

「나의 삶은 서서히 진화해 왔다」(찰스 로버트 다윈, 이한중 옮김, 갈라파고스, 2003)

「노빈손 과학 퀴즈 특공대」(임숙영 글, 이우일 · 이우성 그림, 뜨인돌어린이, 2008)

「대륙과 해양의 기원」(알프레트 베게너, 김인수 옮김, 나남출판, 2010)

「도킨스의 망상－만들어진 신이 외면한 진리」(알리스터 맥그라스 · 조애나 맥그라스, 정성민 옮김, 살림, 2008)

「DNA의 진실」(정연보, 김영사, 2008)

「마르크스 · 엥겔스의 문학예술론」(K. 마르크스 · F. 엥겔스, 김영기 옮김, 논장, 1989)

「마이크로 코스모스」(린 마굴리스 · 도리언 세이건, 홍욱희 옮김, 범양사, 1987)

「만들어진 신」(리처드 도킨스, 이한음 옮김, 김영사, 2007)

「말하라, 기억이여」(블라디미르 나보코프, 오정미 옮김, 플래닛, 2007)

「미스터 파인만!」(리처드 파인만, 홍승우 옮김, 사이언스북스, 1997)

「바디워칭 : 신비로운 인체의 모든 것」(데즈먼드 모리스, 이규범 옮김, 범양사출판부, 1986)

『상대성 이론-특수 상대성 이론과 일반 상대성이론』(알베르트 아인슈타인, 장헌영 옮김, 지만지, 2008)

『새로운 천년에 대한 질문』(스티븐 제이 굴드, 김종갑 옮김, 생각의나무, 1998)

『생명의 다양성』(에드워드 윌슨, 황현숙 옮김, 까치, 1995)

『시간의 역사』(스티븐 호킹, 현정준 옮김, 삼성출판사, 1990)

『식물의 잡종에 관한 실험』(그레고르 멘델, 신현철 옮김, 지만지, 2009)

『신은 위대하지 않다』(크리스토퍼 히친스, 김승욱 옮김, 알마, 2008)

『아내를 모자로 착각한 남자』(올리버 색스, 조석현 옮김, 이마고, 2006)

『야생에 살다』(데이비드 콰멘, 이충호 옮김, 푸른숲, 2006)

『원자폭탄 만들기』(리처드 로즈, 문신행 옮김, 사이언스북스, 2003)

『이기적 유전자』(리처드 도킨스, 홍영남 · 이상임 옮김, 2010)

『이중나선』(제임스 왓슨, 최돈찬 옮김, 궁리, 2006)

『인간 등정의 발자취』(제이콥 브로노프스키, 김은국 · 김현숙 옮김, 바다출판사, 2004)

『인간에 대한 오해』(스티븐 제이 굴드, 김동광 옮김, 사회평론, 2003)

『인체 시장』(로리 앤드루스 · 도로시 넬킨, 김명진 · 김병수 옮김, 궁리, 2006)

『잃어버린 조상의 그림자』(칼 세이건 · 앤 드루얀, 김동광 옮김, 고려원미디어, 1995)

『자연주의자』(에드워드 윌슨, 이병훈, 옮김, 민음사, 1996)

『재미있는 주기율표』(사이먼 바셔 그림, 에이드리언 딩글 지음, 고문주 옮김, 해나무, 2008)

『정신분석 강의』(프로이트, 임홍빈 · 홍혜경 옮김, 열린책들, 1997)

『조지 가모브』(조지 가모브 지음, 김동광 옮김, 사이언스북스, 2000)

『종의 기원』(찰스 다윈, 송철용 옮김, 동서문화사, 2009)

『종의 기원-자연선택의 신비를 밝히다』(윤소영, 사계절, 2004)

「지금 자연을 어떻게 볼 것인가」(다카기 진자부로, 김원식 옮김, 녹색평론사, 2006)

「지동설과 코페르니쿠스」(오언 깅그리치 · 제임스 맥라클란, 이무현 옮김, 바다출판사, 2006)

「지식의 불확실성」(이매뉴얼 월러스틴, 유희석 옮김, 창비, 2007)

「집안에 감춰진 수수께끼」(미하일 일린, 박미옥 옮김, 연구사, 1990)

「찰스 다윈의 비글호 항해기」(찰스 로버트 다윈, 권혜련 옮김, 샘터사, 2009)

「창백한 푸른 점」(칼 세이건, 현정준 옮김, 사이언스북스, 2001)

「침묵의 봄」(레이첼 카슨, 김은령 옮김, 에코리브르, 2002)

「카오스-현대 과학의 대혁명」(제임스 글리크, 박배식 · 성하운 옮김, 동문사, 1993)

「코페르니쿠스가 들려주는 지동설 이야기」(곽영직, 자음과모음, 2005)

「쿨 잇-회의적 환경주의자의 지구온난화 충격 보고」(비외른 롬보르, 김기응 옮김, 살림, 2008)

「통계학자와 거짓말쟁이」(로버트 후크, 김동훈 옮김, 새날, 1995)

「파브르 곤충기」(전10권, 김진일 옮김, 이원규 사진, 정수일 그림, 현암사, 2009)

「파인만 씨, 농담도 잘하시네!」(리처드 파인만, 김희봉 옮김, 사이언스북스, 2000)

「풀 하우스」(스티븐 제이 굴드, 이명희 옮김, 사이언스북스, 2002)

「프린시피아」(전3권, 조경철 옮김, 서해문집, 2007)

「하얀 아오자이」(응웬반봉, 배양수 옮김, 동녘, 2006)

「현대 물리학과 동양사상」(프리초프 카프라, 김용정 · 이성범 옮김, 범양사, 2006)

「혜성」(칼 세이건, 김혜원 옮김, 해냄, 2003)

「화성의 인류학자」(올리버 색스, 이은선 옮김, 바다출판사, 2005)

「환경책, 우리 시대의 구명보트-시민에게 권하는 100권의 환경책 서평모음집」(김종락, 환경과생명, 2005)